多媒体画面艺术设计　　　多媒体画面艺术设计

（a）作背景色　　　　　　　　（b）作前景色

彩图 2-1　运用黄色的视觉效果比较

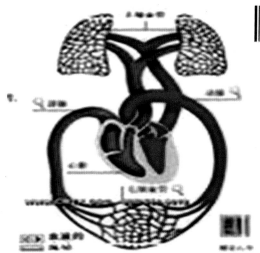

彩图 2-2　血液循环系统示意图

（a）色彩强对比时应避免生硬　　　（b）色彩弱对比时应避免平淡

彩图 2-3　规范色彩对比变化的"度"

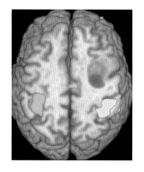

彩图 2-4 用异色表示左、右脑叶中相同部位的差异

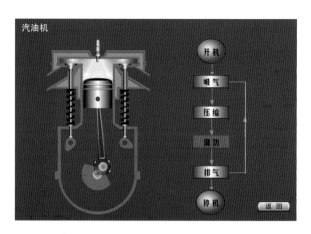

彩图 2-5 用异色表示正在解授的内容

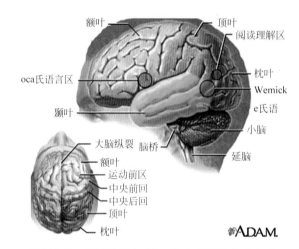

彩图 2-6 不同视图中，同一脑叶用相同色彩表现

（a）色彩鲜明的七巧板图形

（b）动画演变出"七巧板"标题

彩图 4-1 七巧板课件的片头设计

彩图 7-1　北京奥运会会徽中的中国印

彩图 7-5　课件《篆刻》的首页设计

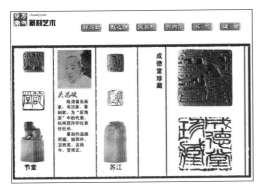

（a）作品

（b）印床

彩图 7-2　部分篆刻作品和工具的质感

（a）青田石

（b）鸡血石

彩图 7-3　印石材料的材质

（a）寿山石

（b）巴林石

彩图 7-4　比较田黄的寿山石和福黄的巴林石

彩图 9-1　介绍课文背景的片头画面

彩图 9-2　展示各种山水画的特色彩图

彩图 9-3　水墨山水画《雪溪图》

彩图 10-1　课件的主菜单

（a）"指针基础"的画面设计

（b）"指针进阶"的画面设计

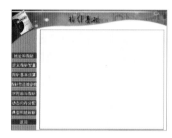

（c）"指针应用"的画面设计

彩图 10-2　三个二级菜单画面的设计

（a）逻辑思维概述

（b）逻辑基础知识

（c）逻辑思维讨论

彩图 10-3　逻辑思维的二级子菜单

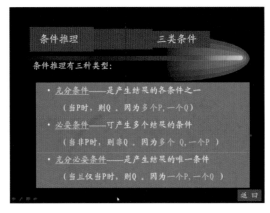

彩图 10-4　三种类型条件推理的表述

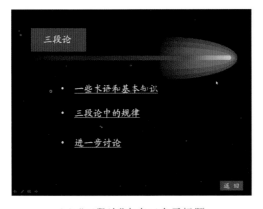

（a）"三段论"中有三个子标题

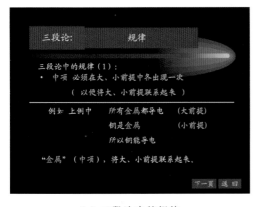

（c）三段论中的规律

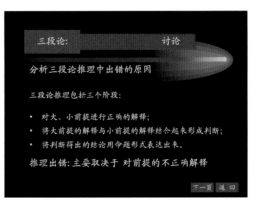

（b）术语和基本知识

（d）进一步讨论

彩图 10-5　"三段论"中有三个子标题

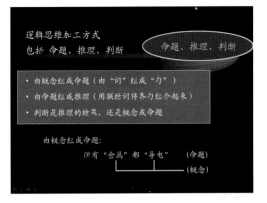

(a) 命题、推理、判断

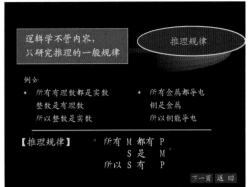

(b) 推理规律

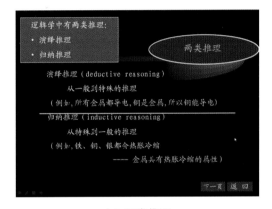

(c) 两类推理

彩图 10-6 概略介绍"逻辑学"

(a) 一侧视图

(b) 另一侧视图

彩图 10-7 二级展开式圆柱齿轮减速器中的齿轮部件

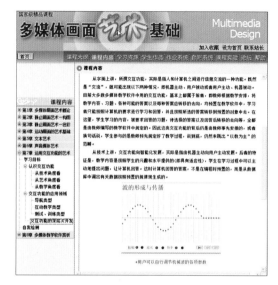

彩图 10-8　动画演示运动的波形

彩图 10-9　拉动手柄控制瓢虫移

国家精品课程教材

多媒体画面艺术应用

游泽清 著

清华大学出版社

北京

内容提要

本书和以前出版的《多媒体画面艺术基础》(高等教育出版社,2003 年)、《多媒体画面艺术设计》(清华大学出版社,2009 年)形成了一套研究"多媒体画面艺术"(即"多媒体画面语言")的系列丛书。

全书共三篇(10 章),分别从画面语言的语构(第一篇)、语义(第二篇)和语用(第三篇)三个方面介绍了"多媒体画面语言学"。

第一篇中的第 1 章和第 2 章介绍了 2009 年以后对"多媒体画面艺术理论"和"多媒体画面艺术规则"的最新研究成果;第 3 章按照"系统论"和"画面语言学"的观点,得出了用多媒体画面语言编写多媒体教材,需要注意语义和语用两个方面的结论,从而为第二、三篇做了铺垫。第二篇中的第 4~7 章,分别赏析了 9 类不同题材的多媒体课件,探讨用画面语言表达的各种"设计格式"。在第三篇的第 8 章中引入了"复合系统"的概念,将"多媒体教材"视为"课堂教学系统"中的一个子系统,从后者角度看算教学设计,而从前者角度看则算是"画面语用学"。第 9 章中赏析了 4 个多媒体课件与课程整合的案例,探讨用画面语言表达的各种"教学格式"。最后,第 10 章通过讨论高校的几种常见的多媒体教材形式得出结论:尽管高校与中小学的情况差别很大,但是在遵循画面语言学规则的这个问题上,二者是完全相同的。

本书以新创建的理论与大量课件实际紧密结合为特征,可以作为设计、开发多媒体教材(网络课程、多媒体课件、PPT 演示等)工作人员的阅读资料,也可以作为广告制作、动漫制作以及相关院校师生的教材或参考资料。

图书在版编目(CIP)数据

多媒体画面艺术应用 / 游泽清著. —北京:清华大学出版社,2012.1
ISBN 978-7-302-27063-8

Ⅰ. ①多…　Ⅱ. ①游…　Ⅲ. ①多媒体－应用－艺术－设计－高等学校－教材
Ⅳ. ①J06-39

中国版本图书馆 CIP 数据核字(2011)第 205249 号

责任编辑:张瑞庆　薛　阳
责任校对:李建庄
责任印制:李红英

出版发行:清华大学出版社　　　　　　　　　　地　　址:北京清华大学学研大厦 A 座
　　　　　http://www.tup.com.cn　　　　　　邮　　编:100084
　　社　　总　　机:010-62770175　　　　　　邮　　购:010-62786544
　　投稿与读者服务:010-62795954,jsjjc@tup.tsinghua.edu.cn
　　质　量　反　馈:010-62772015,zhiliang@tup.tsinghua.edu.cn

印　装　者:北京鑫海金澳胶印有限公司
经　　销:全国新华书店
开　　本:185×230　印　张:14.25　插　页:4　字　　数:368 千字
　　　　(附光盘 1 张)
版　　次:2012 年 1 月第 1 版　　　　　　　　印　　次:2012 年 1 月第 1 次印刷
印　　数:1~3000
定　　价:29.50 元

产品编号:043637-01

　　游泽清教授所著的《多媒体画面艺术应用》一书即将出版,借此机会我想与广大读者分享一下我的心得。

　　多媒体是当今人类表达和交流的重要内容和形式。它不同于言语、文字,不仅可以形象直观还可以动静结合。10年前,我在一所学校与教师们讨论为什么要数字化、多媒体和网络化时,两位老师的对话,今天想起来仍然是那么有启发性。一位老师说:我喜欢传统纸和笔,当我给朋友写信时,我的眼泪可能会滴落在信纸上,我的朋友会看到我写信时的感情。另一位老师说:当我通过网络与远在国外的朋友视频时,我的朋友可以真切地感到我即时的一切,你不觉得这比一滴信纸上的泪痕更真切吗? 随着中国成为世界上使用网络人数最多的国家,这种争论已经不太可能再现了。但是,一个深刻的问题,包括我在内,许多人可能都不曾想过,那就是你会用多媒体进行交流吗?

　　这是一个真问题吗? 当我走进游泽清教授的多媒体画面艺术研究之中时,我才明白这不仅是问题,而且是一个重要的理论和实践问题。理解"多媒体画面语言"概念及其相关理论的提出,必须要从信息时代文化角度,才能看得更真切,才能体会到其研究的重要意义。

　　画面语言的表达方式不同于文字表述,无论是在教育教学还是在人类生产生活中都会越来越多地被运用。多媒体教材就是用画面语言编写的,文本只是多媒体画面语言中的一类,游教授把它们取名为"屏幕文本"(Text On Screen,TOS)。因此设计多媒体教材的基本功,就是要先学会用"多媒体画面语言"。

　　如何运用多媒体画面语言,三个方面的问题不能回避:用什么规则将该语言的所有元素组织起来(即语法);有什么样的规则使各种题材的内容规范化地表达出来;有什么样的规则使该语言在各种环境中表达才能取得好的效果。语言学就是研究这三方面问题的。游教授把它们迁移到多媒体语言的研究之中,系统地回答了在多媒体教材编写中的语言问题,即:多媒体画面语言的语法就是"多媒体画面艺术规则"(语构);使各种题材的内容规范化表达的规则叫"设计格式"(语义);规范该语言适应各种教学环境(语境)表达的规则叫"教学格式"(语用)。

　　其中"多媒体画面艺术规则"已在游教授2008年出版的《多媒体画面艺术设计》一书中进行了论述。本书的第一篇进一步对已经提出的理论进行了丰富,论证了其8个方面作为多媒体画面语言的语法的"完备性"。本书的第二、三篇通过分析大量课件实例,探讨画面语义和语用方面的规律,形成了一系列"设计格式"和"教学格式"。

因此,《多媒体画面艺术应用》作为一本研究多媒体画面语言及其应用的专著:不仅对规范多媒体画面语言的语法进行了深入的研究;而且对该语言在如何表义和如何适应语境两个方面的应用进行了开拓性的研究。有理由相信,随着该书内容的普及,将会使指导多媒体教材设计的理论研究更加接近实际,也会丰富和深化信息时代的文化表达、交流、认同和融合。

阅读此书我体会的创新点有以下几个方面。

游教授汇集了在《多媒体画面艺术设计》出版后进一步深入的研究,将多媒体画面艺术分为媒体呈现艺术和画面组接艺术两大类。在媒体呈现艺术中,分别对理论和接口两个层面的基本元素、视听觉要素和艺术规则等三个概念进行了界定。在接口层面进行细化时,引入了"动静"、"形(音)义"两个参数。这些研究进一步细化了相关理论,也使多媒体艺术语言的规则表达更简捷明了。

游教授提出了"复合系统"的概念,发现了"画面语用学"。游教授将课堂教学过程视为一个系统,组成该系统的元素就是参与课堂教学过程的诸多因素,其中也包括多媒体教材。如果进一步将多媒体教材也视为一个系统,则它和课堂教学系统便组成了"复合系统"。在这个"复合系统"中,从全局课堂教学过程的角度进行设计,便是通常意义下的"教学设计";如果从多媒体教材子系统的角度进行设计,便是"画面语用学"。此时,课堂教学系统中的其他元素,如参与教学活动的师生、传递教学内容的模式等,都可看成运用多媒体画面语言的语境!

书中还采用统一的标准分析大量的课件,旨在说明相关理论和规则是可以遵循的。游教授说,如果拿文字语言作参考,我们现在对画面语言的认识,只相当于小学生作文练习的水平。但总比 10 年前的零起点要好多了。我想这是一个学者积极的开拓精神和淡定的自我定位的体现。在写这个序的时候,我知道,游教授所在的天津师范大学已经把他所开启的研究作为博士点研究的重要方向,我相信这一研究会产生今天我们还不一定能够意识到的影响。

仅此表达我对游教授等教育技术界一批老当益壮的学者的崇高敬意。一代一代人的共同努力和交流,是学术发展的重要条件和环境!

祝每一位读此书的老师和同学们能从中体会更多。

王珠珠(教育部中央电教馆馆长)

2011 年 7 月于北京

本书定名为《多媒体画面艺术应用》(以下简称《应用》),是在《多媒体画面艺术基础》(以下简称《基础》)和《多媒体画面艺术设计》(以下简称《设计》)的基础上,加进 2009 年以后的研究成果编写而成的。其中的一个重大成果,就是提出了"多媒体画面语言学"(The Linguistics of Multimedia)。

研究"多媒体画面艺术"已经 10 年了,能把这个问题弄明白真不容易! 从 2003 年在《基础》一书中首次提出"多媒体画面语言"概念开始;2009 年在《设计》一书中创建了"多媒体画面艺术理论",并且提出了 8 个方面的"多媒体画面艺术规则";直到今年(2011 年)在这本《应用》的书中,按照画面语言的语构、语义、语用三个方面,全面地介绍"多媒体画面语言学"。至此,总算能给我曾经主持过多年的全国多媒体教学软件大赛交上了一份"总结"。顺便说明,应该将《基础》、《设计》、《应用》三本书看成是研究"多媒体画面艺术"的三个阶段成果,它们一脉相承,是一个系列。2004 年教育部将"多媒体画面艺术基础"评为国家精品课程,是对当时已出版的《基础》一书的肯定,也是对后来出版的《设计》、《应用》二书的肯定,即对"多媒体画面艺术"的研究与教学成功结合的肯定。

多年对"多媒体画面艺术"的研究,恐怕体会最深的要算是"画面语言"。对于习惯了文字语言的人们,真能领会"画面语言"的内涵并非一件易事! 这是因为大家已经形成了"非文字表述不算语言"的定式,遇事就要拿自己熟悉的"文字语言"来比较。这样好不好? 我的回答是,又好又不好。就是说借鉴研究"文字语言"创建语言学的思路来形成"画面语言学",不仅可行,而且是一条捷径。但是文字语言只是众多语言形态中的一种,其他形态的语言(如音乐、肢体语言等)的表现形式和文字语言不一样。因此认识、研究"画面语言"时,一定要淡化"文字语言"的定式。

"画面语言"有三个要点,可以把它们比喻成进入画面语言大门的三把"钥匙",真正把这三个要点弄明白了,才能算是对画面语言"入门"了。分别解释如下。

(1) 多媒体画面语言是基于屏幕的,属于运动画面范畴。例如画面分割艺术是在传统静止画面(美术、摄影、报刊排版等)中形成的,属于"空间分割";多媒体教材在介绍一个设备的各部件时,经常将这些部件以菜单的形式列出,单击一个菜单项便调出介绍一个部件的画面。这就是运动画面的分割,叫做"时间分割"。多媒体教材中有大量类似的设计,如果各种类型成功(或失败)的设计案例,都能用画面语言来理解和说明,慢慢地就会养成用"画面语言"思维的习惯了。

（2）多媒体画面语言是以形表义的，就是说，是靠"形"，而不是靠"文字表述"来说明教学内容的。例如书本教材表现该教材的知识结构，通常采用的是"目录"形式；多媒体教材则是通过主菜单以及与其各菜单项调出的画面在形式上的配合来表现知识结构的。这种形式上的特点是"大同小异"，其中"大同"表示属于同一知识结构；"小异"表示各部分内容之间的区别。用"形"的大同小异来表现知识结构时，文本只是其中的一类媒体，可用也可不用，即使用，也是以"多媒体"范畴中的一个成员，即"屏幕文本（TOS）"的形式，是配合其他媒体呈现的。经常从多媒体教材的"形"及其配合中发掘其内涵，就会慢慢地形成"画面语言"的语感。

（3）多媒体画面语言是有规律可循的，和文字语言一样，这些规律包括语构、语义、语用三个方面。

语构方面的规则就是语法规则。我很早就用系统论的观点认识到，"多媒体画面艺术"和"多媒体画面语言"是相通的，只是二者用的地方不同。欣赏、审美时，就叫"多媒体画面艺术"；学习、认知时，就叫"多媒体画面语言"。所以"多媒体画面艺术规则"其实就是多媒体画面语言的"语法规则"。在 2009 年以后的研究成果中，对 8 个方面的艺术规则又进行了细分，即形成 3＋4＋1 的格局："突出主题（主体）"、"媒体匹配"和"有序变化"三条为基本规则，关系多媒体教材的全局；"背景"、"色彩"和"文本"、"解说"四条是配合的规则，规范教材的媒体呈现艺术；"交互功能"规范的是画面组接艺术。

本书中把语义和语用两个方面的规则，分别叫做"设计格式"和"教学格式"，也是 2009 年以后的研究成果。

"设计格式"是指，设计相同题材的教学内容可以用同一种格式，不同题材用不同的格式。例如前面提到的，用一组菜单介绍某设备的各部件，就是一种格式，此外像美术赏析时展示许多名画，或者介绍一个风景区中各景点的照片等，都属于同一类题材，因此都可以采用一组菜单调出相应画面的形式来表现。本书中将这类题材称为"介绍类"的多媒体教材。此外还可以将多媒体教材分为"研究性学习类"、"情景教学类"、"演示教学类"、"教学实验类"、"游戏类"等。如果知道了画面语言表现各类题材教学内容的设计格式，那么设计多媒体教材就有"章"可循了。

"教学格式"是指，多媒体教材与课堂教学中其他因素（学生、教学模式、讲授的内容等）适配的一些格式，或者采用流行的说法是，"多媒体教材与各门课程整合"的格式。必须强调，这是对多媒体教材提出的要求（而不是教学设计），即用画面语言编写多媒体教材时，要考虑"语境"，旨在取得好的教学效果。

综上所述，可以将本书的书名"多媒体画面艺术应用"，理解为"多媒体画面语言的应用"。用画面语言编写多媒体教材时，不仅要考虑如何表现各类题材的教学内容；而且还要考虑适应课堂教学策略的需求。

本书共三篇，第一篇（共 3 章）介绍 2009 年以后，研究"多媒体画面艺术规则"得到的最新结论,属于语构学的范畴;第二篇(共 4 章)通过赏析各类题材的课件,探讨画面语言的设计格式,属于语义学的范畴;第三篇(共 3 章)通过赏析与不同类型课程整合的课件,探讨画面语言的教学格式,属于语用学的范畴。需要说明的是,由于高校的情况与中小学不同,所以在第三篇中安排了一章专门讨论高校的课件,旨在说明,尽管情况特殊,但是在画面语言学的面前是完全相同的。

这本书需要用大量的课件作为赏析的案例,十分感谢这些课件作者的大力支持,他(她)们的名字及所在单位均以副标题形式出现在引用课件的章节中。顺便说明,山东省东营市胜利教育管理中心信息办,在组织所属学校开发多媒体教材方面的工作是很出色的。多年来,他们在全国、山东省的大奖赛上多次获得一、二等奖。因此本书引用的大部分课件便是取自这些获奖的作品。在此要特别感谢该中心信息办的马建辉同志,正是由于他的有效组织和推荐工作,保证了本书的顺利完成。

教育部中央电教馆王珠珠馆长为本书写了序,表明了主管领导的关心和期望,顺致谢意!

天津师范大学教育技术系为本书提供的课件,一律只用单位名称。参加工作的部分教师和研究生有王志军教授(提供 6.2.1 节的多媒体演示片断)、于鹢副教授(提供积件《气体摩尔体积》,并参与编写 9.4 节)、柳彩志副教授(参与编写 10.4 节)、卢丽萍副教授(指导本科生马丹制作课件《C 和指针》,并参与编写 10.2 节)、研究生苑志旺(制作课件光盘,改编 PPT 并参与编写 10.4 节)、研究生栾雪(改编 PPT,校对)、研究生钱蓓蓓、高洋(收集第三篇资料)、研究生杨璐、张茹燕(校对全书和排版)。徐艳雁、金宝琴等老师为本书的质量把关和出版做了许多工作,在此一并致谢。

本书附带一张光盘,为案例赏析提供课件。由于数量太多、容量太大,关闭了少数课件中与赏析无关或次要的菜单。

由于本书中的许多思想和概念是首次提出来的,其中不够全面甚至不妥之处在所难免,恳请各位读者给予指正。

作　者

2011 年 9 月

目　录

第一篇　关于"多媒体画面艺术规则"

第二篇　多媒体教材如何呈现知识内容

第三篇　多媒体教材如何在信息化课堂教学中应用

第一篇 关于"多媒体画面艺术规则"

第1章
多媒体画面艺术规则的特点

如何看待多媒体画面艺术规则？

与美术、摄影、动画、影视等传统领域的艺术规则相比较，多媒体画面艺术规则具有以下三方面的特点：

- 它是从《多媒体画面艺术理论》中提炼出来的；
- 它具有信息时代多元化、跨领域的特点；
- 它是面向多媒体教材的。

因此，尽管有不少多媒体画面艺术规则的条目，甚至表述与传统艺术规则相同，但是二者却是分别隶属于完全不同的领域，在思路、内涵和应用方式上都存在一些明显的区别，不能简单地将其视为照搬传统艺术规则。为便于说明，有必要先简明地回顾一下《多媒体画面艺术理论》的思路。

1.1 《多媒体画面艺术理论》的思路

按照《多媒体画面艺术理论》的思路，可以将该理论的框架概括为图、文、声、像、交互5种类型，并且将其划分为媒体呈现艺术和画面组接艺术两大类。

媒体呈现艺术包括4种媒体类型：

- 静止画面(图)：图形、图片(包括主体、背景以及色彩等属性)；

- 运动画面(像)：动画、视频(包括主体、背景以及色彩等属性)；
- 文本(文)：文本(包括文字的背景、运动以及色彩等属性)；
- 声音(声)：解说(主体)(包括声音背景：背景音乐、音响效果)。

画面组接艺术包括两类功能：

- 编辑功能、交互功能(包括编辑、特技、菜单、热区及超链接等)。

在媒体呈现艺术中,分别对理论和接口两个层面的三个重要概念进行界定,即基本元素、视听觉要素和艺术规则。要求这三个概念在理论层面的界定是统一的,以维持《多媒体画面艺术理论》的完整性;在接口层面再对这三个概念的界定进行细化,以便分别与上述 4 类媒体呈现艺术接轨。

具体地讲,这三个概念在理论层面的统一界定分别如下所示。

- 基本元素：(客观上)呈现在画面上;(主观上)对视(听)觉形成刺激(显性客观刺激)。
- 视、听觉要素：(客观上)基本元素的衍变;(主观上)在视(听)觉效果中产生了"新质"(隐性客观刺激)。
- 艺术规则：(客观上)规范基本元素在画面上的衍变;(主观上)在视(听)觉效果中产生"亮点",或者说,基本元素在画面上的衍变如果遵循了艺术规则,就会出"亮点",反之,违背了就会出"败笔"。

不论图、文、声类媒体,也不论这些媒体是动态呈现还是静态呈现的,它们的基本元素、视听觉要素和艺术规则,在理论层面都是这样界定的。

在接口层面进行细化时,借助了"动静"、"形(音)义"两个参数。

一方面,用这两个参数来划分 4 类媒体,分两步进行。

第一步,划分动态、静态媒体和形象、抽象媒体。

- 动态媒体(如图像、解说)：媒体表达的意义存在于基本元素的运动、变化之中。不同的运动、变化代表不同的意义,停止变化则无法表达意义。
- 静态媒体(如图形、文本)：意义的表达与基本元素的运动无关。运动并非表义的需要,而是认知或审美需求。
- 形象媒体(如图像、图形)：意义的表达与形有关,以形传义。
- 抽象媒体(如文本、解说)：意义的表达与形(音)无关,形(音)义分离。

第二步,再由动态、静态媒体和形象、抽象媒体,来划分上述媒体呈现艺术中的 4 种媒体类型。

- 静止画面(图)：静态、形象媒体。
- 运动画面(像)：动态、形象媒体。
- 文本(文)：静态、抽象媒体。
- 解说(声)：动态、抽象媒体。

另一方面,用这两个参数来界定 4 类媒体的基本元素、视听觉要素也是分两步进行的。

对于基本元素的界定如下所示。

第一步，先用"动静"参数界定动态和静态呈现的基本元素。

静态呈现：（图、文）形态、属性、（配合或主从）关系、字义（图义含在形中）。

动态呈现：使静态基本元素产生运动（变化）的技术手段或运动方式（变化形式）。

第二步，在静态和动态呈现的基础上，再用"形（音）义"参数将其细化为图、像、文、声4 类基本元素。

（静态）静止画面（图）：图形（面、线、点）、属性（色彩）、空间（包括主体之间的配合关系和主体背景之间的主从关系）。

（动态）运动画面（像）：运动镜头、景别组接及软件制作等技术手段。

（静、动态）文本（文）：字形（字体及其特征元素）、属性、空间、运动、字义。

（动态）解说（声）：语音（音色、语调、速度等）、音义、关系（包括与图文的配合关系和与背景音乐之间的主从关系）。

经过这样处理以后，《多媒体画面艺术理论》中的基本元素便可通过"接口层面"，与4 类媒体呈现艺术接轨了。

对于视（听）觉要素的界定如下所示。

第一步，界定静、动态的视（听）觉要素。

静态呈现：画面上基本元素（形态、属性、背景）的变化、布局、搭配。

动态呈现：在产生运动（变化）技术手段中运用的技巧。

第二步，在动静参数界定的基础上，再用"形（音）义"参数将其细化为 4 类视（听）觉要素。

（静态）静止画面（图）：图形（属性、背景）在画面上的变化、布局、搭配。

（动态）运动画面（像）：在运动镜头、景别组接等技术手段中运用的技巧。

（静、动态）文本（文）：静态呈现字形（属性、背景）的变化、布局、搭配；动态呈现字形（属性、背景）的变化技巧；运用字义的技巧。

（动态）解说（声）：语音（音色、背景音乐等）变化、配合的技巧；运用音义的技巧。

经过这样处理以后，《多媒体画面艺术理论》中的视（听）觉要素，便可通过"接口层面"与 4 类媒体呈现艺术接轨了。

因此，从《多媒体画面艺术理论》中提炼出来的艺术规则必然保持了与该艺术理论一致的思路。

1.2　多媒体画面艺术规则的内涵和应用方式

按照《多媒体画面艺术理论》的思路，对多媒体画面艺术规则的界定也是分别在理论层面和接口层面中进行的。如上所述，在理论层面，是将艺术规则界定为规范所有基本元素在画面上的衍变。在接口层面将其细化时,也是先按动静参数进行界定,即艺术规则在静态呈现方面,主要用来规范基本元素(形态、属性、背景)在画面上的变化、布局、搭配;而在动态呈现方面,规范的是使静态基本元素产生运动(变化)的技术手段,及其在运用的过程中的一些技巧。

在此基础上,再按"形(音)义"参数进一步细化,使多媒体画面艺术规则规范的范围,除包括媒体的静态呈现和动态呈现外,还要将图、像、文、声等各类媒体都包括进去。

此外,该理论还认为,多媒体画面艺术包括媒体呈现艺术和画面组接艺术两大类,因此多媒体画面艺术规则除规范媒体呈现艺术外,还应将规范(编辑、交互)功能运用艺术包括进去。

事实上,《多媒体画面艺术理论》在提炼艺术规则时,是明确了三项原则的,其中首要的就是要求与多媒体画面艺术理论的思路保持一致。三项原则分别是:

- 保持与多媒体画面艺术理论的思路一致;
- 满足多媒体教材的需求;
- 充分借鉴传统艺术规则,但需在保持原意的前提下延伸至其他艺术领域,以适应多元化、跨领域应用的需求。

现在已经按照这三项原则,提炼出了 8 个方面的艺术规则,基本上可以覆盖《多媒体画面艺术理论》理论框架的两大类和 5 种类型。

其中有 7 个方面的艺术规则是用来规范媒体呈现艺术的。

属于基本规则方面的三类:"突出主体(或主题)"、"媒体匹配"和"有序变化"。

属于属性、背景方面的两类:"运用色彩"、"背景不干扰主体"。

属于文本、解说方面的两类:"文本易读性"、"解说配合"。

(基本规则适用于图、文、声、属性和陪衬等方面)

另有 1 个方面艺术规则是用来规范画面组接艺术的,即"交互功能运用"。

按照《多媒体画面艺术理论》,在运用这些艺术规则时,首先应该明确画面上的基本元素以及基本元素的衍变,并且要注意将静态呈现与动态呈现的衍变区别对待。

由此可见,该艺术规则从隶属于《多媒体画面艺术理论》的角度看,是和传统艺术规则存在明显区别的。

1.3 多媒体画面艺术规则具有多元化、跨领域的特点

传统艺术规则是隶属于某单一艺术门类的,例如美术、摄影、动画、影视等领域的艺术规则,都是在本领域中形成的,仅限于本领域中应用。但是多媒体教材中包含了美术、摄影、动画、影视等多个领域的艺术元素,因此要求规范设计、开发多媒体教材的艺术规则,

必须是多元化、跨领域的规则，只有从《多媒体画面艺术理论》中提炼出来的艺术规则才能满足这类要求。

例如在《多媒体画面艺术理论》中，将背景与主体的关系视为主从关系，不仅适用于图、文的（视觉）背景，而且也适用于背景音乐、音响效果的（听觉）背景。由此提炼出来的背景艺术规则，即"要求背景不能喧宾夺主"，不仅适用于图、文、声等领域的媒体，而且适用于这些媒体的动态呈现和静态呈现。

又如从《多媒体画面艺术理论》中提炼出来的有序变化艺术规则，即"规范各种变化形式的'度'"，就已经将平面构成中的对比、均衡、变化等艺术规则，色彩构成中的对比、调和艺术规则，以及影视领域中的蒙太奇艺术等都涵盖进去了。在新理论中，这些内容都被统一地视为有序变化艺术规则中的各种变化形式（相关内容将在 2.2.3 节中详细讨论）。

顺便说明，为什么《多媒体画面艺术理论》能满足多元化、跨领域的需求？这是因为该理论在细化理论框架的过程中，已经进行了精心设计的缘故。

例如将"图形"概念延伸，定义"图形"为图的形态，包括抽象的几何形态（即矢量图）和具体的写实形态（即位图）两类。美术中对"面"的定义是"在二维空间中由轮廓线决定的形态"，这是指抽象的几何形态。为了将其延伸到写实形态（摄影）领域，另外引入了"群集点包络线"的概念，这样便可将写实形态的"面"，类似地定义为"在二维空间中由包络线决定的形态"，从而使美术理论延伸到了摄影领域。

在新理论中提出了"动静一体原则"，从而能使运动画面和静止画面的艺术规则得以统一的表述。例如将平面构成中的"均衡"，视为空间上的均衡，而将运动画面中菜单的"跳转"与"返回"视为时间上的均衡，二者遵循的都是"均衡"艺术规则；又如将美术中的画面分割视为"空间分割"，延伸到运动画面，并提出"时间分割"的概念。一个知识点中有几方面内容，可设置为几个菜单，分别单击这些菜单调出呈现，便是将这个知识点以时间分割形式呈现的例子等。

由此可见，该艺术规则从具有多元化、跨领域的角度看，也是和传统艺术规则存在明显区别的。

1.4　多媒体画面艺术规则具有面向多媒体教材的特点

多媒体画面艺术规则与传统艺术规则的另一明显区别，是它不仅要适用于艺术领域，而且还要适用于认知领域。或者说，运用多媒体画面艺术规则时，需要对审美需求和认知需求并重。

其实，从系统论的角度看，画面的艺术属性和语言属性原本是同构的。

画面艺术是用艺术规则规范画面上的一些艺术元素的衍变,以传递美感;画面语言则是用语法规则规范画面上的一些语言元素的衍变,以传递信息。因此,在《多媒体画面艺术理论》中,"多媒体画面艺术"与"多媒体画面语言"是相通的,画面上的这些艺术元素或者语言元素,都被视为构成画面的基本元素,它们衍变后便是视(听)觉要素。

在多媒体画面上要求认知与审美并重,实际上是要求将画面内容和表现形式结合起来考虑。这是多媒体教材对规范它的艺术规则的要求。

由此可见,在多媒体画面艺术规则中,是应该将认知规律包括进去的。在运用多媒体画面艺术规则设计多媒体教材时,应该在教学内容的设计上遵循认知规律;而在呈现形式的设计上遵循艺术规则。

例如设计讲授天平的课件时,首先要对教学内容进行设计。基础知识部分需要介绍天平的原理、结构、基本使用和模拟读数 4 部分内容;扩展知识部分则需要介绍一些课外知识和相关实验,而且还安排一些自我检测的练习。显然这样的安排是符合认知规律的。如何实现这一安排? 在多媒体课件中采用了如图 1-1 所示的菜单形式:将上述 7 部分内容分别设置在各个菜单中,然后通过二级子菜单再分别讲授各部分内容。显然这样的安排是符合艺术规则的。

图 1-1 "天平课件"的界面设计

第 2 章
多媒体画面艺术规则的内容

2.1　多媒体画面艺术规则的完备性

在对 8 个方面多媒体画面艺术规则进一步分析之前，先讨论一下它们的完备性问题：从《多媒体画面艺术理论》提炼出来的这些艺术规则，是否能够覆盖多媒体教材的方方面面？

按照多媒体教材归纳、整理的多媒体画面艺术，包括媒体呈现艺术和画面组接艺术两大类，共 5 种类型。

- 静止画面(图)：图形、图片(包括主体、背景以及色彩等属性)。
- 运动画面(像)：动画、视频(包括主体、背景以及色彩等属性)。
- 文本(文)：文本(包括文字的背景、运动以及色彩等属性)。
- 声音(声)：解说(主体)(包括声音背景：背景音乐、音响效果)。
- 编辑功能、交互功能(包括编辑、特技、菜单、热区及超链接等)。

因此，如果提炼出来的艺术规则，能够覆盖这 5 种类型，就可以认为它们是完备的。

如上所述，8 个方面的多媒体画面艺术规则中，有 3 个是基本的、覆盖全局的。它们分别如下所示。

- "突出主体(或主题)"艺术规则：要求将教材内容突显出来，交代清楚。
- "媒体匹配"艺术规则：针对不同教材内容，选择与其匹配的媒体呈现，要求选准、选够，以确保有效地传递知识信息。
- "有序变化"艺术规则：将各传统艺术门类中的艺术规则，概括为规范各种不同变化形式的"度"。要求恰如其分或恰到好处，以确保有效传递视听觉美感。

覆盖全局是指，不论图、文、声类媒体，不论这些媒体在画面上是动态呈现或静态呈现的，也不论组接画面采用的是编辑方式或交互方式，这 3 个方面艺术规则对它们都是适用的。

对于设计多媒体教材，这 3 个方面艺术规则还是基本的。因为三者配合，就可以确保从认知与审美两个方面将教材内容交代清楚。这样设计出来的多媒体教材,基本上是应该肯定的。

其余的 5 个方面艺术规则,分别从三种不同角度进行补充规范,使设计教材的多媒体优势得以充分发挥出来,也使多媒体教材的亮点更加丰富多彩。它们如下所示。

- 从彩色、背景角度进行规范的,"色彩运用"艺术规则(包括色彩、肌理、材质的运用)和"背景不干扰主体"艺术规则(包括图、文、声类媒体的背景)。

在《多媒体画面艺术理论》中,已经将规范图的形态以及主体间配合关系纳入基本艺术规则之中,所以需要另外安排这两个方面的艺术规则,分别对图的属性和主从关系进行规范。

- 从文本、解说角度进行规范的,有"文本易读性"艺术规则和"解说配合"艺术规则。

这是由于文字语言的形、音、义三者是分离的,具有不同于画面语言的特殊性,所以需要另外安排这两个方面的艺术规则,分别对文本、解说在画面上呈现的特殊要求进行规范。

- 从画面组接角度进行规范的,有"交互功能运用"艺术规则。

与影视画面的编辑功能不同,基于计算机的交互功能存在智能运用和在画面上出现热区的问题。安排这方面艺术规则,旨在使多媒体教材在过程控制方面的优势发挥出来。

由此可以看出,这 8 个方面艺术规则实际是一种"3+5"的架构。在 3 个方面基本艺术规则中,"变化"艺术规则在传统艺术中主要是用来规范"图"的,包括静态呈现的图形、图片和动态呈现的动画、视频。《多媒体画面艺术理论》将其做了延伸,使其与"突出主体(题)"和"媒体匹配"艺术规则一起用来覆盖多媒体画面艺术的 5 种类型。另外再用彩色、背景、文本、解说和交互功能等 5 个方面艺术规则,分别对"图"的规范进行补充或者对"图"以外的方方面面进行规范,从而解决了多媒体画面艺术规则的完备性问题。

下面便按照这一思路,对多媒体画面艺术规则进行深入的讨论。

2.2　基本艺术规则

基本艺术规则是指可以覆盖全局的,能够通过对画面上基本元素衍变进行规范,确保知识信息和视、听觉美感最佳传递的那些艺术规则。

通过上节对 3 个方面基本艺术规则的讨论,还可进一步地将三者的关系概括成"一主两翼":"匹配"和"变化"艺术规则分别为传递知识信息和传递视、听觉美感提供了具体的保证,而"突出主体(主题)"艺术规则则为两个"传递"明确了指导思想。

分别讨论如下。

2.2.1 "突出主体(主题)"艺术规则

该艺术规则要明确的指导思想是,应该将传递信息和(或)传递美感的内容在画面上突显出来,确保取得最佳的传递效果。对于多媒体教材,应该将传递知识信息放在首位。

突出主体与突出主题其实是两个概念,二者既有区别,又有联系。

突出主体是对画面上呈现的内容而言,例如教师利用画面(黑板或计算机屏幕)讲课,画面上可能已经呈现了很多内容,为了使正在讲授的教学内容,或者使教材中的重点、难点等需要强调的内容成为学习者关注的对象(即"注视中心"),教师特意将这些需要强调的内容变色或变形,这就是"突出主体"。突出的主体一般是某个(或某些)具体的实物、人物、关键词等有形对象。显然,突出主体的目的是为了强调画面上需要强调的内容,如图 2-1 所示。

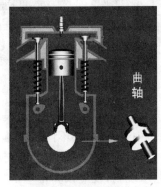

第六讲　思维　(二)——逻辑思维

* 　有关思维要点的回顾
* 　逻辑思维中思维与逻辑的关系
* 　学一点逻辑的基础知识
* 　**逻辑思维的实质、优势和局限**

(a) 用变化图形配合箭头、文字
突出教学难点(曲轴)　　　　　(b) 用强调字体突出正在讲授的教学内容

图 2-1　突出主体案例

在多媒体教材中,用于"突出主体"的形式是很多的。除了上述用异形、异色、异质等方式使其引人注目外,有时还需要对主体进行精美制作或突出造型,使其与周围环境的反差增大,或者格外赏心悦目,从而达到吸引学习者视线的目的。此外,还应注意主体在画面上呈现的位置。如果可能,最好将主体置于画面的视觉中心(或其附近),旨在减轻视觉疲劳。否则,也要尽可能将主体安排在画面上的明显位置,以不影响其成为学习者关注对象为底线。

总之,教师是通过突出主体的画面,来让学习者关注他所要强调的内容的。如果这个目的达到了,说明他所设计的画面遵循了突出主体的艺术规则,这就是一个"亮点";反之,如果学习者被画面呈现的内容所误导,或者根本就看不出该画面要表达什么内容,那么该画面的设计肯定是一个"败笔",而且这个"败笔"肯定是因为违背了突出主体艺术规则而出现的。

突出主题是对多媒体教材(或某知识点)要讲授的教学内容,或者是对影视作品(或某镜头)要表达的故事情节而言的。例如中央电视台播放的"嫦娥探月"短片,如图 2-2 所示,其主题是,通过火箭将卫星送到月球表面采集数据,并将采集到的数据传回地球。为了让观众看清全过程,需要将多个镜头进行组接,而且各组画面的主体是不同的:火箭架现场、火箭的点火、升空的火箭、飞行的卫星、卫星飞行的轨道、卫星绕月球飞行并采集数据、采集到的数据传回地球、数据处理后生成的月球表面图像。由于编导按照主题选用和组接了这些镜头,因而让观众简单明了、层次分明地看清了全过程,就算突出了"主题"。

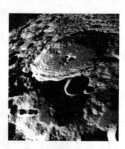

(a) 火箭点火、升空   (b) 飞行的卫星   (c) 传回月球表面的数据

图 2-2   突出主题案例(以"嫦娥探月"短片为例)

主题一般是指教学内容或者故事情节,而不限于某个具体的对象。为了表现一个"主题",在发展过程中可以用多个镜头配合。在这些镜头中,可以更换不同的主体;也可以采用多种媒体。突出主题的目的是为了将教学内容讲授清楚,或者将故事情节交代清楚,如果这个目的达到了,说明设计时遵循了突出主题的艺术规则,就应该算是一个"亮点"。

其实"突出主体(主题)"是一条既适用于传统艺术领域,又适用于多媒体作品的艺术规则,为什么设计多媒体教材时,要将其定位为基本艺术规则的指导思想? 这是因为多媒体教材既不同于书本教材,也不同于其他多媒体艺术作品:相对前者,它需要重视传递视听觉美感;相对后者,则应该将传递知识信息放在首位。例如在多媒体教学软件大赛的参赛作品中,有一些多媒体课件的画面设计十分精美,或制作技术水平很高,但就是缺乏教学实用性;或者教学内容过少,连一个知识点都交代不清;或者内容中出现了概念性错误等。如果是一个艺术作品,这类问题或许还能算是一点美中不足。但是作为教材,则应视为犯了"突出的是技术(艺术),而不是教学内容"的大忌! 属于违背突出主题艺术规则的一个"败笔"。

由上面"嫦娥探月"短片的例子还可看出,"突出主体"与"突出主题"之间,实际是一种局部与全局的关系。"主题"是通过一系列"主体"表现的,因此,"突出主体"应围绕主题的需要来安排。例如在讲授齿轮设计的知识点时,需要首先介绍齿轮的 10 种参数。这时为了要突出主题,就是要将齿轮的(齿槽、分度圆、压力角、模数等)各部分名称讲授清楚。为此按照齿轮各部分名称安排了一个菜单,如图 2-3 所示。

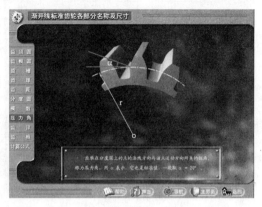

(a) 齿槽   (b) 压力角

图 2-3   齿轮各部分名称介绍

在菜单对应的各画面上,运用图形、文本、解说以及色彩、影调、材质等元素配合,将需要强调的内容,以统一的布局、精美的造型和规范的板书呈现出来。正是由于该课件设计中正确地处理了"突出主体"与"突出主题"之间的关系,因而将原本枯燥、抽象的教学内容,在画面上条理清晰、形象生动地呈现出来,显示了多媒体教材的优势。

2.2.2   "媒体匹配"艺术规则

按照"匹配规则",选用媒体要考虑两个方面,一是选用的媒体要与学习对象匹配,二是选用的媒体要与专业内容匹配。

对待不同学习对象,主要是考虑学习水平和学习兴趣的问题。呈现知识的方式要适于学习者的水平,这是属于认知规律范畴的内容。按照"媒体匹配"艺术规则,不同学习者由于年龄、知识水平不同,应该采用不同的画面形式:例如专业课的课件与小学的课件,表现的形式应该有很大的区别,如图 2-4 所示。

在这两类课件的画面中,文与图的比例、色彩运用的比例、动态呈现与静态呈现的比例、侧重内容还是侧重形式等,都有很大的区别。

选择和呈现媒体要与学习对象匹配,这是大家比较容易理解和做到的,但是对于"选用媒体要与专业内容匹配"的问题,则并不那么容易回答!

由于现在的学科门类太多、太杂,而且同一门课内的不同内容(概念、实验、图例等),要求采用的媒体也不相同。因此很难具体地回答这样的问题"什么样的专业内容,应该用哪些媒体来表现?"经过深入研究后发现,这个问题可以转化一下,即"哪些媒体,适合表现

(a) 小学课的课件　　　　　　　　　　　　(b) 专业课的课件

图 2-4　教学内容的呈现要考虑学习者的水平和兴趣

哪种类型的教学内容?"于是,一个"媒体与专业内容匹配"的问题,便转化为"探讨媒体的优势和用场"的问题。由于媒体的数量是有限的:动画、图像、图形、文本、解说等;或者动态呈现的媒体、静态呈现的媒体等,只要将这些媒体的优势和用场搞清楚了,那么对于每一门课,只要按照这些媒体的优势和用场套用,就可以对号入座了。

　　具体地讲,动画的优势是可以创意制作,适合用于讲授工作原理、演示工作流程、呈现内部结构以及某些视频无法拍摄的内容等。视频图像的优势是真实可信,可以用于场景再现、记录操作训练、形体表演、课堂教学等现场实况。文本和解说具有表义准确的优势,可以分别通过视觉和听觉渠道来表述定义、概念等抽象内容,还可在画面上与图形、图像配合,分工合作,优势互补地传递知识信息。以上这些媒体,若能静态呈现,则可便于等待以看清、记忆和思考;而动态呈现则适合于表现连续的运动过程,或使画面显得生动。如果在选用上述媒体的同时,配合采用交互功能,还可引入导航或互动教学等。

　　另一方面,当设计一门课的多媒体课件时,还应该先按照上述媒体的用场,对课程的内容进行如下类型的划分:是讲工作原理、分析内部结构,或是演示实验的运动(变化)过程,或是进行操作训练、形体表演等。

　　经过这样两个方面对应地分类以后,便可以将二者进行匹配了。

　　例如,设计一门讲授"大脑皮层"的多媒体课件。在传统教学中,一般是配合采用大脑结构模型(或挂图)进行讲解,由于教学内容繁多、抽象,学员普遍感到难于理解和记忆。在多媒体教材中,可以利用多媒体的优势创建一个"教学情境":先从对大脑进行 CT 检查引入话题,再通过拍摄出来的照片显示大脑中的病变,于是便可从探讨病变在大脑中的部位,引出对"大脑皮层"结构的讲解。按照"媒体匹配规则",CT 检查的真实场景可以选用视频[图 2-5(a)];为了让学员相信 CT 检查结果的真实性,可以选用拍摄出来的病变照片配合显示[图 2-5(b)]；当由探讨病变在大脑中的部位，转到本课教学内容时，则可采用一系列"大脑皮层"结构的示意图[图 2-5(c)、(d)]。

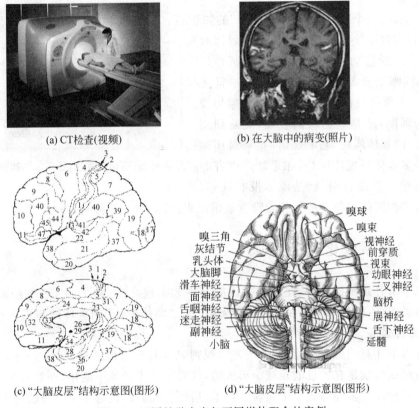

(a) CT检查(视频)   (b) 在大脑中的病变(照片)

(c) "大脑皮层"结构示意图(图形)   (d) "大脑皮层"结构示意图(图形)

图 2-5　不同教学内容与不同媒体配合的案例

由此可以看出，在多媒体教材中引入这一"教学情境"，有助于提高本课的教学目的性和针对性：使学员由"要我学"变成"我要学"（不了解大脑皮层结构就无法探讨病变）；由"无目的地学"变成"带着问题学"（弄清病变在大脑中的部位）。显然这是一个亮点。同时也可以看到，将这一"教学情境"在多媒体教材中呈现出来，则是由于遵循了"媒体匹配规则"的缘故。

需要强调指出的是，对于"选用媒体与专业内容匹配"的问题，不仅要强调"选"，而且要强调"用"。按照教学内容选择媒体时，关键词是"选准、选够"；而当被选的各类媒体在画面上呈现时，关键词则是"分工合作、优势互补"。图 2-5 中便是按照教学内容的需要，不仅准确地选择了各类媒体，而且在这些媒体的配合运用中，通过视频、照片使教学情境显得真实，再用静态呈现的示意图来讲解大脑皮层的结构，各自的优势得到了互补。

此外还需注意，运用"媒体匹配"规则与"突出主体(主题)"艺术规则是有一点区别的：

后者作为一种指导思想,对于传统艺术与多媒体艺术都适用;但是由于多媒体艺术中能用的媒体比任何传统艺术都多,这是一种潜在的优势,选用得好,多媒体的优势就显示出来了,反之便浪费了资源。

比方说,讲一个"圆周长与半径关系"的知识点。传统教学一般都只能是在黑板上用粉笔画图,或者用挂图配合讲解。在多媒体教材中,则可以通过动画与图形配合,让圆在尺子上滚动,则周长与半径的关系便可一览无遗,如图2-6所示。在这个例子中,是照搬传统教学中的画图,还是选用动画表现,关系到遵循还是违背"媒体匹配"艺术规则:能够选用动画媒体是多媒体呈现的优势,如果教学内容需要用动画配合而没有用,就是媒体没有选够,

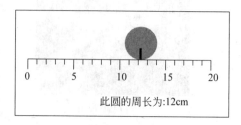

此圆的周长为:12cm

图 2-6　选用动画表达,是多媒体教材的优势

多媒体教学相对传统教学的优势就没有显示出来,对这个课件就是一种遗憾!

2.2.3 "有序变化"艺术规则

正如本节开始所指出的,在3个方面的基本艺术规则中,除了用"突出主体(主题)"明确指导思想外,另外两个方面是用于"传递"的:"媒体匹配"侧重传递知识信息;"有序变化"侧重传递视、听觉美感。

需要提醒注意的是,各门类的传统艺术规则也都是侧重传递视、听觉美感的,只不过由于这些规则分别是在各自的领域中形成的,仅限于在本领域中应用,而且对艺术规则的表述也互不相同。多媒体教材中包含了美术、摄影、动画、影视等多个领域的艺术元素,要求规范设计、开发多媒体教材的艺术规则,必须是跨领域的规则。由此明确了形成"有序变化"艺术规则的思路:一方面要充分重视和利用各门类艺术已形成的艺术规则,使多媒体教材中的艺术元素在运用时有所遵循;另一方面又要因势利导地对其进行调整、延伸或补充,使其适应跨领域的应用环境。特别是要跳出各门类艺术的审美局限,以便从一般艺术学中寻求该艺术规则的统一表述。

一般艺术学探讨各门类艺术共有、而非某一艺术特有的规则。按照一般艺术学的审美观,美术、摄影、动画、影视等领域的艺术规则,其功能都是为了产生和谐的知觉(即美感)。"什么样的知觉能够称得上和谐?"需要用两句话来回答:"和谐"并不是单调,单一与平淡是产生不出美感的。美感基于变化,或者是静止画面的空间布局变化,也可以是运动画面随着时间的不同演变。所以说画面上的美,产生于各种变化的形式之中,变化是产生美的"基础"。此外还必须补充一句:无序的变化也不可能产生美感。没有规范的乱变,或者使人感到生硬,或者显得杂乱,甚至难以接受。只有适度地变化,如恰到好处地修

饰、恰如其分地烘托、画龙点睛等,才能产生和谐的视觉美感。所以准确地把握变化的度,才是产生美的"关键"。艺术规则的任务,便是规范变化的"度"。

因此,可以将"有序变化"艺术规则统一地表述为,"规范各种变化形式的度"。

这一表述不仅概括了各门类艺术中产生美感的"基础"和"关键";而且还可以将不同门类艺术视为变化的不同形式,为借鉴传统艺术规则留出了一个接口。

对如平面构成,可以将规范构图的艺术规则归纳为三种变化形式:

- 比较同类视觉要素中的差异,形成一种视觉反差的美(对比规则);
- 维持实(虚)形态的"量感"在画面上均衡,形成一种视觉上平衡的美(均衡艺术规则);
- 用统一的规则作为变化的"度",形成一种视觉构图的美(变化艺术规则)。

对如色彩构成,也可将对比、调和艺术规则归纳为一种变化形式、强调色彩的冲突、反差时,注意不要刺激过分;强调色彩的协调、统一时,注意不要显得单调。

对如课件(或网页)的版面设计,还可将规范版面分割与搭配的规则视为一种变化形式:突出版块间差异时应强调对比,但在页面整体上,强调视觉效果的调和。

在影视领域中,也可将蒙太奇的运用视为一种变化形式:在表现教学内容(或故事情节)的同时,还要注意规范组接镜头中的动和静、明和暗、繁和简、图和文等差异(变化)的度等。

总而言之,采用"有序变化"艺术规则的这一表述,可以达到两个目的:一是在多媒体教材中找到了规范美术、摄影、动画、影视等艺术元素的统一表述;二是可以通过接口,充分利用传统艺术中已取得的成果,如同 Windows 操作平台利用 Office、Internet Explorer 等应用软件一样。

其实在《多媒体画面艺术理论》中,还有许多这类跨领域的艺术规则,并且为此在多处进行过类似一般艺术学的探讨,如在 1.3 节中提到,对静止画面中绘画画面(矢量图)与摄影画面(位图)共性的探讨。类似地,还探讨过运动画面中影视画面与动画画面的共性;构图艺术与色彩艺术的共性;运动画面与静止画面的共性等。这些探讨的目的,都是为了在多媒体教材中,寻求对这些跨领域艺术规则的统一表述,因此应该将本节介绍的思路,视为形成这类多媒体画面艺术规则的特点之一,即按照一般艺术学的思路表述,在细化表述时与传统门类艺术接轨。

此外还应说明,虽然"有序变化"和"媒体匹配"两条艺术规则,在传递视、听觉美感和传递知识信息方面是分别有所侧重的。但是按照多媒体教材对艺术规则的要求,二者在应用时应该结合起来考虑;而且在艺术规则中应该将认知规律包括进去,即先按照认知规律设计教学内容,再按照艺术规则将设计的内容呈现出来。

以上述设计"齿轮"知识点的课件为例(图 2-3),按照对比艺术规则,比较同类视觉要素中的差异,会形成一种视觉反差的美。因此应该在对媒体的选择和运用中,重视表现

"齿轮"内容中的共性和差异,将其中的可比性突出来。虽然齿轮的各种参数(如齿槽、分度圆、压力角、模数等)互不相同,但是都为齿轮的属性,这就是它们的共同点,而且这一认识属于认知范畴。因此,在表现形式上采用了统一的格调,寓意以这种格调表现的都是齿轮的各种属性。这种突出该知识点可比性的艺术设计,其意义在于使内容上的差异(变化)在形式上统一(有序)了,不仅在视觉上保持了对画面观感的一致,而且也有利于学习时的理解和记忆,显然是设计课件中的一个"亮点",而且是由于遵循了有序变化(对比)艺术规则产生的一个"亮点"。

根据"有序变化"艺术规则,还可为设计多媒体课件引申出一些需要遵循的原则:

- 同一课件中,采用菜单的形式应尽可能一致,对于文字菜单,所用的字体、字号、色彩必须统一;
- 同一课件中,强调重点、难点的方式、色彩;表示章、节或标题的格式等,应尽可能保持前后一致;
- 同一课件中,呈现同一设备的外形、色彩或者表示同一内容所用的符号,在各镜头中必须保证前后相同;
- 用全景和特写介绍一台仪器或设备时,特写画面的色调与影调等属性应该与全景画面的相同;
- 对于群集形态,可通过变化来打破单一的格局,并用一个或几个约定来规范该变化的过程或方式;
- 设计课件或网页的版面时,可以将"文字块"视为一种群集形态,和图形一起进行分割画面。还可以按照内容将版面分区,如标题、目录、正文、注释等各区。各区之间应有变化,但应保持整个版面格调的统一等。

违背了上述这些原则,就算"败笔"!

2.3 属性、背景方面的艺术规则

如上所述(2.1),8 个方面的多媒体画面艺术规则是一种"3+5"的架构。其中 3 个方面的基本艺术规则已经覆盖了"图"的静态呈现和动态呈现,其余 5 个方面的艺术规则是分别从三个角度进行补充规范的,属性、背景方面的艺术规则主要用于规范图的属性以及图与背景之间的关系。分别讨论如下。

2.3.1 "色彩选配"艺术规则

《多媒体画面艺术理论》吸取了色彩构成中对色彩的界定,将"色彩"视为构成面的基本元素之一;同时还按照多媒体教材的需求,明确了色彩应该充当的三类角色,即作为认知对象的属性;作为审美对象的属性和作为一种教学工具或手段。

据此,该理论相应地提出了选配色彩的三点要求:

- 作为认知对象的属性,就要求选用的色彩适应视觉习惯;
- 作为审美对象的属性,就要求选用的色彩满足审美的心理需求;
- 作为教学工具或手段,就应该按照教学内容的要求选用色彩。

但必须指出,运用色彩是需要学习一些基础知识的,学习的目的是为了培养对色彩的敏锐感,以便在设计多媒体教材时,能够按照色彩自身的特点以及色彩搭配规则用色。

因此,选配色彩一般要注意以下三个方面:

- 要满足教学内容的需求;
- 要适应视觉习惯和心理感受;
- 要按照色彩的特点及其搭配规则用色。

这三个方面便是所谓"色彩选配三依据"。其中学会用色是基础,因为只有学会了按照色彩特点及其搭配规则用色,才有可能按照视觉习惯和心理需求主动地选择色彩,才有可能按照教学内容的需求自由地运用色彩。

学习有关色彩的基础知识一般分为两个层次,即生活方面的知识和稍微专业一些的知识。前者只需有些生活经验就能理解,如各种常见色彩的一些特点和视觉效果:红色可在心理上造成温暖、喜庆和庄严的感受;纯度较低或渐变的绿色背景,可以产生清新的感觉;黄色是亮色,有前移扩张的感觉,但是缺乏深度,因此用作前景色的效果较背景色好(彩图 2-1);黑、灰、白属无彩色,只有明度属性,可与任何色彩搭配等。

后者则需要学习一些色彩专业知识和积累一些制作经验才能理解,如按照设计的要求确定画面的色调和搭配色;冷暖色调的运用;色彩的色相、明度、纯度之间反差的制约关系等。

"色彩选配三依据"中的前两条,实际是制定"色彩选配"艺术规则的依据,分别讨论如下。

(1)为使教材中选用的色彩符合视觉习惯,需要分别制定"符合真实"与"符合共识"两条原则。

符合真实原则是指,色彩作为真实物体形态的属性时应该真实。血液只能用红色、雪花只能用白色,否则不符合视觉习惯。例如一幅血液循环系统的示意图中(彩图 2-2),动、静脉血管只能分别用红、蓝色表示,因为这是与实际血管色彩相符的,可以不解自明。又如生活中见到的齿轮一般都是金属制品,因此图 2-3 中的齿轮,在银灰色基础上再配明暗的影调,就能为视觉所接受,适应视觉习惯。

符合共识原则是指色彩作为一种认知符号时,应该尽可能采用形成了共识的色彩。财务上用红色表示赤字、地图上用蓝色表示海洋,这是形成了共识的,否则也不符合视觉习惯。例如机场的班机运行公示牌上，用"绿字"表示正点，"红字"表示异常；物理图示中，分别用红色和蓝色表示磁铁的 N 极和 S 极。此外，在社会上还有很多形成了共识的色彩，如用蓝色表示睿智、白色表示纯洁、红色表示喜庆等。

因此，在选配色彩时，或者按照《多媒体画面艺术理论》中的表述，在对色彩（基本元素）进行选择、变化和搭配时，要遵循"符合真实与符合共识"的艺术规则。这是在"色彩选配"艺术规则中，将适应视觉习惯的要求具体化而引申出来的一条艺术规则。

（2）为使教材中选用的色彩满足审美心理需求，需要借鉴"色彩构成"中的对比、调和艺术规则，将其纳入为该理论中的另一条规范用色的艺术规则。

在"有序变化"艺术规则中（2.2.3），已经将色彩对比调和艺术规则视为规范变化的一种形式。按照该艺术规则的表述，可将对比调和艺术规则视为规范色彩对比变化的"度"。也就是说，在强调色彩的冲突、反差时，注意不要刺激过分；强调色彩的协调、统一时，注意不要显得单调。这就是审美心理对用色的需求，遵循了就会出"亮点"，反之就会出"败笔"。

举一个前景与背景色彩搭配的例子。如果需要突出主体时，二者宜用色彩的强对比：在天空的冷色衬托下，暖色的建筑显得格外清晰，见彩图 2-3（a）。此时应忌反差过大，避免轮廓生硬；反之，如果需要烘托主体时，二者宜用色彩的弱对比，在夕阳余晖照射下，天空和建筑均呈顺色，见彩图 2-3（b）。此时应忌反差不足，避免单调、平淡。

（3）在多媒体教材中，色彩还可用来作为一种教学工具或手段，例如用异色强调重点、难点或者正在讲解的内容。

用于强调的异色不必硬性规定用哪一种色彩，其效果由是否满足教学内容需求来定。例如在比较左、右脑叶中相同部位内容的课件中（彩图 2-4），可以分别用两种不同颜色（绿色与黄色）表示二者，虽然图中的色彩并非脑叶内的真实色彩，但是仍然可以满足教学内容的需求，教学效果好。

又如在讲授内燃机四步冲程的过程中（彩图 2-5），当讲到"做功"冲程时，一方面流程图中的"做功"栏变为红色，同时右侧原理图配合呈现内燃机做功的画面。此处"做功"变为红色或采用其他颜色并不重要，重要的是用异色表示了正在解授的内容，满足了教学内容的需求。

需要说明的是，在教学中采用形成共识的色彩，或者用色彩作为一种教学手段，色彩充当的都是一种认知符号，但是二者是有区别的：前者只能采用共识所接受的色彩。如用红色表示财务上赤字；用白色表示纯洁等。遵循的是"色彩选配"艺术规则中的"符合共识"子规则。后者则只用异色强调即可，并不硬性规定采用哪种颜色。遵循的实际是"突出主体或主题"艺术规则。

最后还需提及一条在课件中常用的"色彩选配"子规则，即在不同镜头（或视图）中，应采用相同色彩表现同一内容。例如，在讲解大脑皮层的分区时，需要通过顶视图与侧视图来介绍"脑叶",如彩图 2-6 所示。按照该规则,要求顶视图与侧视图中对应脑叶的色彩相同,即在二视图中额叶均为黄色;顶叶均为粉红色;枕叶均为淡蓝色等。从这一例中可以看出,用不同颜色表示不同脑叶是为了讲清教学内容,属于"突出主题"艺术规则范畴(用哪种颜色表示哪一脑叶并不重要);而要求二视图中同一脑叶的色彩相同,则是为了符合视觉习惯,实际是由"符合共识"子规则引申过来的。

2.3.2 "背景运用"艺术规则

《多媒体画面艺术理论》接纳了平面构成中对"空间"的认识,将其视为构成画面的一类基本元素。同时还按照该理论对基本元素的统一界定,将"空间"理解为在画面上呈现的,对主观(视、听)知觉形成刺激的一些"关系",包括主体之间的"配合关系",或者主体与背景之间的"主从关系"。并且指出,"配合关系"遵循的是"分工合作、优势互补"的艺术规则;"主从关系"遵循的则是"不喧宾夺主"的艺术规则。

由此可以形成有关背景的几点认识。

- 背景是构成画面的一类基本元素,它在画面上的衍变(即视觉要素)体现在与主体的配合上,如果背景在配合主体时喧宾夺主了,便应视为违背了"背景运用"艺术规则,就一定会出现"败笔"。

- 由于两种不同"关系"遵循的艺术规则是不同的,因此首先要分清"配合关系"和"主从关系"。一般情况下,分清背景并不是一件难事,但是在某些情况下还是需要加以注意的。例如音响效果在多媒体画面中一般视为背景,但是在介绍乐器的课件中,分别为钢琴盘面上各琴键配对应的琴声音响,实际上与画面便是一种"配合关系",二者分工合作,可以通过鼠标演奏出动听的乐曲来。又如中央电视台的新闻联播片头中,标题"新闻联播"与背后衬托的转动地球,也应视为一种"配合关系",二者分别通过字义和图义,向观众传达了"新闻信息遍及全球"的内涵。如果将此画面改为多媒体画面艺术课件的主页,则转动地球就应视为标题"多媒体画面艺术"的背景,从而受到不能喧宾夺主的制约了。

- 在上述界定中没有涉及媒体,这就表明,背景可以由视觉和听觉两类媒体形成,其中视觉背景采用图(文)形态,含色彩、肌理等属性;听觉背景采用背景音乐、音响效果。

- 一般认为,在多媒体画面上运用背景,要注意的是三条:烘托主体、美化环境、不能对主体形成干扰,即所谓"运用背景三要点"。但为什么在"背景运用"艺术规则中,只纳入了"不喧宾夺主",而未提及前面两条? 这是因为界定为"艺术规则"是有条件的:遵循了一定要出亮点,或者违背了一定要出败笔,而不是有时出有时不出。有许多背景,虽然也陪衬了主体或者美化了环境,但是不一定出亮点。

比较如图 2-7 和图 2-8 所示的两幅画,前者的背景虽然起到了陪衬主体的作用,但是却看不出有什么"亮点"或"败笔",只不过起到了背景的作用而已,因此将其视作一种"功能",可能比视作"艺术规则"更确切!后者的背景在美化环境方面应该算是出了"亮点",虽然这一亮点的产生,是由于背景色彩纯度的变化遵循了"有序变化"艺术规则所致,但是这样变化以后与前景配合,确实使美化环境的亮点显现出来了。其实运用背景在陪衬主体和美化环境方面显现亮点的例子是很多的,如八一电影厂的军徽片头,采用了金光闪烁的背景和雄伟的解放军进行曲来渲染气氛;在"机械传动"课件的菜单画面上,采用了虚化的齿轮等传动构件衬托等。

图 2-7　烘托主体的背景　　　　　　　　　图 2-8　美化环境的背景

综上所述可以看出,背景中的三个要点在运用时是有差别的:"烘托主体、美化环境"以视作一种"功能"为宜;只有"不喧宾夺主",由于在任何情况下,只要违背了就一定会出"败笔",所以将其纳入"背景运用"艺术规则。

针对多媒体教材中在背景运用方面常见的问题,制定了以下几条子规则。

(1) 对于屏幕文本的背景,经常出现的有两种情况。一是文字与背景顺色,或亮底亮字,或暗底暗字,易读性差;二是背景图案与文本内容相关,但又不一致或相反,容易误导观者。为此制定以下两条子规则:

• 底色与字色间的明度差应达到 50 灰度级或以上;

• 如果文本的背景有图案,则二者的内容,或者匹配(即烘托主体);或者无关(即美化环境)。切忌因歧义误导观者。

(2) 用背景音乐烘托画面时,遇到的情况有以下几种。一是随意挑选一些与教学内容无关的名曲来烘托课件,结果让优美的旋律把学习者的注意力都吸引过去了;二是给解说配的背景音乐,响度过大又不能调节,导致听不清教学内容;三是给课件配的背景音乐没有静音控制,教师要利用该课件时无法讲授等。为此制定以下子规则。

配有背景音乐的课件,要注意三点:

① 避免与教学内容无关的音乐旋律转移注意。

② 避免课件音量过大听不清解说。

③ 当教师要讲授时,应有调小音量或关闭的功能。建议尽可能设置音量调节和静音开关。

(3) 在配有音响效果的多媒体教材中,有时会出现这样的情况。给计算机软件制作图形配的音响欠真实,如有的课件中,单击按键、开关、菜单时的发音很怪,不符合听觉习惯;此外,给课件中引入电视画面配的音响,没有认识到教学需求优先的原则。如讲授(篮球)投篮要领的课件中,引入走步、投姿示范的电视画面,其中的脚步声、球击篮板声以及观众叫好声等音响效果本应删去而没有,影响了教师的讲解。为此制定了以下子规则。

给课件配音响效果时要注意两点:

① 将画面上的音响效果视为一种"真实的艺术"。

② 配置与否和如何配置要以教学效果为依据。

(4) 在网页或者文本标题的背景中添加一些运动因素,会使整个画面显得生动,但是有时对"动"的刺激力度把握不准,分散了对主题的注意力,或久看会觉得视觉疲劳。为此提出以下子规则:

对运动因素的面积、色彩明度差、移动速度、重复频度要有所限制,以不喧宾夺主为底线。

2.4　文本、解说方面的艺术规则

上两节(2.2、2.3)讨论的基本艺术规则和属性、背景方面艺术规则,已经将"图"的静态和动态呈现艺术覆盖了。本节将继续讨论媒体呈现艺术中的另外两类媒体:文本和声音。其中声音媒体包括解说、背景音乐和音响效果三类,由于大多数非音乐类课件中将后两者视为背景,受背景艺术规则规范,因此本节讨论的,实际是规范文本和解说方面的艺术规则。

在上两节中对"图"的讨论,是按照静态和动态呈现划分的,由于文字语言具有不同于"图"的特点,即文字的形、义、音三者分离,因此需要将文本(形、义)与解说(音、义)分别讨论。

2.4.1　"屏幕文本运用"艺术规则

"屏幕文本"(Text On Screen,TOS)是在《多媒体画面艺术理论》中引入的一个新概念,旨在强调它与书本上呈现文字(即"书本文字")的区别。屏幕文本隶属于画面语言,多媒体画面语言中包括图、文、声等媒体,其中的"文"即屏幕文本。

在多媒体教材中运用屏幕文本,一方面要注意保留文字"形义分离"的特点和"表义准确"的优势;另一方面又要入乡随俗,和图一样地遵循多媒体画面呈现的艺术规则。因此"屏幕文本运用"艺术规则应该用两句话来概括:

- 静止画面和运动画面的艺术规则,既适用于图形,也适用于字形;
- 鉴于屏幕文本毕竟源于书本文字,需要针对书本文字搬上屏幕,另外加上三条原则,即要求屏幕文本具有"适配性、艺术性和易读性",俗称"屏幕文本呈现三原则"。

现在分别对这两句话展开讨论。

(1) 在《多媒体画面艺术理论》中,艺术规则是用来规范基本元素的衍变的,因此需要首先明确屏幕文本的基本元素以及基本元素的衍变(即视觉要素)。

如何将静止画面和运动画面对基本元素的界定,延伸到屏幕文本的呈现艺术中?有三条原则。

① 基于该理论的理论层面统一界定:将屏幕文本的基本元素视为,在画面上呈现的、对视觉形成客观刺激的那一类元素。

② 借鉴静止画面和运动画面已取得的结果:构成静止画面的基本元素,有图的形态(图形)、属性(填充形态的色彩、肌理、明暗层次)、背景;而将构成运动画面的基本元素视为,使静态基本元素产生运动的技术手段,包括电视拍摄手段、计算机软件制作手段;或者画面组接的技术手段。

③ 鉴于屏幕文本的特点,补充两点说明:其一,由于计算机文本是从字库中调出来的,因此构成屏幕文本的基本元素,并非字的笔划,而是构成字体的一些特征元素,包括字体、字号、粗细及字间距、行间距等,叫做字的形态(字形);其二,由于文字是形义分离的,因此应将字义单独算一类基本元素。

由此便可以将静态呈现的屏幕文本基本元素表述如下:

字形(字的形态)、字义、填充字的色彩等属性、文本与(图、声)背景间的主从关系。

屏幕文本在动态呈现时的基本元素,仍然表述为使静态基本元素产生运动(变化)的技术手段或表现形式,如字幕的滚动、变色、运动背景等。

屏幕文本的视觉要素也可按照同样思路进行界定。在理论层面将其视为,能在视觉中产生"新质"的、上述屏幕文本基本元素在画面上的衍变;在接口层面也按静态、动态呈现分别表述。静态呈现时的视觉要素是指,屏幕文本在画面上呈现方式的变化、布置、搭配,包括文本的字形、字色在画面上的变化、布置;字幕与画面的搭配;文本与背景的搭配以及语句表达形式的变化等。动态呈现时的视觉要素则是指在上述运动(变化)的过程中,运用的各种技巧,例如字形、字色的各种变化技巧;文本与画面配合的技巧;各种字幕运动方式的技巧;给文本选配各类运动背景的技巧;运用文本在修辞方面的技巧等。

艺术规则是用来规范屏幕文本基本元素在画面上的衍变的。在静态呈现时,规范屏幕文本在画面上呈现方式的变化、布置、搭配;在动态呈现时,规范上述运动(变化)中运用的各种技巧。

在对"屏幕文本运用"艺术规则概括的第一句话中,指出静止画面和运动画面的艺术规则适用于字形。这就是说,对于静态呈现的屏幕文本,字形的衍变,应该遵循"对比、均衡、变化"的艺术规则;字色的衍变,应该遵循"对比、调和"的艺术规则。对于动态呈现的屏幕文本,运用变化的技巧,应遵循"突出主体或突出主题"的艺术规则;进行搭配的技巧,遵循"分工合作、优势互补"的艺术规则等。

(2) 书本文字搬上屏幕以后,有两点变化值得注意。

一是在呈现方式上的变化。屏幕文本不仅可以静态呈现,或与静止图形、图片配合呈现,而且可以动态呈现;配合的媒体也更多(包括视频图像、动画、声音);还可以刷新、交互控制等。因此需要注意呈现时的"适配性"和"艺术性"。

二是呈现介质的变化。屏幕上呈现的文本,分辨率不如印刷文字,而且久看会感到视觉疲劳。因此要重视"易读性"的问题。这就是要求屏幕文本呈现时遵循"适配性、艺术性和易读性"三原则的理由。

强调适配性和艺术性,是因为需要转变长期在书本教材中形成的"重文字表述,轻艺术呈现"的观念。如前所述(1.4),在多媒体画面上是要求认知与审美并重的,丰富的(动、色、声等)媒体资源是实现画面艺术呈现的潜在优势,但是如果不按照艺术规则进行适配,可能反而会弄巧成拙,出现"败笔"。

在屏幕文本呈现三原则中,易读性是底线,也是一个比较常见的盲区。需要提醒注意的是,对易读性的要求有两点:不仅要能看清;而且还要醒目。对后者的要求是为了久看不觉得疲劳。经过深入地研究,现在已经认识到了如何实现易读性的要点,即"一改三条"。

"一改"是指"改编",将书本教材搬到屏幕变成多媒体教材,需要改编。因为书本教材是由书本文字编写的,其中包含了大量的语法修辞、标点符号等冗余信息;多媒体教材则是用画面语言编写的,可以用多种媒体来表现教材内容,其中也包括屏幕文本在内。因此可以看出"改编"有两重含义:一是将教材内容由单一媒体表述改编为用多种媒体表现,如同将小说改编为电视剧一样;二是运用画面语言中的屏幕文本时,可以不拘于严格的语法要求,提要、关键词、大纲等均可,如课堂板书一样。这种由书本文字改编的屏幕文本,不仅是为了节省冗余信息,更重要的是为了符合屏幕阅读习惯,便于理解和记忆。

"三条"是指三条措施:

- 按照教学内容的需求,适当选用字体及其特征元素,使其符合屏幕上(而不是纸介质上)的表达格式;
- 屏幕文本和背景的明度差一般要求达到 50 灰度级以上。采用投影显示时,需达到 70 灰度级以上;

- 屏幕文本所占的信息区不要超过屏幕的 60%～70%。信息区和美化区的分配,实际是在处理教学效率和教学效果的关系,选择 60%～70% 是采用了黄金分割(0.618)的约数。

2.4.2 "解说运用"艺术规则

在画面语言中,解说的音、义和屏幕文本的形、义同属文字语言范畴,但分别为听觉媒体和视觉媒体,也就是说,解说只能动态呈现,而且没有形态(只有声音)。

与屏幕文本类似,"解说运用"艺术规则也是由通用规则和专为解说制定的规则两部分组成的。前者是将那些覆盖全局的艺术规则应用于解说(2.1);后者则是专为文字语言中的视、听觉媒体配合以及语义制定的规则。分别讨论如下。

(1) 按照《多媒体画面艺术理论》,"解说运用"艺术规则规范的是解说基本元素的衍变(即听觉要素)。

因此先要明确解说的基本元素和听觉要素。由于解说没有形态,它的语音是动态呈现的,所以解说的基本元素便是语音的音色、语调、速度、节奏等,此外还有音义、解说与图、文的配合以及衬托解说的背景(背景音乐、音响)等。

解说的听觉要素是由这些基本元素衍变出来的,实际是指它们在运用过程中的一些技巧。其中包括以下几方面。

- 播音过程中运用语音的技巧。由于播音员在咬字、气口、语调、节奏等方面的讲究,听起来会产生发音准确、有节奏感、幽默感等印象。
- 撰写解说词中运用的技巧。深刻的分析会产生逻辑信服力;深入浅出的表达会产生轻松的教学氛围;准确、形象、简练的用词会形成文学美感等。(撰写屏幕文本也一样)

顺便说明,字形、语音在画面上呈现的技巧,属于艺术范畴;运用字义、音义表达信息内容的技巧,属于学术、文学、教学范畴。

- 给画面选配解说的技巧。文本和解说都可以与图配合,而且二者都具有表义准确的优势,可以和(静态、动态呈现的)画面分工合作、优势互补。但是由于二者表达的内容相同,出现了冗余。文本与解说比较也是各有优势:前者能静态呈现在画面上,便于看清、思考;后者不占用视觉通道,使认知渠道得到了充分利用。因此选配解说的技巧体现在,何时该用解说?说些什么内容?如果声文并用时,如何同步?等等。如技能比赛点评时,通过解说及时提供背景内容、深层次知识,或解答疑问,可以满足观众的认知需求和审美需求。
- 背景音乐、音响效果烘托解说的技巧。例如用古筝演奏古曲烘托古诗朗诵;在解说员给球赛现场解说期间,同时配上观众的喝彩声等,恰当地烘托总会产生出意想不到的效果。

总之,由上述运用技巧形成的节奏感、幽默感、文学美感以及认知、审美需求的满足、意想不到效果的产生等,都是由解说的听觉要素在知觉中产生的"新质"。其中出现的"亮点",则是由于这些听觉要素分别遵循了以下"解说运用"艺术规则的缘故:

- 设计、安排解说词的两条原则是,从教学需要出发和充分发挥解说词的优势;
- 给图形、图像配解说时,应注意将解说的优势充分发挥出来;
- 给解说配背景音乐、音响效果时,应按照"背景三要点"处理。

其中前两条实际是将"突出主题"和"分工合作、优势互补"艺术规则应用于解说;后一条则是"背景运用"艺术规则在声音领域中的应用,要求背景音乐、音响效果可以用来烘托解说或者营造氛围,但是不能喧宾夺主。

(2) 文字语言原本是在传统教学中用的,屏幕上用的是画面语言,现在将屏幕文本和解说纳入画面语言在屏幕上呈现,除了要求它们和其他媒体一样地遵循基本艺术规则和"背景运用"艺术规则外,还需专为文字语言的特殊要求制定几条艺术规则:

- 文本与解说配合时,需要注意二者同步的问题;
- 给讲演配的字幕,允许在保持原意不变的前提下,对不规范的口头语言进行修改,以保证文句的通顺和便于听众的理解;
- 应该重视运用文字(包括解说与文本)的字义美。

其中前两条是规范文字语言中的视、听觉媒体配合运用的,分两种情况:给画面上的文本配解说和在讲演或歌唱画面的下面配字幕。前者主要是同步的问题。由于"文本"和"解说"分别是二维空间和一维时间呈现的,二者配合时涉及对文本的扫描,因此需要注意同步,其方式可以逐字同步、逐句同步、逐段同步和逐个画面同步等,要按照画面的内容而定。后者主要是口语表达与文字表达的差异问题。文字表达在语法修辞和逻辑推理方面是很规范的,口语表达一般没有文字那样严格,讲演时难免出现一些口头语、重复词或不通顺的语句等,该规则明确,配字幕允许改动口语中不规范的字、词,以忠实原意和教学效果为准。

最后一条是规范文字语言的语义的,对字义、音义都适用。在多媒体画面上,语义产生的是一种有别于字形、语音的意境美。在某些情况下,语义所达到的意境甚至会让图形、图像力所不能及,这是在传统教学(例如语文教学)中已形成了共识的。在画面语言中,应当充分重视文字语言的这一优势。

2.5　运用交互功能方面的艺术规则

在前述(1.2 和 2.1)对艺术规则分类的讨论中,将 8 个方面艺术规则视为"3+5"或"7+1"的架构,实际上体现的是纵向和横向两种不同划分视角,参看图 2-9。其中"3+5"架构是以 3 条基本艺术规则为基础,再用 3 个方面的 5 条艺术规则补充规范,这是一种上下层的结构;"7＋1"架构则是按照两类多媒体画面艺术划分,其中媒体呈现艺术由 7 条艺术规则进行规范,而画面组接艺术则只有 1 条艺术规则,即"交互功能运用"艺术规则,它在"3＋5"架构中也是一条补充规范的艺术规则。

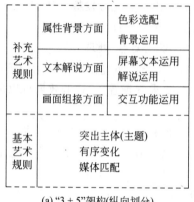 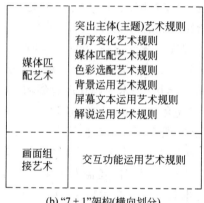

(a) "3 + 5"架构(纵向划分)　　　　(b) "7 + 1"架构(横向划分)

图 2-9　8 个方面艺术规则的两种划分

可以从两个方面来认识"交互功能运用"艺术规则的重要性,一是它具有不同于 7 条媒体呈现艺术规则的特点。媒体呈现艺术规则规范动静态、图文声色等媒体在画面上的呈现,旨在将视觉、听觉和表象、概念等认知渠道充分利用起来;而"交互功能运用"艺术规则则是实现教学策略用的,旨在使画面上呈现的教学内容在教学过程中得以最佳的运用。二是它代表了两种多媒体画面艺术中的一种,只有将这两类多媒体画面艺术规则都用上了,才能说多媒体教材的优势充分发挥出来了。

交互功能是指在教学过程中,通过手控方式选择、调用或操作课件(网页)画面中呈现的教学内容。主要采用导航和互动教学两种形式,其中导航分为路径导航与节点导航两类,前者通过菜单、按钮等,沿着路径找到知识点,属于在各知识点之间的导航;后者一般采用滚动滑块和翻页按钮等形式,在扩容的窗口内查看知识内容,属于在知识(节)点内导航。经常见到的互动教学有手控教学过程、网上搜索引擎、互动练习平台等多种类型,其共同的特点是,为学习者参与教学过程提供了一个切入的环境。

运用交互功能的水平,主要体现在技术应用和教学应用两个方面。前者指对学习者(手控)参与程度的限制,取决于计算机软盘设计的智能化水平,可以用"智能度"指标来衡量;后者指交互功能运用对画面艺术呈现的影响,取决于课件(网页)设计的艺术化水平,可以用"融入度"指标来衡量。

可以用学习者操作多媒体课件时的主动程度,来评价交互功能的"智能度":学习者越主动,智能度越高;也可以用交互功能在多媒体课件中的融入程度,来评价交互功能的

"融入度"：越是只感到该课件操作方便，而察觉不出交互功能的支持，融入度越高。

需要强调指出的是，不要以为采用了交互功能，就能实现"以学为主"的教学策略。如果交互功能的"智能度"低，课件中的教学内容、习题、答案以及选择答案后转移的去向等都是教师设计时安排的，学习者只能按照课件（即教师）的要求进行学习、选择答案、转移到预置的教学内容。这样的课件，虽有"交互功能"和"学习者参与"，仍属"以教为主"的教学策略范畴。由此明确一个重要概念：只有采用智能度高的交互功能，才能用来实现"以学为主"的教学策略。

交互功能运用对画面艺术呈现的影响，主要是供用户操作的热区也加入到画面上，变成了供用户操作的"手柄"，即出现了"手柄"与教学内容在画面上并存的局面。因此高水平地设计交互功能，应该将这些"手柄"融入教学内容之中，就好像将糖放入水中一样，只感到水甜了，却看不见糖。

因此在多媒体教材中设计交互功能，需要遵循的两条艺术规则是：

- 设计多媒体教材，应该尽可能提高交互功能的"智能度"，使学习者感到有求必应，有问必答。
- 设计多媒体教材，应该尽可能提高交互功能的"融入度"，使学习者只感到操作方便了，却察觉不出交互功能的支撑。

第 3 章
重新讨论规范多媒体教材设计的规则

教育技术学的研究对象包括教学资源和教学过程两个领域。到目前为止,比较普遍的看法是:运用多媒体画面艺术规则设计、开发多媒体教材,属于教学资源的研究范畴;而按照教学设计,将多媒体教材应用于课堂教学中,属于教学过程的研究范畴。但在经过深入研究后发现,以上看法其实还有一些地方需要补充和完善。

(1)编写多媒体教材,除了遵循多媒体画面艺术规则外,还应重视一些画面语言运用方面的格式和技巧,需要形成规律性的认识,使其规范化。

(2)要求多媒体教材适应课堂教学的需要,是否只是属于教学过程的研究范畴,取决于看问题的角度。如果从编教材的角度看,要求其不仅要呈现教学内容,还要考虑课堂教学效果,那么这类问题还是属于教学资源的研究范畴。

(3)由此看来,运用画面语言编写多媒体教材,需要考虑的应该是两个方面:表现教学内容和适应课堂教学需要。多媒体画面艺术的应用,实际包括的就是这两方面的内容。

下面分别从"系统论"和"画面语言学"两个不同角度进行讨论,结果发现,二者得出的答案是一致的。

3.1 从"系统论"的角度看

多媒体画面艺术是在《多媒体画面艺术理论》中提出来的一个艺术门类。在第 1 章(1.1 和 1.2)中介绍的《多媒体画面艺术理论》,其实是借鉴"系统论"的思路创建的。按照"系统论"的思路,可以将各传统艺术门类视为由各自的元素组成的系统,多媒体画面艺术作为一种新的艺术门类,同样也可将其视为一个系统。

"系统论"有三个要点:

• 该系统是由足够数量的元素组成的。

• 这些元素之间存在着内在联系,使该系统体现为一定的结构。

- 该系统是处在某个外界环境中的,并与周围环境互相影响、互相作用。没有环境的系统是不存在的。

《多媒体画面艺术理论》还认为,多媒体画面艺术与多媒体画面语言是相通的(1.4),可以将组成画面的这些艺术元素(或者语言元素)称为"基本元素",它们的衍变受该艺术(或语言)系统中的"艺术(或语法)规则"所规范,这就是前两章介绍的多媒体画面艺术规则,也就是说,多媒体画面艺术规则的实质在于,体现了构成该艺术(或语言)系统的基本元素之间的内在联系,使其形成了这个艺术门类(或语言门类)的完整结构体系。

按照"系统论"的观点,一个艺术(语言)系统的存在,是必须考虑在外界环境中的运用的。本书所讨论的多媒体画面艺术(语言)应用,主要指两个方面:编写多媒体教材和编写出来的多媒体教材在课堂教学中的应用。

由此可见,第1、2两章介绍的多媒体画面艺术规则,是用来维持多媒体画面艺术(语言)系统内部的艺术规则(语法规则),是基础。而运用多媒体画面语言编写多媒体教材,以及编写出来的多媒体教材在课堂教学中的运用,是该系统在外部环境中的活动,属于多媒体画面艺术(语言)应用的内容。在这两方面的应用中,也会发现一些运用画面语言的格式或技巧,应该重视并且总结其中规律性的认识,将其以条文的形式明确下来,这会使以后的工作事半功倍。

事实上,画面语言的特点是"以形表义",也就是说,它是通过形式来表现内容的。对于习惯于以文表义的人们,虽然在多媒体教材中见过很多这方面的案例,但是由于缺乏"以形表义"的概念,对于用什么样形式表现什么样内容,缺乏规律性的认识,或者说,没有看出一些个案之间存在的内在联系。其实,用画面语言表现教学内容,是有格式可循的。例如在多媒体教材中,讲解一个设备中的各部件,或者美术赏析时展示许多名画,或者介绍一个风景区中各景点的照片等,用画面语言表达这类内容,通常采用的是同一类格式(本书中称其为"介绍类"格式),即采用一排菜单的形式,单击一个菜单项便呈现出一个部件、名画或照片进行讲解;又如讲解中学物理中的力、速度、加速度、能量等内容时,可以创设一些情景来表现内容中的主题、重点或难点,用具体形象来表现这些抽象概念,这些属于创设情景类的格式,或演示教学类的格式等。所以,用画面语言编写多媒体教材也是有规律可循的,为便于表述,本书中将其统称为"规范化的设计格式",或简称为"设计格式"。

再次强调,运用"设计格式"是以遵循"突出主题"、"媒体匹配"和"有序变化"等艺术规则(或语法规则)为前提的。如同人们在运用文字语言编写教材时,虽然注意的是表义的格式和技巧,但实际上也是以遵循语句的语法、句法为前提的。

同理,开发什么样的多媒体教材才能适应教学过程的需要,也是有规律可循的。目前已有很多讨论这方面的文章,如"在××课堂教学中怎样应用多媒体课件的优势"、"如何利用多媒体(课件)提高××课堂效益"等。如何看待这些文章?提两点看法。

一是许多人将这些文章视为对"信息技术与课程整合"的探讨,从而纳入到教学过程的研究范畴。这种认识是应该肯定的,但是在肯定主流看法的同时,不应该忽视至今仍被掩盖了的一面。也就是说,教学设计时,提出多媒体课件要适应教学过程的要求是一方面;而设计、开发多媒体课件时,提出开发的课件要适应教学环境的要求则是同一问题的另一方面。前者是从课堂教学的全局考虑的,属于教学过程的研究范畴;而后者只是对编写教材提出要求,仍属教学资源的研究范畴。但是目前人们普遍只看到了前者,对后者的认识则被完全掩盖了!从"系统论"的角度看,多媒体教材与课堂教学的关系,是系统与外界环境的关系。在信息技术与课程整合的过程中,同样需要考虑多媒体画面艺术应用的问题:要求设计、开发出来的多媒体教材,能够适应教学过程的需要。或者采用统一的说法,需要考虑"多媒体教材与课堂教学过程整合"的问题。

二是这些文章的发表,说明大家不仅在教学实践中进行探索,而且还希望从理论的高度进行总结和探讨。可喜的是,从好些文章中确能看到一些真知灼见,但是总的印象是,目前的讨论还只是停留在操作层面上,涉及的也仅限于某一门课或某一学科,就事论事,缺乏系统、规律性的认识。虽然有些文章在本学科的教学实践中也归纳出了一些规律,但是由于缺乏理论依据,只能作为个别经验参考,就像一颗颗未加工的珍珠零散地埋在沙滩里。

按照《多媒体画面艺术理论》,多媒体教材在信息化教学环境中的运用也是有规律可循的。对于不同的教学目的、学习对象、学科内容、教学模式,要求多媒体教材的呈现格式或技巧也是有区别的,因此也需要将在教学实践中形成的一些规律性认识汇总起来,并且上升到理论,总结出一套多媒体教材在教学中运用的"规范化教学格式",或简称为"教学格式"。

综上所述,可以从"系统论"的角度对目前社会上已形成的上述看法补充几点。

- 将多媒体画面艺术(或语言)视为一个系统,多媒体画面艺术规则(或语法规则)是用来规范该系统内部基本元素的,使其维持成为一个艺术(或语言)系统。
- 多媒体画面艺术(或语言)的运用,包括编写多媒体教材以及编写的多媒体教材在课堂教学中运用两个方面。后者虽然是在考虑教学过程和教学效果的需求,但是毕竟还是在对编写多媒体教材提出要求,所以还应该属于教学资源的研究范畴。
- 多媒体画面艺术(或语言)的两个方面运用,是该系统在外部环境中的运用。二者运用时,应分别采用"设计格式"或"教学格式",这样可以取得事半功倍的效果。由于"设计格式"或"教学格式"都是在遵循多媒体画面艺术规则的基础上运用的,在这些格式中会经常体现多媒体画面艺术规则的思路或要求,但它们与多媒体画面艺术规则是分别属于不同层面上的规则。

3.2 从"画面语言学"的角度看

正如在第 2.4 节中指出的,书本教材用文字语言编写;而多媒体教材是用画面语言编写的。文字语言的语言学,包括语构学、语义学和语用学三部分。其中语构学研究语言体系中各语汇之间的结构关系(即语法规则)。语义学研究该语言与其所表达的信息内容之间的关系。语用学则不仅要看是不是表达了信息,而且还要看传递信息所产生的效果。例如,文字语言的语用学研究范围包括,说话人的话语意义及其所指;间接言语行为(包括眼色、手势、面部表情等)的配合;话语含义分析(如话里有话等);话语前提(如说话人的背景、心情、企图等);会话分析(指听话人的地位、心情、水平、处境等)。这就是说,语用学不是孤立地研究语义,而是将语义置于运用的语境中去研究,旨在取得最佳的交流效果。

目前"语用学"的概念已经应用到社会、文化、外语、认知等方面,形成了认知语用学、社会语用学、跨文化语用学和语际语用学等领域。甚至目前国内外十分热门的研究课题——人机界面设计的人性化和自然化,也是语用学的研究领域。

多媒体画面语言是在信息时代出现的一种新的语言类型。我们也曾经试图仿照文字语言,建立一套适用于画面语言的语言学。但由于当时对画面语用学的认识不够深入,研究的方向发生了偏离,经过几年的研究,仍摆脱不了文字语言和技术因素的"干扰",不得不改变研究方向,将搭建画面语言学的问题,转化为建立《多媒体画面艺术理论》。

现在看来,既然画面是一种语言,就不可避免地要面对语构、语义和语用三个方面的问题。在创建了《多媒体画面艺术理论》之后,经过近年来的深入研究,特别是突破了传统教学设计观点的定式,重新审视了多媒体教材与课堂教学二者的关系,终于认识到:运用多媒体画面语言编写多媒体教材,应该兼顾两个方面,即不仅要研究如何表现教学内容,而且要考虑课堂环境的教学需求,以期取得最佳的教学效果。

因此,按照画面语言学的思路,也会得出与文字语言学类似的结论。

- 多媒体画面艺术规则体现了多媒体画面语言内部基本元素的结构关系或语法关系,属于画面语构学的内容。
- 运用多媒体画面语言编写多媒体教材,需要研究用不同的画面形式表现不同类型教学内容的问题,属于画面语义学的内容。"设计格式"规范化是画面语义学中研究的内容。
- 运用多媒体画面语言编写多媒体教材,需要研究如何适应课堂教学活动,以期取得好的教学效果,属于画面语用学的内容。"教学格式"规范化是画面语用学中研究的内容。

此外还需补充说明,在画面语言学中,画面语构学是基础性的,所以多媒体画面艺术规则也是基础性的规则。画面语义学和画面语用学是研究画面语言在两个方面应用的，规范化的"设计格式"和"教学格式"都是在多媒体画面艺术规则的基础上运用的，但只适用于各自的应用领域。

从"系统论"和"画面语言学"得出的结论可知，编写多媒体教材需要注意的应该是两个方面，即不仅要研究画面语言如何按照"设计格式"呈现教学内容（语义方面要求）；而且要按照"教学格式"在课堂教学环境中与诸多因素的配合运用，以确保取得最佳的教学效果（语用方面要求）。

因此，如果认为专著《多媒体画面艺术设计》主要介绍了"多媒体画面艺术理论"；那么本书讨论的则是"多媒体画面语言学"，由三部分组成：

第一篇，讨论多媒体画面艺术规则（或多媒体画面语法规则），属于画面语构学的内容；

第二篇，探讨如何用画面语言设计多媒体教材，总结其中一些规律性的认识，形成"设计格式"，属于画面语义学的内容；

第三篇，探讨多媒体教材在课堂教学中如何运用，总结其中一些规律性的认识，形成"教学格式"，属于画面语用学的内容。

还需说明，由于"设计格式"和"教学格式"属于目前正在研究的内容，不够成熟，因此只能将其视为一些规律性认识的研究成果。

第二篇　多媒体教材如何呈现知识内容

引　言

最新研究表明(第3章),编写多媒体教材需要在遵循多媒体画面艺术规则的基础上,考虑知识内容的最佳呈现和课堂教学的运用效果两个方面。前者是指探讨一些常用的"设计格式",属于画面语义学研究的内容,在本篇进行专题讨论;后者是指探讨一些常用的"教学格式"并检验其运用的效果,属于画面语用学研究的内容,将在第三篇专题讨论。

需要说明的是,关于多媒体教材案例赏析的内容,曾在《多媒体画面艺术设计》一书的第7章中讨论过。一则由于该书的任务是系统介绍"多媒体画面艺术理论",限于篇幅,第7章的案例仅在中小学和高校的作品中各赏析一例,数量明显不足;再则由于"多媒体画面艺术规则"在该书首次发布,需要通过赏析案例来说明"规则"的运用,因此在赏析中一般只是照"章"议事、对号入座,旨在加深对艺术规则的理解。该书出版后,随着研究工作的深入,不仅对"多媒体画面艺术理论"又有了新的认识,提出了理论和接口两个层面的概念,分别给这两个层面的基本元素、视听觉要素和艺术规则进行了明确的界定;而且将"艺术规则"进一步归纳为三条基本规则和五条配套规则,使其在案例赏析运用时的操作性更强。这些内容均已在本书第一篇中的第1、2两章进行了详细介绍。因此,可以将本篇内容看成是《多媒体画面艺术设计》第7章在广度和深度上的延伸。广度上,收集各种类型多媒体教材,尽可能多地认识不同类型教材或内容的呈现特点;深度上,试图将多媒体画面艺术规则(或画面语法规则)融入多媒体教材的赏析之中,并且探讨适用不同类型教材或内容呈现特点的"设计格式"。换句话说,在本书中,学习第一篇是为第二篇准备的:对画面语法规则的认识越深刻,越可以在点评多媒体教材时把更多的注意力放在不同类型教材或内容的呈现规律研究上。

　　参照一个熟悉的例子作对比，或许能够加深对上述说明的理解。在学习文字语言的启蒙阶段，除识字外，一般都是先学习语法、句法；一旦进入到运用文字语言阶段，人们便会将语法熟练地融入语句之中，通常只注意如何表达语义，很少考虑是按照哪条语法规则构成语句的。进行作文练习时，一般是按照叙述、报导、描写、书信、论文、诗歌等不同题材，分门别类地熟悉各种题材的写作方法（或格式）。

　　其实，我们现在运用画面语言的水平，也就是处在由启蒙向运用的过渡阶段。在第一篇学完画面语法规则（即"多媒体画面艺术规则"）后，第二篇相当于"进行作文练习"。如何练习？有两个层次，低层次的练习是为了学习运用画面语法规则，方法只能是照"章"议事、对号入座，旨在熟悉各条语法规则的内涵和用法；水平提高以后，就可将画面语法规则融入对多媒体教材的赏析之中，更多地关注对不同题材的教材或内容"设计格式"的研究。"设计格式"是本书提出的一个新概念，也是本篇讨论的核心内容。研究"设计格式"是什么意思？如同文字语言要学习不同题材的写作方法一样，学习画面语言的运用，也要将教学内容按照画面语言呈现的特点进行分类，形成各种不同题材的画面语言表现的"格式"。例如情景教学类、游记题材类、研究性学习类、介绍类、实验类、演示类、科普类等，这些都是在运用画面语言阶段常见的问题，将其分类形成相应的呈现"格式"，旨在为以后设计多媒体教材时有"章"可循，因此叫"设计格式"（为什么选用"格式"一词？用"形式"或"模式"分别显得太活或太死，用"规则"又怕冲淡了"多媒体画面艺术规则"。"格式"还有一层意思：规范化的格式即规格，有关规格的条文表述就是"规则"。所以，对规范化设计格式的表述，也是规则）。

　　研究设计格式需要收集各种类型多媒体教材案例，分析作者是如何用画面语言表现教材内容的；它与用文字表述相比较，有何特点或优势；特别是要从中发现一些带有规律性的内容，提炼并总结成规范化的格式。为此，在赏析每一类教材案例时，均应重视将其中带有规律性的内容概括成"设计格式"的工作。不言而喻，这是一项十分繁重的工作。但是对于学习画面语言，是一项打基础的工作；对于研究一门新的语言类型，则是一项开拓性的工作。

　　此外还需补充说明，开发多媒体教材一般经过设计和制作两个阶段。后者是指技术实现，包括借助计算机软件以及运用软件的技术；前者则需要构思，包括教学内容和艺术呈现两个方面的构思。画面语义学只适用于设计阶段，换句话说，按照画面语义学设计多媒体教材，就是通过教学和艺术两方面的构思，运用多媒体画面语言将知识内容以最佳的形式呈现出来。如前所述(1.4)，多媒体画面语言的语法规则是包括了认知和艺术两个方面的，因此一般呈现的格式应该是，在教学内容的设计上遵循认知规律；而在呈现形式的设计上遵循艺术规则。

　　综上所述，本篇赏析的内容与《多媒体画面艺术设计》的第 7 章相比，不仅在广度上，数量和类型有了明显的增加；而且在深度上，更加注重画面语言的语义表达。换言之，本篇讨论的内容，是在《多媒体画面艺术设计》一书出版后的研究成果基础上，经过加工、整理编写出来的。

由于本篇收集的多媒体教材较多，并考虑中小学和高校的特点不同，为便于叙述起见，拟将其分别进行讨论。重点探讨在不同类型的多媒体教材中，是如何用画面语言呈现知识内容的。

第 4 章
情景、游戏、游记题材类多媒体教材

4.1 情景教学类的教材如何呈现知识内容
——课件《位置与方向》赏析(由东营市胜利孤岛一小曾玲宏老师提供)

该课件是为小学四年级数学课《位置与方向》设计制作的,按照教学要求,计划用 4 个课时,完成在图上识别、测量、绘制物体间距离与方位的教学任务。

课件设计的亮点是,合理选用图、文、色、声媒体以及交互功能,营造了各种教学环境,将学生吸引到环境中去,或完成任务,或进行操作,在活动中一步步地实现了教学目标。这样的设计,适合小学教学的特点,也充分发挥了多媒体的优势,符合"突出主题"和"媒体匹配"的艺术规则。

下面从几个方面分别进行赏析。

(1) 该课件虽然是数学课件,但是识别"位置与方向"毕竟属于地理范畴,因此作者在主页上采用了公园地图的背景,如图 4-1 所示。这样安排不仅贴近该课主题,而且预示出作者采用情景教学的意图。在课件标题下部的主菜单中,第 1~4 课为课堂教学内容,分别讨论 4 个专题;另外两个菜单("实践园"和"知识窗")分别作为实践练习和拓展知识用。

4 个专题的教学情景均采用了"例题"和"练习题"的形式(图 4-2),但是各专题的题型又随着教学策略和教学内容的不同而相应变化。这样的设计,从认知角度看,是将四个知识点之间的共性和差异凸显出来,从而产生出一种"对比"的潜在美;从画面呈现角度看,使人感受到形式、格式间存在着一种"变化、统一"的艺术美。这些亮点的出现,或是由于作者的教学经验和制作经验,亦或是在处理课件基本元素的衍变时遵循了"有序变化"艺术规则。其实后者只是将前者上升到了规律性的认识而已。

(2) 在运用多媒体画面艺术规则设计多媒体教材时,一般是先按照认知规律设计教学内容,然后遵循艺术规则将其呈现出来。

图 4-1　用地图作课件标题的背景

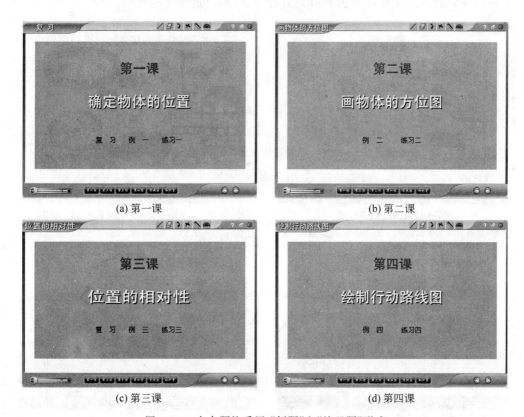

图 4-2　4 个专题均采用"例题"和"练习题"形式

　　数学课的教学目的是培养学生的计算能力和测量能力。该课的教学内容是"位置与方向",包括三个知识点:观测点(即参考点)、方位角和距离,旨在帮助学生初步形成空间观念。考虑到学生对这部分知识接触较少,基础较差,为此该课件采用了"降低起点、分散重点、突出主题、强化练习"的设计方案。第1~4课中的主题分别是"确定物体位置"、"画物体方位图"、"位置相对性"以及"绘制行动路线图"。前两课用作熟悉三个知识点的训练,通过"复习"切入教学;后两课的重点放在改变观测点的训练上,使学生认识方位、距离与观测点之间的依赖(或函数)关系,从而将教学引向深入,也加了一个"复习",起承前启后的作用。

　　现在分别以第1、4课为例,看看该课件是怎样将上述设计方案呈现出来的。

　　在第一课中(图4-3),先让学生在山东地图上找东营市,通过与邻市的关系,熟悉在地图上辨认东南西北方位。这样的复习,既贴近生活常识,又顺其自然地引出了教学内容。该课中的"例题"实际是一种通过创建情景进行教学的形式,即通过让参加越野赛的三个小朋友学会表达1号点、2号点和终点位置,体验用地图上的比例尺和方向标表示距

(a) 在山东地图上找东营市

(b) 三个小朋友体验如何表示位置

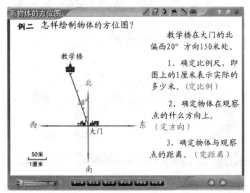

(c) 怎样描述物体的位置

(d) 在变换的情景中重复练习

图4-3　"确定物体位置"的教材设计

离和方位角。"练习题"则是在变换的情景中重复表示距离和方位角的训练。正是由于在各种情景设置和画面组接的过程中,始终突出了"基于观测点,用距离和方位角表示物体位置"这一主题,因此能使该课教学内容的呈现具有"看似多种变化,实则突出主题"的特点。

第四课的"例题"是绘制一条公共汽车的路线图,安排了学校、书店、邮局、公园 4 个站(图 4-4)。由于每个站(观测点)到下一站的方位、距离都不同,因此在绘制的过程中,便能体会到方位、距离与观测点之间的依赖(或函数)关系。"练习题"仍然是按照变换情景、重复训练的设计方案:改为绘制一条越野赛的路线图。安排了学校、第一站、第二站、终点 4 个站,让学生通过多次绘制练习来体验方位、距离随观测点而变化的主题。值得一提的是,由于该"练习题"的题面有三组共 12 个参数,即一组有 4 个站点之间的方向、方位角和距离,因此改变这 12 个参数便可以进行反复练习。该课件利用这一特点,只需在画面上添加"出题"、"演示"和"答案"按键,便可通过更换这 12 个参数,使这类练习反复进行下去。此时由于学生的注意力已由形式转向了内容,因此无论从教学效率还是从教学效果的角度上看,这类题型的设计都是应该肯定的。

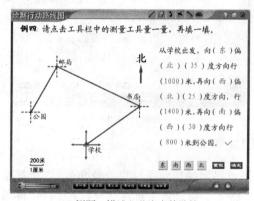

(a) 例题:描述公共汽车的路线

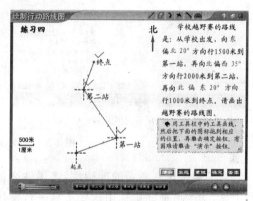

(b) 练习题:绘制越野赛路线图

图 4-4　"绘制行动路线"的教材设计

如前(2.2)所述,"突出主题"、"媒体匹配"和"有序变化"三者属于多媒体画面艺术规则的基本规则,一个课件如果通过了这三方面的规范,那么该课件的设计就是应该肯定的了。

(3) 此外还要指出,该课件要求每位学生在画面上多次完成测量和计算,因而在操作上,必须要解决测量工具和批改作业两个问题。应该认为,作者在这两个问题的处理上是成功的。

例如在第二课的"小小设计师"中(图 4-5),要求将学校、医院、超市、体育馆安排在居民区的四周,并且用填空题的方式说明这些建筑相对居民区的方位和距离。

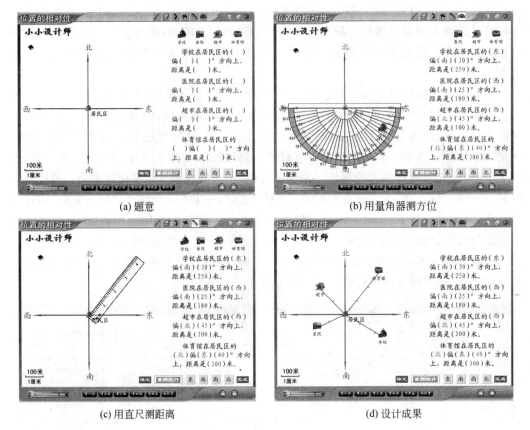

(a) 题意　　　　　　　　　　　　(b) 用量角器测方位

(c) 用直尺测距离　　　　　　　　(d) 设计成果

图 4-5　"小小设计师"的案例

　　为了确保仿真测量的准确性,该课件准备了可移动的建筑图标以及量角器、直尺等量器工具,学生可拖动鼠标用这些工具进行操作:将 4 个建筑物安排在居民区的四周,再用量角器测各建筑物的方位,用直尺测距离,最后用测量的结果来回答填空题。由于采用的是客观题型,适于用计算机对提交作业判断对错,因而解决了及时批阅答题和工作量的问题。

　　对量器的要求,一是测量要准确,二是操作要方便。该课件中的工具设计很规范,这两条都做到了。规范量器工具制作属于媒体呈现艺术;而要求操作方便则属于运用交互功能的艺术。在该课件中,学生在运用这些量器工具时,只是感到了操作方便,却没注意到背后的交互功能支持,由此可见该设计的"融入度"是高的。

　　(4) 在完成第 1～4 课的课堂教学内容的基础上,该课件还安排了两个菜单来巩固和拓展所学的知识,其中"实践园"通过游世博会各展馆路线的实践,来巩固所学的量方位、测距离知识;在"知识窗"中,则用文、图配合的形式,介绍了多种在生活中辨别方向的知识,旨在拓宽学生的视野。显然,这样的安排在课件中起到了绿叶烘托红花的作用。

综上所述,可以形成以下几点认识。

(1) 该课件采用情景教学形式的依据,主要考虑了两个方面,一是学生年龄,形象化地呈现教学内容适合小学生学习特点;二是教学内容,测量物体间距离与方位的数学课,适于采用地图、路线图等情景。

(2) 创设情景要遵循"突出主题"原则,即按照要讲授的教学内容设计情景。同一内容可以创设几种不同的情景,用其中一个情景作案例进行教学,而用其他几个情景做练习以巩固所学知识。

(3) 对于测量类型的情景教学课件,对量器的设计一定要规范,主要是两条:一是测量要准确,二是操作要方便,这是能否参与好教学活动的关键。

(4) 该课件的呈现形式,采用了一种遵循"有序变化"艺术规则的"设计格式",即背景统一、主题变化。4 课的标题(图 4-2)和 4 课的内容(图 4-3、图 4-4、图 4-5)均保持了这种统一的呈现风格,好像文字语言"排笔句"在画面语言中的应用。在后面的讨论中将会进一步地认识到,这就是用画面语言表现课件知识结构的一种"设计格式"。

4.2　游戏类的教材如何呈现知识内容
——课件《七巧板》赏析(由东营市胜利中华小学李大然老师提供)

七巧板是传统的益智玩具,在学生已经学习过长方形、正方形、三角形、平行四边形和梯形等基本图形知识后,设计多媒体课件《七巧板》进行教学实践活动,不仅能以"寓教于乐"的形式巩固学到的平面图形知识;而且有利于培养学生的形象思维和想象能力。

下面结合该课件的设计,探讨几个需要深化认识的问题。

(1)"寓教于乐"和"寓乐于教"是两类不同的教学形式。正如第 2 章(2.2 节)中指出的,在小学低年级的教学中应该十分重视"趣味性"问题,为此需要处理好娱乐与教学之间的关系。娱乐追求有趣,教学为的是求知;娱乐方式有欣赏型或参与型;教学也可以采用讲授方式或互动方式,显然,参与(或互动)过程会有利于调动参与者的积极性。由此可见娱乐与教学其实在心理追求与活动方式上是相通的,只要在内容上将二者结合起来,就能解决教学中的"趣味性"问题。解决的方案有两类,即"寓教于乐"和"寓乐于教"。后者以教学为基础,在教学中添加一些趣味性的因素(如创设情境、运用色、声、动、形等媒体呈现、采用互动形式等),使教学活动在轻松活跃的环境中进行。上节(4.1 节)讨论的《位置与方向》课件便是一例;前者是在做游戏,将教学任务融入精心安排的游戏过程中,因此可以将这类游戏视为一种新的教学形式。本节中《七巧板》的课件设计便是如此。一般而言,"寓乐于教"适于课堂教学;而"寓教于乐"则常用于课外活动或辅助学习。由此可以看出,采用《七巧板》课件进行教学实践活动,是符合认知规律的。

此外还需说明,选用多媒体课件形式取代(七巧板)玩具进行教学,不仅是因为运用交互功能同样能够操作这类游戏;而且还由于用课件形式能够将教学内容引导到游戏中,达到上述巩固知识、培养能力的目的。在这种情况下,开发多媒体课件应该是进行这类教学实践活动的一种最佳方案。

(2)"寓教于乐"的教学设计是将游戏改造成教学实践活动。按照教学计划,在该课件中设置了 6 个菜单(图 4-6),将教学实践活动分为三个阶段。

图 4-6　课件七巧板的菜单

其中"准备阶段"在"动感世界"和"小制作坊"两个菜单中进行,主要以动画或视频形式,示范七巧板的各种拼图、介绍七巧板的构成、制作以及各块板的形状。"操作阶段"是该教学实践活动的主体,由"拼图乐园"和"创意天地"两个菜单组成。前者为基本训练,分两步进行,第一步为"基本图形",练习拼长方形、三角形、平行四边形和梯形等基本图形,在练习过程中可以参看"加油站"的动画提示或"图形分解"示出的已拼图形,旨在使初学者入门;第二步为"挑战自我",提供了建筑、交通、动物、工具、人物、几何、汉字及英文字母等 8 类图形,让学生在大量地拼图训练中丰富自己的再造想象,探讨拼图的规律。在基本训练的基础上,便可以引导学生进行创意发挥。在"创意天地"中,可以先通过"创意欣赏"观看由七巧板拼出的人、鸟、鱼等图形的动画演示,从中受到启发;然后便可以在"我的创意"中,充分运用想象力,拼出自己创作的图形出来。该课件的最后安排了一个"延伸阶段",目的是在游戏教学中增加一些辅助知识,旨在丰富教学内容和扩大学生眼界,包括两个菜单:"知识宝库"介绍有关七巧板的一些知识(结构、历史、玩法、日本七巧板、发展等);"中国难题"介绍一些在中国民间流行的其他传统益智玩具(如华容道、鲁班锁、九连环)。

经过这样的设计,便将"七巧板"游戏改造成了一个开展教学实践活动的课件。

(3)目前界面设计比较时兴的是简单、实用、美观。该课件的界面设计是有"亮点"的,给人总的感觉是,课件整体的画面风格统一,既操作方便,又符合审美心理需求。

虽然 6 个菜单的内容不同,但是背景画面的风格却统一地采用了图 4-6 所示的风格:深、浅银灰色将画面分割成菜单区和演示操作区两部分。菜单呈现在红宝石般的按钮上,在素净的背景上点缀这些装饰物,不仅美化了画面,而且由于采用了异色、异质、异形与背景的对比,使菜单更显得注目。一级菜单安排在菜单区,二级菜单一般在操作区的下部,但是如果二级菜单较多,也可临时取代一级菜单安排在菜单区,如图 4-7 所示。

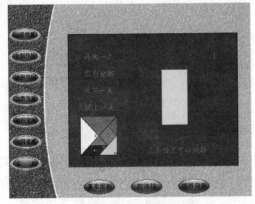

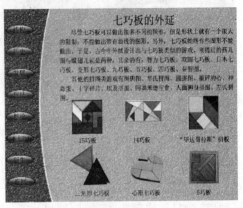

(a) 二级菜单一般在操作区的下部　　　　　　(b) 二级菜单较多时的设计

图 4-7　风格统一的菜单设计

这是一种目前比较时兴的界面设计,看似简单,实际上其中的寓意是很丰富的。首先,各菜单内容以统一的格调呈现出来,可以通过形式上一致的观感,来维持对该课件的整体感;其次,通过划分菜单区与演示操作区,并且用精心设计的按钮对菜单区进行装饰,从而能使画面呈现出类似美化区与信息区的视觉效果;此外,6 个菜单再加一个"退出"菜单一直出现在菜单区中,便于操作过程中随时在各菜单之间切换或退出课件。

该课件界面设计的这些"亮点",是综合运用了多条艺术规则的结果,既包括媒体呈现艺术方面的"画面分割"、"变化-统一"艺术规则,也包括运用交互功能的艺术规则:将菜单嵌入到美化区的装饰中,不失为一种新的呈现形式。

(4) 设计高智能度的交互功能以满足自主学习的需要。该课件中的七巧板拼图游戏,主要是在"拼图乐园"和"创意天地"两个菜单中进行的。前者要求学生运用七巧板自主地拼出大量规定的图形来;后者则更是要求按照自己的想象,随意地拼出各种图形来,如图 4-8 所示。从交互功能设计的角度看,学生必须对七巧板的操作完全处于主动,否则难以在这样的游戏中进行自主学习,换言之,这类教学环境对交互功能的要求是高智能度的。

应该指出,作者在处理"高智能度"这一问题时的思路是很巧妙的。其实,在画面上手动拼成千变万化的图形,需要的是两个方面的支持,客观方面是交互功能的设计;主观方

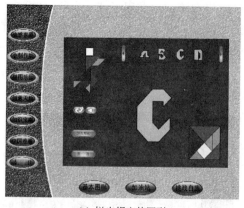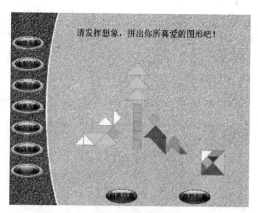

(a) 拼出规定的图形　　　　　　　　　(b) 拼出自己想象的图形

图 4-8　要求学生运用七巧板拼图

面则是学生的智慧。正是由于作者认识到这一点,因而使交互功能的设计大为简化:只对七块板实施移动和转动的控制就够了。也就是说,只要能够分别控制七块板的移动和转动(转动只需按每步 45°控制即可),至于拼成怎么形状,则是由学生的操作来决定的。

　　(5)选用媒体要充分发挥它的优势。按照"媒体匹配"艺术规则,媒体要选得准,就要利用它的特点,在表现内容时将其优势充分发挥出来。该课件在这方面的设计有成功之处,也有需要商榷的地方。

　　显然,七巧板拼图适于采用图形类媒体。无论计算机图形或动画,配上鲜艳的色彩来表现七巧板拼图,视觉效果都是极佳的。例如课件的片头中,首先在银灰色的背景上画出一个色彩鲜明的七巧板,既点题,又养眼。随之以动画形式演变出"七巧板"标题(彩图 4-1),给人留下简练、明快的印象。

　　此外,打开"动感世界"菜单后,自动播放的动画演示了七巧板拼出的各种图形,也是由于形态规范、色彩艳丽,给初学者营造了一个赏心悦目的启迪环境,激发了学习兴趣,打开了拼图的思路。

　　在表现"延伸阶段"的两个菜单的内容时,由于介绍的是一些辅助性的知识,涉及面宽、信息量大,这时最适合利用文本表义的特点,如有必要还可配一些插图说明。其中"知识宝库/衍生"菜单中的"七巧板的外延"可参看图 4-7(b),"中国难题"菜单中的"华容道"如图 4-9 所示。

　　由图看出,该课件在设计这类文本为主的画面时,注意了屏幕文本呈现的三原则,即注意了适配性、艺术性和易读性,因而将文本表义的优势发挥出来了。

　　最后提一个问题:在这类课件中有没有必要采用视频? 如前(2.2)所述,视频图像与动画各有优势,前者真实可信,后者可创意制作。二者都可用来演示拼图过程,这时选用

第 4 章

情景、游戏、游记题材类多媒体教材

图 4-9　利用文本配插图介绍辅助性知识

哪一个,显然应该取其优者:对于拼图演示来讲,图形清晰、美观的需求比真实可信更重要;如果将"小制作坊"、"拼图乐园/加油站"以及"创意天地/创意欣赏"中的视频改用动画,可能效果会更好些。

综上所述,可以形成以下几点认识。

(1) 小学低年级的教学中,应该十分重视形象、趣味、互动的特点。二者的关系,从本质上讲是教学目的与教学策略的关系,而不是内容与形式的关系。在教学中加入一些趣味性形式,或者在娱乐中融入一些教学内容,都能达到预期的教学目的。

(2) 该课件中的精彩之处是"七巧板拼图",而支持这种随意拼图需要交互功能的高智能度。作者巧妙地将"随意"分解为主观和客观两个方面,从而使客观方面的交互功能设计大为简化,形成了一种简化高智能度交互功能的"设计格式"。

(3) 该课件的呈现形式,采用的也是画面语言的"排笔句"格式,即背景统一、主题变化的"设计格式"。

4.3　游记题材类的教材如何呈现知识内容
——专题网站《记金华的双龙洞》赏析
(由东营市胜利第四十六中学丁波、姚静老师提供)

《记金华的双龙洞》是小学四年级的语文课文,作者将其改编成为一种新的多媒体教材形式:专题网站。

　　早期问世的多媒体教材都是单机版的课件形式,随着多媒体技术和网络技术的发展,后来又根据教学需求相继地出现了多媒体积件、专题网站、网络课程等形式。其中专题网站(或学科网站)是为呈现一个专题(或一门学科)知识内容而建立的一个网站。目前互联网上的专题网站是很常见的,如某公司为推销产品而开设的商品网站、为介绍有关奥运会的信息而开设的奥运会网站等。

　　《记金华的双龙洞》是从文学大师叶圣陶写的游记《记金华的两个岩洞》中节选的一篇。有关游记题材的语文教学,主要是让学生学习课文作者如何观景,并且怎样表达。同样的景物,对一般人的刺激只是感知觉而已,但在文学艺术家那里产生的却是直觉! 用一个例子说明二者的区别:旅游爬山时,看见溪流从山上往下流。这类常见的现象,在作者眼里却是一道风景线:"一路迎着溪流,随着山势,溪流时而宽,时而窄,时而缓,时而急,溪声也时时变换调子。"这就是直觉。因为他表达的是现象背后的丰富内容:溪流在千姿百态地表演并且伴随着歌唱,犹如在看一场歌舞节目。因此,从"观景"可以感受到作者的文学修养;从"表达"可以看出作者的文字功底,这些正是语文教学中要让学生学习的内容。

　　将这类游记题材的课文改编成小学语文教学用的专题网站,关键是要处理好"文"和"景"的关系。书本教材光靠文字写景,学生缺乏感性认识,对课文的描写只能想象;电视节目可以再现"双龙洞"的景色,但是对课文中描写的重点和难点,既不会突出,更不会深入分析。对于语文教学,二者在"文"和"景"的处理上都有所欠缺。因此,专题网站中采用的"景",要按课文进行设计,图片、视频、动画等,均应依教学内容的要求而定;反过来讲,设"景"是为了学"文",要从课文描写的角度来安排"景",为的是体验作者的构思和学习描写的词句。能够通过文、景配合满足语文教学要求,是多媒体教材的潜在优势,如果将二者的关系处理好了,该专题网站的"亮点"便显示出来了。

　　下面从几个方面,分别赏析该专题网站是如何呈现教学内容的。

　　(1)为首页设计了引人入胜的背景。背景一般是用来烘托主体或者美化环境的,由于运用背景时存在一条底线:不能喧宾夺主。因此,通常情况下都是想到对设计的背景加以各种限制,将其置于主体的陪衬地位。

　　但是按照"媒体匹配规则"(2.2),给小学生设计的背景画面,在安排文、图比例,动、静比例以及运用色彩等方面,应该充分注意孩子们的年龄特点和兴趣。

　　为了将学生的注意力吸引到该网站上来,并且尽快地进入到课文中学习,作者不仅专为该课的标题安排了一个首页,还对标题的背景进行了精心的设计,如图4-10所示。

　　该首页为一个运动画面,由特技(划变)组接的5幅画面组成,其中主体显然是课文的标题,但该主体只在最后一幅画面中才出现。前4幅画面中出现的内容,全是为引出课文标题作铺垫的:包括金华山部分景点的图片、吴邦国委员长的"双龙胜景"题词、介绍"双龙洞"景色的动态文本,以及渲染气氛的背景音乐等。单击首页右下角的"进入网站"热

图 4-10　首页的背景设计

区,便可进入到该网站的主菜单区。

值得注意的是,这些背景元素在首页中运用并没有考虑底线的限制,几乎图、文、声、色、动等手段都用上了,但是经过这样铺垫以后,反倒使课文标题《记金华的双龙洞》的"出场",更显得有一种众望所归之感。这是为什么?

原来作者认识到该课是介绍"双龙洞"景色的,因此可将首页设计成广告片的形式,其中背景与主体(课文标题)的关系,类似广告与产品的关系:背景中越强调"双龙洞"的知名度和景色美,学生对介绍"双龙洞"课文(标题)的期待值越高。可见这种设计思路的巧妙之处,就在于通过顺化背景与主体的关系,解决了"背景运用规则"和"媒体匹配规则"在运用过程中的矛盾。因此不失为一个"亮点"。

(2) 专题网站的主菜单设计要考虑教学内容和教学过程两个方面。在课堂上运用专题网站进行教学,与(单机版)多媒体课件相比,教学资料和教学过程在信息化环境中的配合程度更加紧密。如前(3.2)所述,设计专题网站也和设计其他多媒体教材一样,同样需要考虑"呈现教学内容"和"在课堂上运用"两方面的问题,二者分别属于语义学和语用学的范畴。

专题网站《记金华的双龙洞》设置的 6 个菜单项中也包括了这两个方面,其中"亲近课文"、"资料集锦"和"在线测试"3 个是用来呈现教学内容的,遵循的是多媒体画面艺术规则和设计格式;而"学习导读"、"教学流程"、和"成果展示"则是在课堂教学时运用的,需遵循教学格式(图 4-11)。

图 4-11　专题网站《记金华的双龙洞》的主菜单

　　语用学的内容将放在第三部分专题讨论,此处从略。故本节仅对呈现教学内容的 3 个菜单项进行讨论。

　　这 3 个菜单项中,仅"亲近课文"是用来阅读和理解课文的,其余的两个菜单则分别作拓宽知识和作语文练习用:"资料集锦"介绍与作者和课文有关的知识,"在线测试"进行拼音、用词和理解课文方面的练习。

　　下面分别赏析作者在专题网站中是如何呈现这些内容的。

　　(3) 在网站上呈现课文,要将多媒体的优势充分发挥出来。将书本课文搬上网站,要改编,如同把小说改编成影视作品,是二次创作。改编的成功与否,主要看多媒体的优势是否充分发挥出来了。多媒体教材的优势是相对书本教材而言的,书本教材做不到的它做到了,而且效果明显的好,就算改编成功了。

① 在"亲近课文"菜单中安排了 6 个子菜单项,其中有两个是供阅读课文用的,如图 4-12 所示。一个是"课文原文",采用了文本、朗读配合形式。虽然二者同属文字语言范畴,具有相同的表义功能,但是将其配合以通过视、听觉渠道传递课文内容,不仅显得生动,而且加深印象。另一个是"课文视频",采用的是解说、字幕配视频的形式。与通常的影视节目配解说、字幕不同,此处的视频画面是按照课文内容选配的,因此三者配合传递课文内容,有助于从形、音、义三个方面对原文的理解。

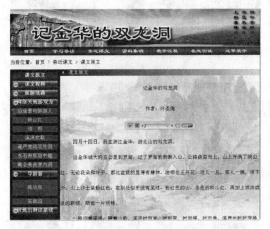 

(a) "课文原文"菜单的页面　　　　　　　　　(b) "课文视频"菜单的页面

图 4-12　供阅读课文用的两个菜单

值得一提的是,在这两个子菜单项中,由于朗读或解说的听觉要素遵循了艺术规则,即播音员在播音过程中,规范了运用咬字、气口、语调、节奏等方面的语音技巧,并且注意了解说与字幕的同步,因而确保了阅读课文的成功。至于这两个子菜单项在教学过程中运用的先后顺序安排,已属语用学的范畴,将在第三部分中讨论。

由此可见,在网站上这样安排阅读课文,就摆正了语文教学中的"文"、"景"关系,即按照(课)文的要求选景,用景帮助理解(课)文。由于现成的书本教材和电视节目都做不到这一点而它做到了,所以认为该专题网站的改编是成功的。

② 为了加深对课文的理解,在"亲近课文"菜单中还安排了一个详细介绍双龙洞各景色的子菜单,叫做"网络天地游双龙"。在该子菜单项中,分别介绍了上山沿途看到的景色;有关映山红、油桐的知识;各种溪流的声音;外洞和内洞的景观以及由外洞进入内洞的孔隙奇观,如图 4-13 所示。

由图看出,该子菜单项的设计有三点是应该肯定的。

- 将摘录的课文片段安排在页面的上部,表明该页面上呈现的内容是用来说明这段课文的(一般为重点或难点),针对性强,符合"突出主题"艺术规则。
- 不同类型的课文内容,均选用了适合的媒体表现,说明的形式不拘一格。例如用

(a) 图文配合介绍映山红知识

(b) 再现各种溪流的声音

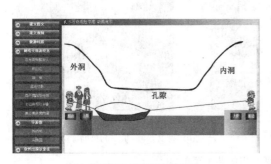

(c) 动画演示进内洞孔隙奇观

(d) 图片再现内洞的石景

图 4-13　选用不同媒体说明不同课文内容

　　文本与图片配合来说明上山沿途的景色及映山红、油桐;用声音媒体来表现各种溪流的水声;用大量图片来说明内洞的各种石景;通过动画来演示进内洞孔隙的奇观等。由于各页面说明是按照"媒体匹配"艺术规则设计的,所以才取得了如此好的教学效果。

· 各页面采用了统一的格式,变化的只是页面左侧的"网络天地游双龙"子菜单的变色栏目,以及工作区中对应的说明内容。因而在该子菜单中,虽然各页面的内容不同,但整体看来是统一的,这就是遵循"有序变化"艺术规则产生的"亮点"。

　　先安排"课文原文"和"课文视频"两个子菜单以了解全文,再加上该子菜单对课文重点或难点进行深入地说明。这样便从"面"到"点"地将该课的教学内容交代清楚了。从这三个子菜单的设计中受到的启示是,按照蒙太奇(或广义画面分割)的思想,遵循三条基本艺术规则,就能成功地将书本课文改编到网站上,使多媒体的优势发挥出来。

　　③ 在学习了该课教学内容的基础上,作者还在网站上安排了两种旨在巩固学习、培养创意的教学活动:导游情景教学与绘画互动教学。

• "导游窗"子菜单实际是为导游情景教学而设的,如图 4-14 所示。

(a) 导游解说词培训　　　　　　　　　　　(b) 网上导游"实习"

图 4-14　"导游窗"子菜单为导游情景教学而设

　　在小学游记题材的语文教学中,采用导游的形式让学生体验观景、说景,既达到了巩固课文知识的目的;又能给孩子们提供学习作者观景和表达的机会。学生在接受"导游员"的任务之后,出于讲解需要,自然会萌生出学习景点知识的迫切心情,作者不失时机地安排了一个"练功房"页面,将许多与课文有关的知识补充进来,让学生在求知欲的驱使下积极地在这里"备课",不知不觉地丰富了景点知识。然后,又通过在"实践园"中的导游讲解,运用已掌握的知识去尽情发挥,将自己对景点的理解和想象表达出来。

• 表达的方式除了用文字语言外,还可以采用"形"。观景体验是感性经验,语言在表达感性经验方面有时还不如"形"。由于课文是按照参观游览的顺序写的,为了激发学生的想象能力,作者还别出心裁地设置了一个画"旅游路线"的子菜单,其中安排了画笔工具和一块"画板"(图 4-15),让学生根据课文画出作者的旅游线路,如同在课堂黑板上的板书实践一样。画图属于互动教学范畴,是交互功能的一种运用形式,因而存在智能度和融入度的问题。为此,作者出于方便教学和简化技术的考虑,采用了一些辅助措施:设置粗、细线条和清除、撤销按键,安排多个输入景点文本框,使用数字编号以便在画板上用数字表示景点名称。

　　关于多媒体教材在这类教学活动中的运用,实际已进入到语用学的范畴,应受教学规则的规范,这些内容将在第三部分讨论。

　　(4)网站上的辅助学习内容,应以传递知识信息为主。随着对课文理解的深入,网站设计的侧重应由呈现形式转到辅助学习内容上来,包括将有关课文的知识拓宽和对语文基础知识的训练。这些内容分别收集在"资料集锦"和"在线测试"两个菜单中。

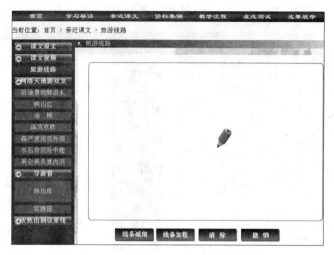

图 4-15　根据课文画出作者的旅游线路

① 在网站上查询辅助学习资料,是信息时代提供的一种有别于课堂、书本的学习渠道,也是智能化交互功能的一种运用形式,"信息量大"是它的显著特点。对于课堂教学,这个特点既有利,也有弊。一方面,学生可以在信息的海洋里尽情地遨游、各取所需;另一方面又容易迷航,转移注意力。因此在设计专题网站时,应按照课堂教学设计,围绕教学主题、重点、难点收集资料,既要丰富多彩,又要有所取舍和条理清楚。总之,把握住"度"是专题网站设计成败的关键!

在"资料集锦"菜单中安排了 3 个子菜单项,分别介绍作者生平和作品、历代到过"双龙洞"的名人以及有关溶洞的资料集锦。前两个子菜单项介绍的都是名人及其作品,以文本为主,必要时配以照片或画像;在有关溶洞的资料(即"溶洞大百科"子菜单)中,由于将其归纳整理为 4 种类型,需要分别采用不同的媒体表现:名人留下的诗汇采用诗体文本形式;"印象双龙"为影片形式;钟乳石欣赏采用图片形式;景观介绍采用图文配合形式,如图 4-16 所示。

② "在线测试"菜单主要用于语文基础知识训练,分基础和提高两个层次,均为客观题形式,可自我批阅或提供标准答案。内容包括拼音练习、词义的准确运用、对课文的理解等。

此外,还用表格形式进行自我评价,以检查在专题学习后,专业学习方面、信息技术方面以及合作学习方面的收获。

(5) 专题网站在整体格调上的设计也是应该肯定的。该专题网站给人留下印象最深的是"整体感"。自从在首页单击"进入网站"以后,就好像进入到了一个格调统一的环境之中:从页面顶部往下,依序安排的是课文标题、主菜单条、该页路径和该页标题,如有子

| (a) 作者生平介绍 | (b) 名人诗的汇集 |

| (c) "印象双龙"影片 | (d) 景观介绍 |

图 4-16　"资料集锦"菜单中安排的辅助学习资料

菜单条,一般安排在页面左侧,中间留出了宽敞的信息区来呈现页面内容;页面以冷色调中的绿色为基色,映射出该课游记主题的氛围;激活页面的子菜单变为红色(即异色)。

请注意,这是一个采用规范画面语言格式(即设计格式)编写多媒体教材的典型案例。在这样设计的环境里,尽管各页面信息区呈现的内容各异,并且采用的媒体也不尽相同,但是只要一看该页的路径、标题或者变色的子菜单,便知画面内容在课文中所处的位置,及它要说明的是课文的哪一个重点或难点。这就是画面语言的"以形表义"功能!也是遵循"有序变化"艺术规则(或语法规则)产生的"亮点"。

综上所述,专题网站《记金华的双龙洞》的亮点,就在于营造的一个网站平台。一方面,按照教学安排,作者精心设计了一个将图片、录像、动画资料和文字资料有机结合的、采用交互导航形式的、既紧密围绕课堂教学又摆脱了教室和书本局限的信息资源库,为课堂教学提供了内容上的支持;另一方面,在页面设计上,作者注意到了按小学语文的要求运用各种媒体特点,从而使原来在书本上用文本表述的课文,按照课堂教学的需求,全方位、多层次地在网络环境中呈现出来,使学生好像在虚拟旅游的情境中领略到了课文描述的风景美和文字美。

由此可以看出,能不能够建立起网站,靠的是多媒体技术和网络技术;而建起来的网站会不会出亮点,则是靠作者的教学经验和制作经验。或者说,靠的是在网页内容呈现和组接的过程中,自觉或不自觉地遵循了多媒体画面艺术规则。

综上所述,可以形成以下几点认识。

(1) 该多媒体教材有三个特点:专题网站、语文课、游记题材。虽然介绍旅游景点是多媒体的优势,但是用多媒体画面语言改编这类课文,关键是要摆正"文"和"景"的关系:要从课文描写的角度来安排"景",包括图片、视频、动画和文本等。检验改编的效果,要看是否有助于学生体验作者观景时的文学修养,并且便于从中学习作者的构思和描写词句。

(2) "按(课)文设景"画面的设计格式有四个要点(图 4-13):

- 设置一个菜单,其中各菜单项(即各画面内容的标题)被单击后变色,且调出对应的画面。
- 各画面也采用背景统一、主题变化的格式。
- 画面主题采用文、景分区配合呈现形式,摘录的课文片段和用来说明这段课文的景,分别安排在画面的上部和下部。
- "景"的选用要遵循"媒体匹配"艺术规则,包括图片、视频、动画、声音等媒体。只要配合课文片段后,能帮助学生体验作者观景时的文学修养就行。

(3) "阅读课文"画面采用了"音频课文"和"视频课文"两种设计格式。前者用朗读配合课文,像读报一样;后者采用的是解说、(课文)字幕配视频的形式,像看导游片一样。不过要注意两点,一是(朗读、解说)播音员的播音要规范,注意文、声同步,而且视频画面要按照课文内容选配,应该明确在该画面中的定位,即解说、字幕为主,视频图像为辅;二是安排"暂停"控制,给教师讲解或学生思考留出余地。

(4) 该专题网站采用的也是"背景统一、主题变化"的设计格式。通过标题条和子菜单项变色方式注明各画面的路径,这是对该格式的改进。

(5) 该专题网站的首页为一个运动画面,通过顺化背景与主体的关系,解决了"背景运用规则"的底线限制。这是设计首页的又一种"格式"(图 4-10)。

第 5 章
普及类多媒体教材

5.1　科普类的教学资料如何呈现知识内容
——课件《鸟》赏析(由东营市胜利孤岛一小董付庆老师提供)

课件《鸟》是根据九年义务教育五年制小学教科书《自然》第五册第六课《鸟》设计制作而成的。该课件具有知识面广,内容丰富和操作简单的特点,属于集知识性与趣味性于一体的科普类教学资料。适于供教师备课参考、课堂教学演示以及学生扩展知识用。

在多媒体课件中展示鸟类百科知识,一般会遇到这样两个问题,即如何运用画面语言将方方面面的鸟类知识分门别类地展现出来;如何针对不同类型的知识采用与之匹配的媒体呈现。对于用文字语言编写科普资料来讲,这类问题本不算什么难事,但是如何用多媒体画面语言来编写这类科普资料,则是很值得探讨的,因为这是两个带有规律性的问题。可喜的是,该课件在这两个方面都进行了尝试,并且分别找到了答案,即进行规范的版面设计和采用匹配的呈现形式。

下面结合该课件的设计,来看看作者是怎样处理这两个问题的。

(1) 规范的版面设计。从该课件的版面设计可以看出,作者从 4 个方面,通过 9 个板块来展现鸟类百科知识:

- 从鸟的特征方面,通过"鸟的特征"板块,来介绍不同鸟类的喙、羽毛、翅膀、尾巴、脚爪以及产卵等特征;
- 从鸟的生理和习性方面,通过"生理结构"、"生活习性"和"分类分布"三个板块,来介绍鸟的生理和习性方面的知识;
- 从科普知识方面,通过"鸟类进化"和"经济价值"两个板块,来介绍鸟类演变以及鸟类与人类关系方面的知识;
- 从人文知识方面,通过"鸟类之最"、"交流园地"和"鸟类故事"三个板块,分别介绍一些有关鸟类的典型、喂养及幽默故事。

在画面语言中,区分这 4 个方面不是用文字表述,而是靠如图 5-1 所示的版面设计。

(a)"鸟的特征"方面的版面

(b)"生理和习性"方面的版面

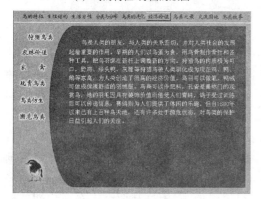

(c)"科普知识"方面的版面

(d)"人文知识"方面的版面

图 5-1　用版面设计来区分 4 个方面内容

由图可以看出用画面语言区分的要点是,不同方面板块的设计格式互不相同,而相同方面板块的设计格式是相同的。

例如,虽然"鸟的特征"[图 5-1(a)]、"生理和习性"[图 5-1(b)]和"科普知识"[图 5-1(c)]三者版面的画面分割形式相同,即主菜单横排在画面顶部,用一条向左弯曲的弧线将二级子菜单与信息区分开。但是图 5-1(a)和图 5-1(b)的区别在二级子菜单上:前者有按钮背景衬托,而后者没有;图 5-1(b)和图 5-1(c)的区别则体现在信息区的字体上。"人文知识"的版面与前三者的区别,则可以从画面分割的形式上一目了然。

像这样以形(设计格式)表义(区分内容类型)的呈现方式,是用画面语言编写多媒体教材的一个特点。在该课件中巧妙地采用了这种呈现方式,看起来是由于有较丰富的制作经验,但实际上作者已经在无意或者有意地运用了三条基本艺术规则。具体地讲,4 个方面、9 个板块是从不同角度围绕"鸟"这个主题展现的,体现了"突出主题"的艺术规则;

版面形式的组织结构与知识内容的组织结构完全匹配,体现了"媒体匹配"的艺术规则;虽然 9 个板块的版面各有差异,但是课件在画面的格调、主色调、背景以及"退出"标志等方面的统一,都给人一种完整、协调的感觉,体现了"有序变化"的艺术规则。因此,可以认为该课件的版面设计格式是规范的,它用规范的版面设计解决了分门别类展现各方面鸟类知识的问题。

(2) 匹配的呈现形式。科普类资料的特点是内容丰富、知识面广。在书刊报纸上,通常都是以文字表述为主,配以适量的静态图形、照片、表格辅助说明的。在多媒体课件上呈现同样的内容时,对于设计者来说,媒体和功能的潜在优势不仅是有利条件,同时也是一种挑战:能否针对不同类型的知识内容,选用与之匹配的媒体和功能表现,成为决定课件设计成败的关键。显然,不动脑筋地书本搬家是最省事,但也是最失败的一种设计思路!

该课件另一值得称道的尝试,就是在不同知识内容的呈现形式上下了一番工夫,将"媒体匹配"艺术规则用到了家,因而将多媒体画面语言在媒体和功能上的优势,充分地展现出来了。按照知识内容的特点,该课件中采用的呈现形式大体有以下几种。

① 以文为主呈现形式。文字表述是纸介质上的主要呈现形式,在多媒体课件中则只能算是诸多呈现形式中的一种。该课件中,以文为主又分"不配图的文字表述形式"和"图配文的表述形式"两种。

单一文字表述形式(图 5-2)多用于这样一些场合:

- 板块首页的前言或说明;
- 适于用文字表述的内容,如介绍鸟的迁徙;有关鸟类的一些学术性假说、观点;有关鸟类的一些基础知识或故事等;
- 对于某些非重点但信息较多的内容,虽可用图或动画表现,但不必占用过多页面,因此也可采用文字表述形式,如介绍鸟的视觉、听觉、嗅觉等。

(a) 用于"前言"　　　　　　　　(b) 用于介绍鸟类的一些基础知识

图 5-2　文字表述呈现形式

配图的文字表述看似纸介质上的呈现方式（图 5-3），但是由于多媒体课件中还包含有动态媒体，因此当表现鸟的各种飞翔运动习性等方面时，其动态呈现的优势便显露出来了。

(a) 配静态图形的文字表述　　　　　　　　(b) 配运动图形的文字表述

图 5-3　配图的文字表述呈现形式

② 以图为主呈现形式。用图表现物体的形态特征，是一种事半功倍的教学方式。这种方式对于书本教材和多媒体教材都是适用的，但是由于后者具有媒体和功能方面的优势，在运用过程中的效果将会明显优于前者。

如图 5-4 所示的是几种采用了热区（交互功能）配合的图形呈现方案。其中图 5-4(a) 具有选中放大功能；图 5-4(b) 具有选中变色功能；图 5-4(c) 具有鼠标移近出热字功能。这些呈现方案的优点是，可以在同一个画面上分别看清不同对象或某对象的不同部分，在保证画面呈现效果的前提下，提高了画面呈现效率。

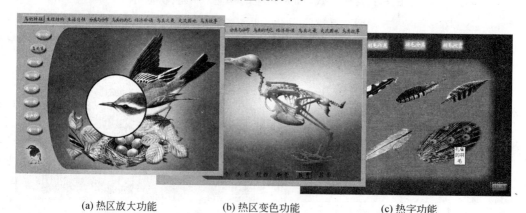

(a) 热区放大功能　　　　　　(b) 热区变色功能　　　　　　(c) 热字功能

图 5-4　几种用热区配合的图形呈现方案

顺便指出,画面分割是用画面语言表达知识内容的一种形式。在传统艺术中,美术等静止画面的"画面分割"概念仅指单幅画面上的空间分割;影视等运动画面的"画面分割",则包括了多幅画面配合表现一个知识点的时间分割(因为表现一个知识点的运动画面是由多幅画面组成的)。多媒体画面问世以后,由于增加了交互功能(或热区),又出现了一种在单幅画面上进行时间分割的新形式。图 5-4 中示出的便是这类由热区配合的"画面分割"的几种方案。

③ 图文配合呈现形式。与图配文或文配图不同,图文配合形式中两类媒体都是主体,其中"图"能形成具体的表象;"文"能描绘细节、原理或背景,二者是分工合作、优势互补的关系。

例如在图 5-5(a)中介绍鸟类仿生时,一方面用文字说明黑腰朱鹭(鸟)具有流线型的体型和宽大的翅膀,前者可减少飞行主力,后者能在低速飞行时保持平衡。另一方面用图片将该鸟与宽大机翼的流线型飞机对照,二者配合得珠联璧合、相得益彰。又如在图 5-5(b)介绍玩赏鸟类时,也是用文字说明黄鹂、红嘴相思鸟等羽毛艳丽,鹦鹉等能模仿人语,同时呈现出黄鹂、红嘴相思鸟、鹦鹉等鸟的图片。此时很难说清,文字是图片的说明,还是用图片说明的文字。只有一种感觉,图片、文字二者缺一都是一种缺陷。

(a) 介绍鸟类仿生   (b) 介绍玩赏鸟类

图 5-5　图文配合呈现形式

④ 以声为主呈现形式。音响效果在一般情况下是作为陪衬角色的,但在科普类教学资料中,演示各种鸟类的鸣啭也应视为一个方面的知识,因此在该课件中的"鸟鸣欣赏"页面上,各种鸟鸣的音响便成为了主体,见图 5-6。该画面是在非音乐类课件中少见的、以音响效果为主的画面。类似的案例在专题网站《记金华的双龙洞》表现各种溪流水声的音响效果时,也曾见过(4.3)。

⑤ 以动画为主呈现形式。鸟类具有"双重呼吸"系统,这一知识点在教学中属于难

图 5-6　以声为主呈现形式

点,要求讲清楚鸟的肺是怎样在其独有的气囊配合下,在吸气和呼气时都能进行呼吸的。若用文、图或者图文配合都不适于表现这一不常见到的过程,因此该课件选用了动画演示的呈现形式。为讲解清楚起见,采用了 4 幅画面的时间分割方案,即在二级子菜单"呼吸系统"下设置了一个三级子菜单,如图 5-7 所示。其中前三幅画面通过图、文媒体分别讲解双重呼吸的预备知识,包括气囊、肺和气管之间的结构关系;双重呼吸的原理和过程等。在具备上述预备知识的基础上,最后用一幅动画画面演示双重呼吸的过程,这样便将该课件的难点讲清楚了。

(a) 先讲预备知识

(b) 再用动画演示呼、吸或呼吸过程

图 5-7　用动画表现鸟类的"双重呼吸"系统

⑥ 手控教学呈现形式。手控教学是运用交互功能进行教学的一种形式,常用于以下几种情况:

- 将一个知识点分解为若干环节,然后按照教学设计分别手控进行教学;
- 将一个过程分解为若干阶段,然后依序手控进行教学;
- 将一个整体分解为若干部分,然后按照主次依序手控进行教学。

手控教学可以在一幅画面上或在多幅画面上进行,前者的案例可以参看图 5-4,在几种热区配合图形呈现的方案中,都是通过在一幅画面上移动鼠标,分别对有热区的对象进行讲解的;该课件讲解鸟卵孵化则可作为后者的一个案例(图 5-8),将卵的发育过程分解为几个阶段,即第一、七、十二、二十天,分别有画面显示蛋壳内胚胎的演变,通过单击画面右下方的"第＊天"按键依序手控进行教学。

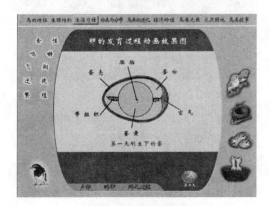
(a) 第一天(刚生下的蛋)

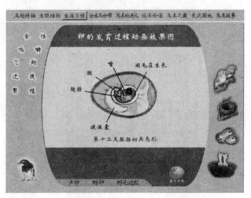
(b) 第十二天(胚胎初具鸟形)

图 5-8　手控教学卵的发育过程

⑦ 菜单的呈现形式。在"多媒体画面艺术理论"中,关于菜单的论述有两个要点(2.5),一是路径导航中的"节点";二是交互功能留在画面上供用户操作的"手柄"。前者指它的功能,要求便于操作、易于找到知识点;后者明确了它也是画面上的一个"元素",要求它与画面上用于呈现教学内容的其他"元素"和谐相处,即"融入度"要高。高融入度的菜单设计有两条途径:要么二者合一,将菜单融入教学内容中去;要么二者配合默契,让菜单成为教学内容的附属部分或背景,对其起到补充或美化的作用。

该课件菜单设计的亮点,正是在功能和美化这两个方面达到了上述要求。

在导航方面,可以明显地看出菜单是按照内容需要安排的。其中一、二级菜单比较固定,分别用来选择 9 个板块及各板块中的细目;三级及以下的菜单则是根据内容顺其自然出现的,需要则有,不需要则无,有时可多达五级。菜单的出现好像内容的延伸,十分自然,而且返回也十分方便。

在呈现方面,除一、二级菜单固定在画面顶部和左侧外,三级及以下的菜单安排稍有一些灵活余地。三级菜单项目较少时不分页,一般安排在画面底部或右侧;项目较多时则另设一页,但画面格式均大体相同,如图5-9所示体现了"有序变化"的原则。

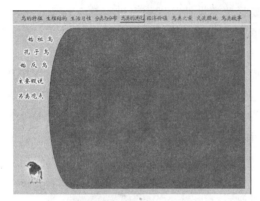

(a) 固定的一、二级菜单版面

(b) 在一、二级菜单画面底部呈现三级菜单

(c) 另设一页的三级菜单

(d) 五级菜单

图 5-9　各级菜单的呈现形式

　　这些画面上有两处需要提醒注意,一是返回热区的设置。在一、二级菜单的版面上统一采用"鸟形",并安排在画面的左下角,单击后即可返回主页;在另设的三级菜单画面上,则以文本形式安排在右下角,单击后先返回到一、二级菜单版面,此时可以跳转到其他板块,也可以返回到主页。顺便指出,同级菜单或上下级菜单之间的跳转,也是运用多媒体画面语言的要点之一,遵循的艺术规则是"有序变化"中的"均衡"规则(即语法)。二是话筒(即解说)的设置。在4个方面、9个板块中,仅"鸟的特征"和"鸟的生理和习性"两个方面的4个板块属于教科书课文内容,因此在这些板块的一、二级菜单处设置话筒,单击后可为出现的文本配解说;由于"科普知识"、"人文知识"方面的5个板块属于课外知识,所以均未设话筒。

　　由上述可以看出,该课件在运用多媒体画面语言编写科普类教学资料方面,给我们留下了一些可以借鉴的经验,将其概括为两条,即进行规范的版面设计以分类展现百科知识;采用匹配媒体以呈现不同类型的知识内容。

最后,该课件中还有两处"亮点",值得一提。

- 设置课件的主页(有的课件叫"首页")一般有两个目的,呈现课件的标题及主要内容简介;营造氛围,吸引读者进入学习环境。作者出于唯美的意图,给课件的主页设计了一幅动画:一支羽毛轻盈地从画面左上方飘落下来,在黑色背景上出现了课件标题"鸟";羽毛还在画面中央缓缓地飘动,文本标题被三只可爱的小鸟取代,其背景是由小变大的白色蛋形;羽毛最后落在画面的右下方,然后一片树叶落下,随即从左向右划过一条弧线,引出了该课件中 9 个板块的主菜单,如图 5-10 所示。

(a) 文本标题"鸟"　　　　　　　　　　　　　(b) 图形标题"鸟"

图 5-10　为课件创意的动画主页

需要注意的是,作者不仅为课件创作了精美且有寓意的动画主页,还专为主页配了一段紧扣主题的背景音乐。在目前普遍不够重视背景音乐,以致成为制作多媒体课件瓶颈的背景下,此举是应该肯定的。

建议在该主页上添加一个"跳过"的热区,以便在反复调用该课件中某些教学资料时,省去动画播放时间。

- 在"鸟的特征"板块中设置了一个练习,用来巩固该板块所学的鸟喙和脚爪知识。

如图 5-11 所示选择了五只鸟的喙或脚爪进行匹配练习。

练习的过程实际是游戏的过程:要求将画面下方的喙或脚爪,拖到鸟的圆形图片上。若匹配则图片内变成完整的鸟形;否则退回原处。因此这是一种"寓教于乐"型的练习。由于选择的这几只鸟比较典型,且各鸟的喙或脚爪差异较大,这样的安排便于练习时识别和记忆,十分适合小学生的智力和兴趣。

建议在题意上注明"要求将'喙'(或'爪')拖进圆形图片内",以免拖到图片边缘退回

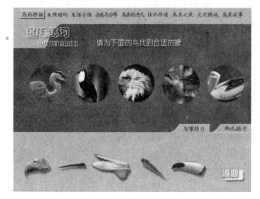
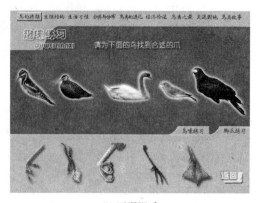

(a) 匹配鸟喙　　　　　　　　　　　　(b) 匹配脚爪

图 5-11　"寓教于乐"的练习

时,误以为是不匹配所致。

　　综上所述,可以形成以下几点认识。

　　(1) 用多媒体画面语言编写科普资料时要注意两个方面:设计规范的版面呈现知识结构;按照"媒体匹配"艺术规则呈现知识内容。

　　(2) 用画面语言区分不同类别知识的要点时,不同类别知识内容的画面格式互不相同,而同一类别的画面格式是相同的(图 5-1)。为什么说这种设计格式是规范的?

　　因为该要点体现了"突出主题"、"媒体匹配"和"有序变化"等艺术规则的思想。

　　(3) 科普资料中的知识类型是很多的,表现多种知识类型是多媒体画面语言的优势,也是对用惯了文字表述的设计者的一次学习机会。该课件按照不同知识类型设计了许多种呈现格式(图 5-2 至图 5-8),包括文本为主、图形为主、文配图、图配文、图文互相配合、以声为主、以动画为主、手控按钮呈现或手控菜单呈现等格式,值得参考。不过在选和用媒体时要注意两点(2.2.2):选择媒体的关键是要选准、选够;对被选媒体要本着"分工合作、优势互补"的原则在画面上配合呈现。

　　(4) 对于按板块设计的课件,有必要将菜单的设计格式规范化(图 5-9):

- 一级和二级菜单分别用于划分板块和进入板块,三级及以下的菜单用于在板块内各知识点之间跳转;
- 一、二级菜单在画面上的位置要固定,例如将其分别安排在画面的上部和左侧,三级及以下的菜单的形式和位置,可根据板块内容另行设计;
- 要重视对"返回"的设计,不论各级菜单的返回或是退出课件,都必须明确示出,"返回"的格式(名称、位置、形状)可按课件、板块和板块内区分,也可不区分。

　　(5) 该课件的首页设计采用了动画形式:通过鸟的羽毛、标题"鸟"、在蛋形背景衬托下的三只小鸟,最后引出"鸟"课件的主菜单(图 5-10),始终以各种形式突出主题"鸟",而且专为首页配了紧扣主题的背景音乐。这是首页设计的又一种"格式"。

（6）画面分割是用画面语言表达知识内容的一种形式，有空间分割和时间分割两大类。空间分割如网页排版，由于采用节点导航扩容窗口，可以在有限网页上容纳更多的内容；时间分割可以在单幅画面和多幅画面上进行。由于这种呈现格式中有了交互功能（或热区）的支持，运用时可以变换出多种样式，因而经常采用。

5.2 艺普类的教学资料如何呈现知识内容
——课件《京剧艺术》赏析
（由东营市胜利二十三中谢玉其、范青山老师提供）

艺术普及类的教学资料，具有与科普类一样的、集知识性与趣味（或娱乐）性于一体的特点。这就是说，它们都是属于这样一类的教学资料，不论普及（自然、社会）科学知识，或是文化艺术知识，其目的不是为了专业学习，而是对该领域知识的启蒙，因此在内容上的要求是，起点低、范围广。其对象不是针对有一定基础的专业学生，而是非本专业的师生或广大群众，因此在表现上的要求是，趣味性、实用性。

京剧是我国被誉为国粹的民族艺术。普及京剧艺术有利于提高我国人民的文化素养和民族凝聚力。因此教育部最近表示，支持在全国中小学普及京剧艺术知识。现已有不少学校将京剧列为选修课，或课外实践活动。

鉴于京剧是一门经过了千锤百炼、十分成熟的艺术，涉及的知识面很广，内容十分丰富，编写这样题材的多媒体课件时，对于作者既是机遇也是挑战。写好了，将给学生呈现出一个五彩缤纷、有声有色的京剧艺术世界；否则，极易变成一个头绪零乱、遗憾百出的作品。

正如在"课件《鸟》的赏析"（5.1）中指出的，用多媒体画面语言来编写这类教学资料，关键是要处理好"版面设计"和"匹配呈现"两个方面的问题。前者要求在用画面呈现知识结构时，应按照多媒体画面艺术的基本规则进行设计；后者是指在呈现知识内容时，要按照内容的不同类型，采用与之匹配的媒体和功能。在这里，画面语言的语法（即艺术规则）是基础，用画面语言表达教学资料是目的。画面语义学要研究的内容，就是在遵循多媒体画面艺术规则的基础上，探讨各种类型教学资料的表达方式。既然艺术普及类与科学普及类的教学资料在表达方式上属于相同类型，那么对课件《京剧艺术》的赏析，也应该分别讨论这两个方面的问题。

（1）版面设计方面。该课件的知识结构是通过主菜单呈现出来的，分为京剧的历史、京剧的行当、京剧的脸谱、京剧的功夫、京剧的名角、京剧的乐器、京剧小戏园、课堂掠影8个板块，如图5-12所示。

图 5-12　由主菜单呈现出课件的 8 个板块

　　从内容的角度看,可以将这 8 个板块分为三类。其中京剧的演变历史、行当分类和名角介绍,属于京剧的一般性知识(即常识性内容);只有京剧的脸谱、功夫、乐器(还可以将京剧小戏园中的脸谱、唱腔欣赏包括进去)属于京剧专业方面的知识。对于非京剧专业的师生,只需将这方面内容当作欣赏入门知识,或者借用到相关门类艺术(音乐、美术、舞蹈)中去进行教学;最后两个板块(即京剧小戏园和课堂掠影),则是为参与一些和京剧艺术有关的实践活动提供的,要求学生或看、或听、或玩游戏、或做练习。

　　从呈现艺术的角度看,该课件中,用多媒体画面语言表现这 8 个板块的二级子菜单是十分规范的,如图 5-13 所示。

(a)"京剧历史"二级子菜单

(b)"京剧行当"二级子菜单

图 5-13　用画面语言表现 8 个板块的二级子菜单

(c) "京剧脸谱"二级子菜单　　　　　　(d) "京剧功夫"二级子菜单

(e) "京剧名角"二级子菜单　　　　　　(f) "京剧的乐器"二级子菜单

(g) "京剧小戏园"二级子菜单　　　　　　(h) "课堂掠影"二级子菜单

图 5-13　(续)

　　首先,这 8 个画面呈现的内容,同属课件《京剧艺术》的 8 个方面,它们应具有相同的
背景:大红的基色调、类似舞台装饰和金色古典式样的双重边框、中间剪纸式样的盘龙图
案和右上方的两个绳结图案。顶部是目录条:"京剧艺术"及其该二级子菜单名;右侧是
控制图标区,分两组,"导航"、"音乐"、"退出"为基本按钮,分别控制调出该课件的导航菜

单、音响效果以及课件退出 ;"上节"、"下节"、"目录"为板块切换按钮,用于在上下板块间切换或返回主菜单。在此统一背景的基础上,8 个板块根据各自内容的特点,采用了不同的菜单呈现形式和专门添加的背景:

- "京剧的历史"的 4 个子菜单项分别呈现在 4 把正在张开的纸扇上,左侧添加一个旦角的剧照[图 5-13(a)]。
- "京剧的行当"的 4 个子菜单项分别呈现在偏左侧的 4 个装饰框中,增加了大段的文字说明,并且分别在左右两侧配了旦角和花脸的剧照[图 5-13(b)]。
- "京剧的脸谱"的 4 个子菜单项分别呈现在 4 个正在落下的竖挂条幅上,也加了文字说明和解说,并且添加了剧照和脸谱的背景[图 5-13(c)]。
- "京剧的功夫"的 4 个子菜单项分别呈现在 4 个摇晃的红灯笼上,也有文字说明和解说,除添加剧照背景外,还增加了男女练功的两个视频画面[图 5-13(d)]。
- "京剧的名角"以人名为二级子菜单中的菜单项,按照四大名旦、四大须生、三大净脸划分,并且添加了这三类演员的剧照作背景[图 5-13(e)]。
- "京剧的乐器"只有文场、武场两个子菜单项,分别放置在文场和武场乐队的图片上,当鼠标移近时,子菜单项和图片一起前移放大。此外,也加了大段文字说明,并且添加舞台空场的道具作背景图[图 5-13(f)]。
- "京剧小戏园"和"课堂掠影"属于学生实践方面的内容,其二级子菜单项分别用文本和图片呈现,未作修饰图[图 5-13(g)]和[图 5-13(h)]。

由此可以看出,这 8 个画面是围绕突出"该课件的知识结构"主题来设计的,它们在统一风格和背景的基础上,分别选用了不同的媒体来表现各板块内容的特色,因而让人看到的是一个既丰富多彩、又协调统一的结构体系。

需要强调指出的是,该课件的这种知识结构,并不是用单一的文字语言表述的,而是从图 5-13 的呈现形式中体现出来的,或者说,是用多媒体画面语言,按照多媒体画面艺术的基本规则表达出来的。这样的表达方式与文字语言不同,它采用的是"以形传义"方式。画面语义学研究的,就是用不同的呈现形式,表现不同类型的教学资料。

此外还需指出,版面设计的问题,不仅存在于 8 个板块二级子菜单的呈现形式上,而且还会大量地出现在 8 个板块的内容呈现之中,这些将在下面进一步讨论。

(2) 匹配呈现方面。如果说课件《京剧艺术》8 个板块的二级子菜单画面,反映出来的是该课件知识结构,那么单击这些画面上的子菜单项,就会进入到各板块要呈现的知识内容。前者是框架,要求结构合理、层次清楚;后者则是给框架填充的大量内容,这是一项十分繁重和复杂的工作。填充工作包括素材的收集和呈现两个方面,细节决定成败,因此要求对其中每一细节都要不厌其烦、精雕细刻,只有这样才能出"精品"!

下面分别进入到这些二级子菜单中去,主要通过各板块收集素材的呈现,看看"匹配呈现"艺术规则在该课件中是怎样运用的。

① 京剧的历史、行当和名角，属于介绍性的素材，适合运用文本（或者配解说）表述，可以采用三级（或四级）子菜单分页呈现的形式。

例如介绍京剧的起源、发展和现状时，作者从大量的史实中，按照大家熟知的、并且具有代表性的历史资料，将其概括成"徽班进京"、"同光十三绝"、"京剧流派"以及解放后党和国家领导人对京剧关怀 4 个方面，以三级子菜单的形式分页呈现出来。由于介绍是以文本加解说，并且在连贯的背景音乐衬托下进行的，使学生像听故事一样，一段一段地被领到了京剧的环境里。特别是其间穿插的一些精彩片断，如可局部放大的同光十三绝画像、滚动呈现的京剧各流派创始人名单、自动切换的领袖接见京剧大师们的照片（图 5-14），将一部京剧史简明扼要、形象生动地展示在学生的面前。

(a) 同光十三绝画像

(b) 京剧各流派创始人名单

(c) 领袖接见京剧大师照片

图 5-14 "京剧的历史"板块中的一些精彩片断

介绍京剧的行当和名角也都适于运用文本表述，但在多媒体画面上，文本毕竟只是其中的一类媒体，它的运用要注意与其他媒体和功能的配合，而且在介绍行当和介绍名角的画面上，配合的方式以及画面的布局也都是不尽相同的。

京剧的行当分得很细，在各门类中还能再分。如"生"还可再分老生、小生、武生；"旦"

也有老旦、青衣、花旦、花衫、武旦、彩旦之分等。因此需要在三级子菜单之下设置四级子菜单,如图 5-15 所示。

图 5-15 "京剧的行当"画面设计

该图的布局可以视为"京剧的行当"板块画面设计的一个实例。二级和三级子菜单分别以竖、横排形式安放在画面的左侧和上部;画面的主体显然应该是表述三级子菜单项内容的文本。为了突出主体,增加了解说配合,并且还采用了相应的剧照背景陪衬。值得一提的是,该板块画面的剧照背景,是按子菜单级别设计的:画面左侧生、旦、净、丑的剧照,是与二级子菜单同步改变的;画面中间的剧照则随着单击三级子菜单项而变化。如此细心地设计,反映出作者运用画面语言的水平和精雕细刻的构思。

运用文本表述配合照片的形式介绍京剧名角,在书本上已成惯例,在多媒体画面上可沿袭这一形式,但是需要将多媒体的优势发掘出来。在书本上介绍每一位演员,一般都采用一种传统的格式:每人一个标题,然后再用文本配上照片进行表述。从"京剧的名角"板块的二、三级子菜单画面设计可以看出,用画面呈现形式介绍演员也是很讲究格式的,特别是要注意在画面上的布局,以及各种媒体和功能之间的有效配合(图 5-16)。

在图 5-16(b)、(c)、(d)中,标题区、文本表述区和照片区的布局是很明确的。其中标题由椭圆形的剧照(或便装)配该演员姓名组成;文本表述窗口采用了滑块移动方式扩容,从而解决了文本篇幅受表述区布局限制的问题;在照片区内,单击并按住剧照组中的任一照片,都可放大呈现。在"多媒体画面艺术理论"中,滑块扩容是一种"节点导航"方式;而单击放大则是一种"单幅画面时间分割"艺术。这些基于交互功能的配合运用,是在画面设计时发掘了多媒体优势的结果。

此外还注意到,在图 5-16(b)～图 5-16(d)中介绍各演员的画面左侧,采用了剧照背景,分别用的是旦、生、净角。这种区别是和图 5-16(a)所示二级子菜单中,名角的旦、生、

(a) 二级子菜单画面

(b) 介绍梅兰芳

(c) 介绍马连良

(d) 介绍金少山

图 5-16　介绍京剧名角的画面设计

净类型对应的。这样的安排,遵循的是"有序变化"艺术规则中的"呼应"子规则。由此看到了作者对待每一细节,都没有放弃设计规范化。如果一个课件能够坚持按照规范化的思想,设计结构体系和每一个细节,想不成为"精品"都难。

　　② 京剧的功夫包括唱、念、做、打 4 个方面,显然应以音、视频表现为最佳。

　　在"京剧的功夫"板块中运用音像资料,关键是要处理好"目的性"问题。因为京剧是一门工夫深、有魅力的艺术,目前已经进入娱乐行业。在艺普类教学资料中运用京剧音像资料,不是为了欣赏,而是要普及欣赏所需的知识。因此对这类画面设计提出两点注意,一是要按照教学的需求选择案例;二是要按照教学的格式,将所选的案例规范地呈现出来。这就是说,选择资料的依据不是精彩唱段或武功绝活,而是按照欣赏知识的安排进行取舍;呈现的画面也不能只考虑音像资料,而应该将其融入该板块的统一呈现格式之中,和其他媒体配合并共同完成介绍京剧功夫欣赏知识的任务,如图 5-17 所示。

　　由图 5-17 看出,介绍京剧功夫知识的画面格式是统一的,均由文本、解说介绍和音、视频案例演示配合组成。

　　其中介绍词虽少但很精彩,对于非京剧专业的师生用于入门知识,可谓说到点子上了。例如"唱"中提出要规范吐字、行腔、用气、共鸣等技巧,用于传达人物感情和听觉美

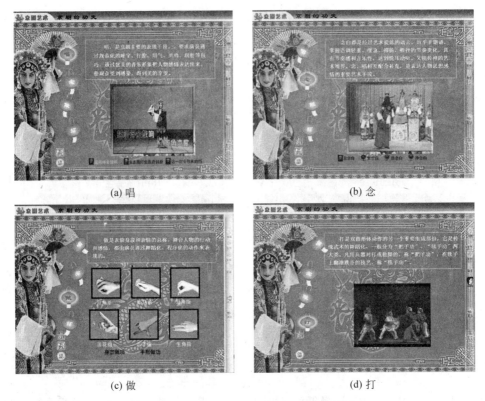

(a) 唱　　　　　　　　　　　　　(b) 念

(c) 做　　　　　　　　　　　　　(d) 打

图 5-17　介绍京剧功夫欣赏知识的画面设计

感；"念"可与"唱"配合，也可有大段念白。念时要注意语调的轻重、缓急、抑扬和节奏的变化，一般比唱更吃功夫。京剧有京白、韵白两种念法，用于表现不同人物的身份或性格；"做"包括身段和表情，是一种舞蹈化、程式化的动作，表现人物的行动和感情；"打"是传统武术的舞蹈化，分为"把子功"和"毯子功"两类等。

　　音、视频案例就是按照上述介绍词的要求选择和呈现的。例如在"唱"的画面中，为旦、净、生三类角色各选用了一个唱段，可分别通过单击调出音像资料，呈现在介绍词之下、画面的中间，旨在体验不同角色行腔、吐字等方面的唱功特点。这样设计画面的可取之处，就在于摆正了音像资料在该课件中的位置，突出了"普及京剧知识"的主题。

　　③ 介绍京剧的乐器属于听觉领域的内容，但是这些乐器在生活中不常见到，因此需用图片配音响的形式表现。

　　京剧的乐器的文场和武场，实际是指管弦乐器和打击乐器，由于分别主要用于文戏和武戏而得名。单击"京剧的乐器"的两个二级子菜单项[图 5-13(f)]，可以分别调出如图 5-18所示的文场和武场画面。

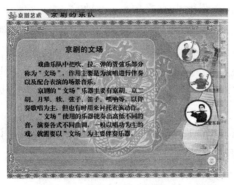

(a) 文场(三级子菜单)   (b) 武场(三级子菜单)

图 5-18　介绍京剧乐器的画面设计

　　这两个画面均采用了统一的格式：在课件大背景的衬托下，画面中间以文本形式，分别介绍文场乐队或武场乐队的组成、特点和用场，此举对非专业者全面了解京剧乐器是很有帮助的；介绍各类乐器的三级子菜单，以图片形式安排在画面的右侧，如果某类乐器中有细目，还可调出四级子菜单。图 5-19 中分别用一个案例，说明单击三级子菜单项后，在这两个画面上相应出现的变化。

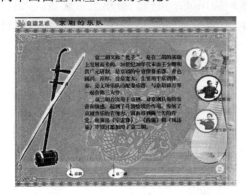

图 5-19　单击图 5-18 中三级子菜单项画面出现的变化

　　比较图 5-18 和图 5-19 可以看出，"京剧的乐器"板块采用的是单幅画面时间分割呈现方式，但是有如下特点：

- 单击后调出的是三类媒体，即文本、图片和音响。而且要注意的是，乐器的音响在该画面中应该算主体（而不是陪衬！），因为它是教学内容的组成部分。
- 如果只是介绍乐器，采用图片配音响就够了。观其形、听其音，一般就能形成对该乐器的外观认识。
- 但是由于该课件的主题是普及京剧知识，则还需要了解该乐器的背景以及在乐队中定位等知识,所以在画面中添加文本介绍就很有必要。

例如在介绍"京二胡"的画面中,说明京二胡是王少卿等人于 20 世纪 20 年代研制、后为梅兰芳首次采用的,现已和京胡、月琴一起,合称京剧伴奏三大件;又如介绍"鼓板"时,说明鼓板包括檀板和单皮鼓两件,由一人的左、右手操作,在舞台乐队中充当指挥,用以调节和衬托演员唱、念、做、打的节奏等。由此可见,在这类课件中,由于安排了这些文本说明,使京剧乐器的介绍变得更加丰满。

④ 京剧的脸谱由于已经形成一门观赏艺术,而且容易与美术实践课接轨,所以该板块在课件中的定位比较突出,画面设计也比较特殊。

可以将"京剧的脸谱"中的 4 个子菜单项分为两类[图 5-13(c)]:前两个介绍脸谱知识;后两个用于脸谱实践。

在介绍京剧脸谱知识的两个子菜单项中,"脸谱的谱式"属于图案造型的内容,需要通过讲授、演示来分析图案的要点;而"脸谱的色彩"则仅从色彩造型的角度来对脸谱进行分类,一般只需展示说明即可。二者类型不同,因而呈现画面的设计也需相应有所变化。

图 5-20 可以作为讲授类型画面设计的案例。在该画面中,讲授"十字门脸"的脸谱是分两步进行的。先用文本、解说介绍其要点,并且安排一个图示区,使其像在课堂上使用"板书"一样,在该脸谱上指指划划地配合讲解[图 5-20(a)];讲解结束后,图示区的右下角会出现"下一步"的热区,表示可以进入该脸谱的应用演示阶段。每单击一次热区,便呈现一京戏中勾画了十字门脸演员的脸谱,并且用文本说明该脸谱的角色是谁、演出剧目和剧情。

(a) 讲解"十字门脸"脸谱要点   (b) "十字门脸"脸谱的应用演示

图 5-20 介绍脸谱谱式的画面设计

图 5-21 可以作为展示类型画面设计的案例。用该画面展示黑脸的脸谱色彩时,只需将鼠标移近该色脸谱的热区,便会有一排用黑色勾画的脸谱呈现出来。所以图 5-21 呈现的实际是"脸谱的色彩"子菜单,也可将其视为按脸谱色彩对演员脸谱的分类介绍。通过该画面的介绍,使我们初步了解了脸谱色彩的含义和应用。如红脸表示忠义(关羽);黑脸

表示刚直不阿(包公);白脸表示奸诈(曹操);金银脸表示神(二郎神)或妖等。由此可见,这种用"概述"的方式来介绍脸谱的色彩,看似简明,实际内容很丰富。这也是规范设计的一个案例。

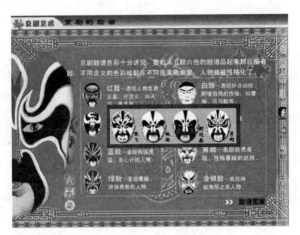

图 5-21　介绍脸谱色彩的画面设计

　　关于"介绍脸谱知识"的画面设计,还需提及除图 5-20、图 5-21 以外的两幅画面,将其视为这部分内容的"引入"和"总结",如图 5-22 所示。

(a)"引入"画面　　　　　　　　　　　　(b)"总结"画面

图 5-22　介绍脸谱知识的"引入"和"总结"画面

　　图 5-22(a)属于"脸谱的谱式"子菜单项,从介绍京剧脸谱演变史切入,通过该画面左下方的"下页"热区,引入到介绍图案造型的画面;图 5-22(b)属于"脸谱的色彩"子菜单项,它是在介绍色彩造型画面的右下方,由"脸谱图案"热区调出,用于总结这部分内容。因此这 4 幅画面具有图 5-23 所示的关系
　　在"总结"画面中有两点应该肯定。一是画面上方的简短"总结"写得很精彩。它综合

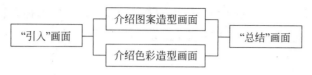

图 5-23 "介绍脸谱知识"的画面安排

了图案、色彩造型的知识,将脸谱艺术归纳为额、眉、眼、鼻、嘴和嘴下 6 个部位,得出的结论是:各部位的造型变化多端,有规律、无定论。这样的总结,字不多,但表述准确、含义深刻,将文本媒体表义的优势显示出来了。二是用文本列出了 10 多个角色典型脸谱的特点。例如在包公、杨戬、杨七郎、姜维的额头上,分别有月牙、三眼、繁体"虎"字、阴阳八卦图;在赵公明的双颊上有两个铜钱等,并且单击角色名可以调出该角色的脸谱图案。应该认为,像这样结合实际的总结,虽然挂一漏万,但是对于京剧业余爱好者却是很实用的,比那种系统、全面理论总结的效果要好些。

在"京剧的脸谱"板块中,后两个子菜单项用于勾画和识别脸谱的实践。

其中在勾画脸谱实践之前,需要结合演员的操作进行必要的讲解。为此,在二级子菜单项"脸谱的画法"之下,添加了一个三级子菜单画面,如图 5-24 所示。

(a) 添加"演员画脸谱"子菜单

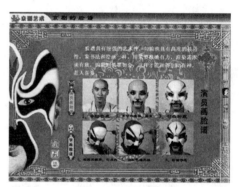
(b) 打开子菜单讲要点

图 5-24 安排三级子菜单画面是为了先讲要点

单击"演员画脸谱"子菜单,解说开始按照画面上方的文本,讲解画脸谱时用笔、渲染、勾勒的要点,同时用了 6 张配文字说明的图片,依序示出演员画脸谱的步骤。这样安排的好处有两点:其一是在脸谱知识与脸谱实践的转换中起缓冲作用;其二是通过这样一种类似现场摩演的教学活动,激发起如何勾画脸谱的好奇心。

勾画脸谱的实践主要是在"学画脸谱"画面中进行的。对于这类绘画实践的画面设计,作者准确地选用了计算机图形、动画,以及手控教学方式(图 5-25)。

"多媒体画面艺术理论"认为,视频、图片的优势是真实,适用于现场教学;动画、图形的优势是创意,适用于说明原理。在看过演员勾脸的演示之后,像学习书法一样在图画模

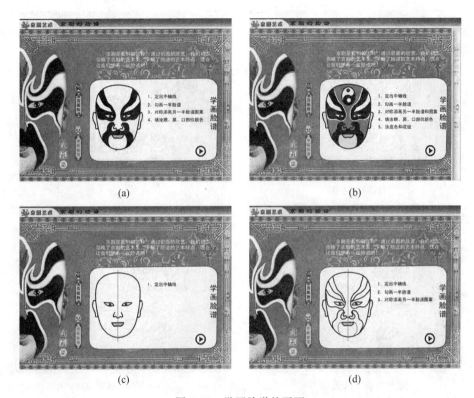

图 5-25 学画脸谱的画面

板上一步一步地描绘,这样的安排是符合认知规律的。

识别脸谱实际是一个练习,通过各类脸谱的图案与名称之间的连线,检查将所学知识应用于实际的能力。

⑤ 如前所述,该课件的 8 个板块中,以上讨论的前 6 个板块是介绍京剧一般性知识和专业知识的。换言之,本课件要介绍的京剧艺术的内容,到此均已讨论过了。

该课件的最后两个板块是用来让学生参与活动的。

例如在"京剧小戏园"板块中有 4 个栏目,如图 5-26 所示。

其中"脸谱欣赏"栏目是让看的,存有大量的京剧脸谱,要求学生辨认属于哪一种脸谱类型;"脸谱连连看"栏目是让玩的一种游戏,学生通过上下或左右地对调相邻脸谱,使一行或一列出现三个及以上的连续相同脸谱就得分,要求在规定的时间内达到规定的得分,就可晋级;"唱段欣赏"栏目是让听的,收集了一些精彩唱段,供学生体验这些京剧大师们的吐字、行腔等唱功技巧;"京剧问答"是一些练习题,用来检查学生对京剧知识了解的程度。

又如"课堂掠影"板块实际是用来汇报学生学习成果的,参看图 5-13(h)。在众多的

(a) 脸谱欣赏

(b) 脸谱连连看

(鼠标移到"贵妃醉酒")

(c) 唱段欣赏

(问问你，5道题答对)

(d) 京剧问答

图 5-26 "京剧小戏园"板块中的 4 个栏目

图片热区中，单击任一图片都会放大呈现出来。

　　由上述讨论验证了这样一种认识：用多媒体画面语言编写普及类型的教学资料，不论普及的是科学知识，还是艺术知识，都要关注"版面设计"和"匹配呈现"这两个方面。其实，这种认识的理论依据是画面语义学，即按照不同类型教学资料的特点选择相应的表达方式。与课程教材比较，普及类资料的特点是知识面更宽和类似启蒙教学，针对前者需要用"版面设计"（即画面语言）将大量知识的内在结构体现出来；而后者则应比课程教材更加重视通俗化和形象化，因而需要更加重视将文字表述转变为画面语言表达的改编工作，即多种媒体和功能在画面上的匹配呈现问题。

　　最后，该课件还有两处是值得一提的。

　　其一是首页的背景设计。这是通过顺化背景与主体的关系，突破背景运用受底线限制的又一个案例。在赏析"双龙洞"专题网站（4.3）中曾经提到，将首页设计为一个运动画面，按照设计广告片的思路顺化陪衬与主体的关系，即通过陪衬营造出一种"众望所归"的气场，让主体闪亮登场。课件《京剧艺术》的背景设计，运用的也是这一思路，如图 5-27

所示。

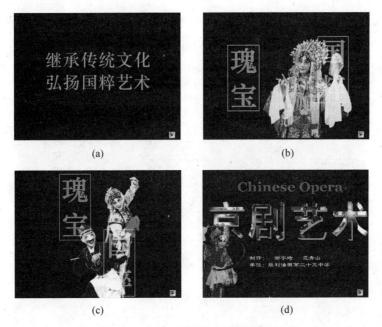

(a) (b)

(c) (d)

图 5-27　课件《京剧艺术》的首页设计

该运动画面的主体显然是课件的标题：京剧艺术（Chinese Opera）。但是最先上场的却是黑底红字"继承传统文化、弘扬国粹艺术"[图 5-27（a）]，并且以京剧开场的三声锣鼓点暗示，"开戏啦！"随着锣鼓点后的京剧"穆桂英挂帅"过门声起，一个"贵妃醉酒"亮相剧照的出现，画面由暗变亮，预示"要起唱啦！"过门后的流水板伴奏音乐，烘托着流动、变化的画面："国粹"、"瑰宝"、生、旦、净、丑剧照等，以各种特技切换方式轮番呈现，营造了一种"你方唱罢我出场"的热闹氛围。最后，该画面的主体：京剧艺术（Chinese Opera）在压轴戏中出场了，它以醒目、动感和位于视觉中心等方式突现出来，为该运动画面画上一个圆满的句号。

其二是该课件的导航设计。操作该课件有一种"方便自如"的感觉。从各板块间切换，到板块内各级子菜单的切换，或是进出该课件，都十分方便。究其原因有两点：一是各级切换按钮分工明确、位置固定。例如板块间切换用画面右侧的"上节"、"下节"按钮；切换板块内各级子菜单的"上页"、"下页"按钮，以及退出该板块的"返回"按钮，均安排在画面内；返回主菜单的"目录"按钮、返回导航菜单的"导航"按钮以及退出课件的"退出"按钮，均安排在画面的右侧。二是设计了两套实用的导航系统。除以上讨论过的，由多个画面分别呈现的各级菜单系统外，另外还安排了一个导航菜单画面（图 5-28）。它按倒树结构形式列出了该课件的知识结构，并且在每个节点处设置了热区，可用鼠标单击直接调出所选的画面。

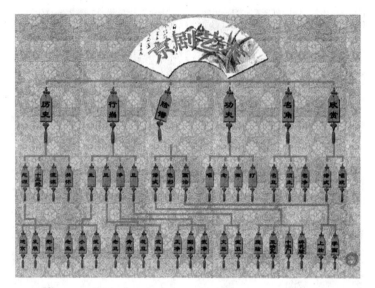

图 5-28　导航菜单

综上所述，可以形成以下几点认识。

（1）艺术普及类与科学普及类教学资料的共同特点是起点低和范围广，因此用多媒体画面语言编写这类资料，都要注意两个方面：设计规范的版面呈现知识结构；按照"媒体匹配"艺术规则呈现知识内容。

（2）用画面语言呈现知识结构，主要体现在一、二级菜单画面的设计格式上（图 5-21、图 5-22）：与一级菜单项相应的各二级菜单画面，在其共同的部分应统一，如统一的背景；而在各二级菜单所特有的部分应互不相同。显然，这样安排体现了"突出主题"、"媒体匹配"和"有序变化"的艺术规则的思想，因而这种设计格式是规范的。

（3）在多媒体画面上，知识结构不仅有如何呈现的问题，而且还有如何导航的问题。在该课件中由于采用了两项措施，即各级切换按钮分工明确、位置固定；另外安排一个倒树结构形式的导航菜单画面，使用户在如此庞大的知识结构中操作时，有一种"方便自如"的感觉。这种规范化的导航设计格式，是值得推广的。

（4）用多媒体画面语言表现不同类型的知识，关键是媒体的选和用。选时要选准、选够；用时要"分工合作、优势互补"。如在该课件中，介绍京剧的起源、发展和现状要用文本配解说；虽然介绍京剧的行当和名角都要用文本配合其他媒体和功能，但是配合的方式以及画面的布局却不尽相同；介绍京剧乐器用图片配音响时，不仅乐器的音响算主体，而且还需添加文本说明乐器的背景及定位等知识。又如京剧音像资料在课件中运用，不是为了欣赏,而是要按照普及欣赏知识进行安排;脸谱的谱式按照图案造型和色彩造型分类等。因此,只有将这些媒体选准了和用对了,多媒体的优势就发挥出来了。

(5) 该课件的首页也设计为一个运动画面。现在已经见到的运动画面首页有两种格式:或者以各种不同形式一直突出标题(如课件"鸟");或者顺化陪衬与主体的关系,通过大量陪衬营造出气场,让标题闪亮登场(如专题网站"记金华的双龙洞")。本课件的首页格式属于后者。

第 6 章
演示、实验类多媒体教材

6.1 配合课堂教学的实验教材如何呈现知识内容
——课件《一氧化碳还原氧化铜》和《测量小灯泡的电阻》赏析
（由 VCM 仿真实验总策划张代培提供）

传统的物理、化学实验教学是在实验室里进行的,旨在使书本教材中的理论联系实际和培养实验操作能力,因而将其视为这类课程教学内容的一部分。但是开设实验课是需要条件的,不仅需要添置大量的实验仪器,而且有些实验还有损耗,即比课堂教学需要更多的经费支持。多媒体实验教材的出现,使许多仿真实验成为可能,从而可以减轻学校的经费负担。此外,用仿真实验取代某些有危险性的实验(如有腐蚀性化学试剂的实验、高压物理实验等),还可以消除学生在实验操作中的安全隐患。

设计多媒体实验教材,在认知和艺术两个方面都应提出要求。认知方面,需要按照实验课的教学内容编写"脚本",包括实验的目的、步骤、要求、结果以及注意事项,都要尽可能地在课件中反映出来。换言之,虽然是"纸上谈兵",但是要尽可能地争取达到实验教学的效果;呈现方面,需要在外观与操作上和真实的实验相似。具体地讲,不仅要求计算机画图和动画尽可能地逼真,而且要求交互功能的智能度和融入度尽可能地高。

下面通过化学和物理两个实验案例,看看这类教材是如何设计的。

6.1.1 化学实验教材(一氧化碳还原氧化铜)的设计

通过该实验可以观察一种化学反应现象:在盛有氧化铜的试管中通入一氧化碳,加热后,一氧化碳夺走了氧化铜中的氧,变成了二氧化碳和铜。

整个实验安排在一幅画面中进行,如图 6-1 所示。实验台上已为该实验放置好支架、酒精灯和木块;左侧准备了下列待安装的实验器材:

- 装有黑色氧化铜的试管;

- 带塞子的导管和装有澄清石灰水的试管；
- 酒精灯和木块。

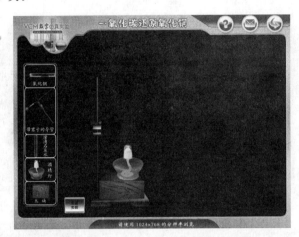

图 6-1　化学实验的画面设计

　　需要说明的是,本节是从成套物理、化学实验教材中选出的两个案例,因此在画面设计上可以看到两个特点：一是没有安排菜单,只有一些供实验用的仪器、设备或器材；二是整套实验教材采用了“背景统一、主题变化”的设计格式。背景框上、下方的布置是统一的,各案例画面上都有“VCM仿真实验”、浏览器分辨率提示、网址等字样,三个按钮（帮助、联系方式、退出）,以及该实验的名称。画面的主题采用计算机图形或动画呈现方式,其优点是可以按照教学要求进行设计,而且可以将与实验无关的器材省略掉,从而突出了主题。此外,在画面上设置“重新实验”按钮,可在实验完成或失败后,让实验程序“复位”,重新运行。

　　实验课对实验的步骤是有具体规定的,因此编写“脚本”时应该将这些实验步骤反映出来。在图 6-1 中规定的操作步骤是(图 6-2)：

- 单击画面左侧待装的器材,将其依序组装成如图 6-2(a)所示的实验装置。此时会及时出现提示“通入一氧化碳”。
- 单击提示处,一氧化碳通入装氧化铜的试管,此时发现通过导管连接的装石灰水的试管中出现水泡,同时在酒精灯旁出现提示“点燃酒精灯”。
- 打开右侧的酒精灯罩并点燃酒精灯,此时发现灯焰上面、导管出口的尾气变成蓝色,见图 6-2(b)。
- 打开左侧酒精灯罩并点燃酒精灯,会发现试管内加热的氧化铜因还原成铜而缓慢变黄,同时出现水泡的试管中,原来澄清的石灰水开始变浑,见图 6-2(c)。
- 至此,实验结果已经出现,画面上用文本表述了该实验中应该观察到的现象,以及对该化学反应的分析。但是还需要按照实验课的要求做完收尾工作,因此画面上还需出现提示"停止通入一氧化碳"、"熄灭酒精灯",见图 6-2(d)。

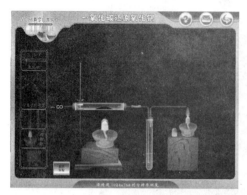

(a) 组装实验装置

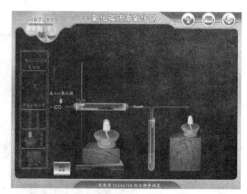

(b) 点燃酒精灯观察尾气色变蓝

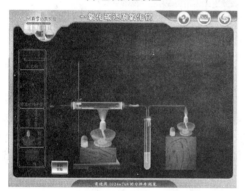

(c) 观察氧化铜变色、石灰水变浑

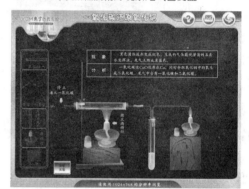

(d) 做收尾工作,实验完成

图 6-2　按照实验步骤进行操作

只有等到按照实验要求做完收尾工作以后,画面上才会出现"实验已完成"的提示。

如前(1.4)所述,在多媒体画面艺术规则中是包括了认知规律的,即内容上遵循认知规律,呈现形式上遵循艺术规则。因此设计多媒体实验教材时,不仅要按照实验步骤编写"脚本",而且要用画面语言将这些实验要求表现出来。

在该实验中,不仅通过适时地提示,确保操作按照规定的实验步骤进行;而且还对一些常见的违反规程的操作采取了相应措施。例如将"通入一氧化碳"与"加热试管中的氧化铜"两步操作对调,即没有用一氧化碳将试管中的空气驱净就加热,会引起试管中的空气受热膨胀而爆炸,如果学生在操作时将此二步骤对调了,结果画面上就会出现仿真的试管炸裂,并且发出警示"玻璃管里的一氧化碳不纯净,加热后发生爆炸。应先通入一氧化碳,再点燃酒精灯",及提示"操作错误!请重新实验"(图 6-3)。这样设计取得的教学效果,与真实的实验相同,教学成本和危险因素却大幅度地降低了。

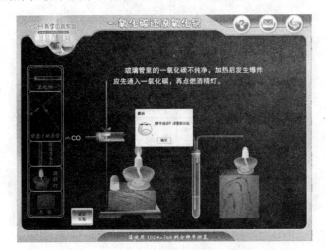

图 6-3　违反操作规程引起试管炸裂

此外,在出现其他误操作时,一般都会出现操作失灵,或者出现相应的提示,如"请先进行其他操作"、"请先点燃右边的酒精灯"、"请先熄灭铁架台上的酒精灯"等。

由此可以看出,在多媒体画面上,不仅可以通过多种媒体配合及交互功能进行仿真的实验;而且还能按照认知规律,通过图、文、声、色、动画及热区的配合,对学生进行规范化的实验操作训练。该实验教材正是由于对后者进行了精心的设计,从而使其在教学中达到了实际应用的水平。

6.1.2　物理实验教材(测量小灯泡的电阻)的设计

这是一个应用欧姆定律的实验,旨在学习使用电流表、电压表及变阻器等元器件。正确地将这些仪表和元器件连接起来,并且运用欧姆定律计算出小灯泡的电阻值。

该实验也是安排在一幅画面中进行的,如图 6-4 所示。

由图 6-4 看到,物理实验的背景设计与图 6-1 所示的化学实验是基本相同的,二者的差别仅在背景色和实验名称上。这表明,该套实验教材采用的是"背景统一、主题变化"的设计格式。在画面上,除了为进行实验准备的电流表、电压表以及变阻器、灯泡、电池、刀闸开关等实验器材外,还安排了一些配合实验教学用的按钮和提示,其中右上侧的"探究"提示,交代了该实验的主要内容,看完后可将其隐现起来;右下侧的"记录数据"和"计算器"按钮是为统计实验数据时用的;而"重新实验"按钮的功能,与图 6-1 中的化学实验相同。

该实验的操作包括电路连接和灯泡电阻测量两个步骤。由于学生在实验室的操作可

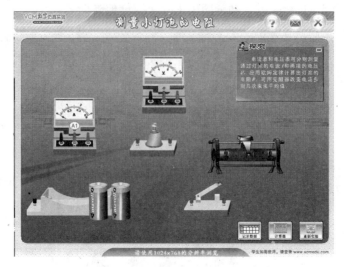

图 6-4　物理实验的画面设计

能会出现各种情况,这就要求在设计仿真实验时,或者说,在运用媒体和交互功能进行设计时,需要将这些情况都考虑进去。分别讨论如下。

(1) 电路连接。在该仿真实验室里,可对图 6-4 中示出的实验器材进行如下连接(图 6-5),结果发现:

- 电池通过刀闸开关与灯泡连接,当刀闸开关合上时,灯泡发亮[图 6-5(a)],或者将电池直接与灯泡连接,灯泡也发亮。

- 将电池、电流表、灯泡、刀闸开关串联,合上开关后,灯泡发亮,电流表指示的电流值,不论连接在 0.6A 或 3A 的量程上,其读数均为 0.3A,或者将变阻器串联在该电路中,并将阻值由最大调到最小,灯泡的亮度提高,电流表的读数由 0.1A 升到 0.3A[图 6-5(b)]。

- 将电池、电流表、灯泡、刀闸开关串联,再将电压表并联在灯泡的两端,合上开关后,灯泡发亮,电压表在 15V 量程上的读数为 3V,(换到 3V 量程时,表针打满刻度!)还可将变阻器串联在该电路中,并将阻值由最大调到最小,灯泡的亮度提高,电压表的读数由 1V 升到 3V[图 6-5(c)]。

- 变换电流表在串联电路中的位置,合上开关后,变阻器的阻值由最大调到最小,其结果是,灯泡的亮度提高,电压表的读数由 1V 升到 3V,电流表的读数由 0.1A 升到 0.3A[图 6-5(b)],也就是说,只要连接正确,电流表的读数与其在画面上的位置无关。

从上述检验看出,在仿真实验室里进行的各种连接,与真实连接的结果完全相同。因此可以认为,该仿真实验的设计是成功的。如前(2.5)所述,只有采用智能度高的交互功

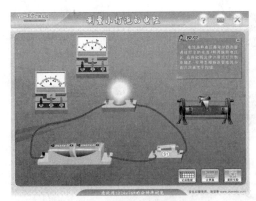
(a) 灯泡、电池、开关连接

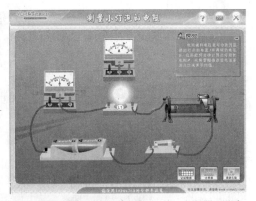
(b) 电流表串联在电池、灯泡、开关、变阻器回路中

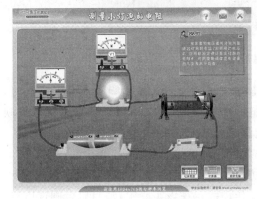
(c) 电压表并联在灯泡两端

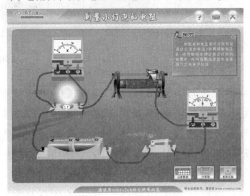
(d) 电流表串联位置改变不影响读数

图 6-5　各种电路连接的实验结果

能,才能用来实现"以学为主"的教学策略。现在可以将此概念再延伸为:只有采用智能度和融入度都高的交互功能,才能用来实现"仿真实验"。

(2) 灯泡电阻测量。该实验用于测量灯泡电阻的电路连接如图 6-6 所示。按照实验教学的规定,要求在改变变阻器阻值 5 次的情况下,即在灯泡中通过 5 种不同强度电流的情况下,按照欧姆定律计算出该灯泡的电阻值。从测量记录的数据可以看出,在变阻器连续调节的情况下,不仅灯泡的亮度以及电流、电压表的表针随之变化;而且二表的读数,能够按照欧姆定律准确地计算出该灯泡的电阻值。

在该实验中,为测量方便起见,调节变阻器使电压表的读数分别为 3V、2.5V、2V、1.5V、1V,结果发现,电流表的读数随之变化,并且按照欧姆定律分别算出的电阻值均为 10Ω! 换句话说,该仿真实验已经达到了实用的水平。

顺便说明一下仿真实验中的"真",需要注意两点:一是这个"真"是有限的,它只要求在一些主要的实验效果上,与真实的效果相同即可;二是这个"真"是用软件模仿出来的,

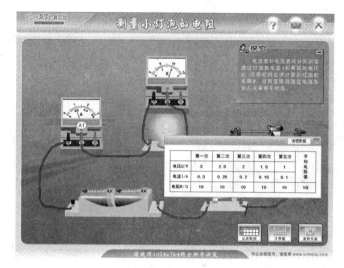

图 6-6　测量灯泡电阻

因此设计时应该将计算机软件遵循的规则考虑在内。这就是说，在设计这类实验教材时，可以将这些限制和规则转化为进行仿真实验的一些要求，通过文本或其他形式提示反映出来。例如规定导线连接和拆除的方法；规定移动仪表或器材的方法；提示"不能在同一元件的各接线柱上互相连线"；"相同两接线柱之间只能连接一条导线"等。

　　如前（6.1.1）所述，在多媒体画面上设计仿真实验，不仅要注意确保实验的顺利进行，而且还要特别重视对学生进行规范化的实验操作训练。在该实验中，每当要合闸通电时，总会有"连接电路前，滑动变阻器必须调整到最大值"的提示出现，显然，养成这样良好的习惯，也是实验教学的目的之一。此外，对于一些不按规程的操作，该实验也采取了相应措施，如将电源与变阻器直接连接，当变阻器的阻值调到零时，会出现"电路存在严重错误或短路！"的警示；当串接在电路中的电流表接反了正、负极时，也会出现"请立即断开电源，否则元件 A1（电流表）将损坏！"的提示等。

　　通过本节的讨论可以看到，实验教学是由实验内容和实验操作两部分组成的，培养学生规范化的实验操作，养成按照实验步骤操作的良好习惯，理所当然地是在设计多媒体实验教材时，应该考虑的重要内容之一。实际上，由于每种实验中，正确的实验操作是唯一的，但是错误的操作却是形形色色，因此在设计这类教材时，能否按照认知规律充分考虑到各种误操作出现的可能，并且在运用多媒体画面语言编写时将其反映出来予以解决，这是一个难点，也是衡量这类教材实用水平的一个重要标志。

　　综上所述，可以形成以下几点认识。

（1）多媒体（仿真）实验教材的设计格式具有如下特点。

• 实验教材应包括实验内容和实验操作两部分，即除通过实验巩固所学内容外，还应将培养学生规范化的实验操作包括进去。

- 实验内容一般采用计算机图形或动画呈现形式。其优点是可以按照教学内容进行设计,省略与实验无关的器材,将教学重点突出出来。但是在媒体呈现和交互功能智能度、融入度方面,都应尽可能地达到"仿真"要求。

- 将实验操作包括在内的仿真实验教材,其画面设计可以分成三类:按照操作规程进行的正确操作;常见的违反操作规程的错误操作;教学上没有意义或计算机软件难以实现的操作。其中第一类是实验教学的培养目标,显然需要达到"仿真"要求;第二类是从反面来教育学生,同样属于教学内容,因此也应尽可能地达到"仿真"的要求,且需加提示或警句说明;第三类则只需通过文本或其他形式提示即可(其中第二类是常被忽视的,也是设计的难点,但却是"仿真实验"能否实用的关键)。

(2) 成套实验教材的设计,可以采用"背景统一、主题变化"的格式。全套教材的背景,设计成统一的格式,包括通用的按钮等。不同课程或不同类别的实验,只需实验名称和背景色彩相应变化即可,画面内容则需根据不同实验的需要进行安排。

6.2　配合课堂教学的演示教材如何呈现知识内容

传统课堂教学是一种以教师讲授为主的教学形式,在需要进行辅助教学演示时,一般采用黑板画图、教学挂图、幻灯或者实物教具等形式。多媒体教学资源加入课堂教学以后,不仅在课堂教学演示,而且在课堂教学模式,甚至教学理念方面,都产生了巨大的变革。本节只讨论前者,即多媒体演示教材是如何配合课堂教学呈现知识内容的。

课堂教学是否采用多媒体演示教材配合是有前提的,即采用多媒体演示的效果,应好于(至少同于)传统演示效果,否则不如不用。这就是说,选用多媒体演示的依据有两条:一是教学内容需要;二是常规演示难以实现,或实现的效果不如多媒体演示。只有在这种情况下,才能将多媒体演示的优势充分显示出来。

与常规演示相比,将多媒体计算机用于课堂教学演示的优势,主要体现在多种媒体配合呈现、互动操作、超级链接和算法运算等方面。因此,如果按照教学需求,在演示中恰到好处地用上了这些优势,多媒体演示教材的"亮点"就显示出来了。

多媒体演示教材可以采用片断形式,也可以采用课件或积件的形式。前者就像挂图、教具一样,在课堂上配合教师讲授某个知识点时运用;后者则需要形成一个完整的教学结构,要求教师用一节或数节课时,按照课件的结构体系进行讲授。下面分别介绍这三种形式的多媒体演示教材是如何呈现知识内容的。

6.2.1 片断形式的多媒体演示教材
（课件由天津师范大学教育技术系提供）

片断形式的多媒体演示教材，可以按照教学内容，分为比较直观、比较抽象以及需要经过运算的三种类型。分别讨论如下。

（1）比较直观的演示教材。教师在讲授物理或数学中的某个知识点时，经常需要用一些实验或画图，来对物理现象或几何图形进行直观的说明。这时可以设计一个多媒体演示的片断，来取代常规的演示实验或教学挂图，如图 6-7 所示。

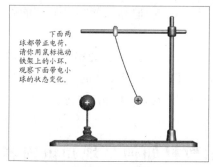
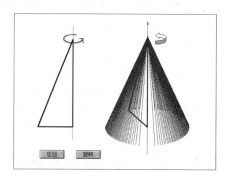

(a) 同种电荷小球互斥的实验　　　　　　(b) 绘制旋转体的立体图形

图 6-7　多媒体演示片断的设计

用图 6-7(a) 中的多媒体演示片段取代带电小球互斥的演示实验，可以提高授课效率。由于初中生一般都具有电荷"同性相斥、异性相吸"的生活常识，只是缺乏直观的感性认识；而且也由于该知识点并非静电学和物理学中的重、难点，因此采用一个多媒体演示片断：用鼠标拖动悬挂的带电小球移近另一带同性电荷小球时，二者出现相斥现象。这样的演示同样可以提供直观的现象，却可以省去演示实验的一些准备工作（如摩擦带电等）。

图 6-7(b) 中绘制旋转体（圆锥体或圆柱体）的过程是动态呈现的：单击"旋转"按钮，图中的三角形便会绕轴旋转成圆锥体。这样形成的视觉效果，显然优于挂图或在黑板上的画图。

多媒体演示片断还可创设情境，用于引导新课。例如在讲授闭合电路欧姆定律时，需要先设计一个演示实验，如图 6-8 所示。通过操作图中的可变电阻器并观察电流表指针的变化，便可发现：在一个具有电源（电动势）的闭合电路中，电阻变大，电流减小；反之，电阻变小，电流增大。

如果该课按照"多媒体演示→讲授正课→分组实验"的安排，即先通过多媒体演示观察现象，形成电流、电压、电阻之间内在联系的概念；在此基础上，再由教师讲授闭合电路

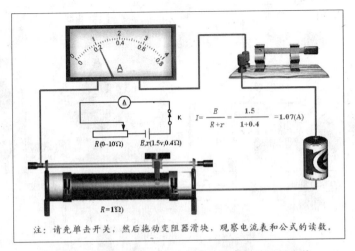

注：请先单击开关，然后拖动变阻器滑块、观察电流表和公式的读数。

图 6-8　利用多媒体演示片断引入闭合电路欧姆定律

欧姆定律；最后分组实验巩固和定量验证所学知识。这样将信息化教学资源加入到传统课堂中，形成教学过程的一个环节，既提高了教学效率，教学效果也很好。

（2）比较抽象的演示教材。在传统课堂教学中，由于受到演示条件的限制，一般将比较抽象的知识点视为难点。利用多媒体演示教材的优势，可使其中部分抽象内容形象化，或者内在联系显象化，从而可以化解这些难点。

例如将椭圆、双曲线和抛体线视为二次圆锥曲线，是由它们的代数式均为二次方程得出的，至于它们为什么叫"圆锥曲线"？三者的几何图形之间的共性是什么？由于受传统演示（教具、挂图）的限制，一直被视为教学中的一个难点。但是如果利用多媒体演示教材（图 6-9）来回答这些问题，就会变得十分浅显、易解。

其中图 6-9（a）示出的是，以圆锥体底部圆周的切线为轴（即图中的 x 轴），让平面围绕着该轴旋转，则平面对圆锥体的截面，便是椭圆；如果将圆锥体的转轴，由该圆锥体底部圆周切线移到底圆的直径处，则旋转平面对圆锥体截面形成的弧线，便是抛体线，见图 6-9（b）；如果将两个圆锥体顶对顶地放置，让一平面与其平行相交地平移，则二者相交形成的弧线，便是双曲线，见图 6-9（c）。

因此，由图 6-9 可以看出，这三类曲线都可由平面与圆锥体相截形成，只不过相截的形式不同而已。在这个案例中，多媒体演示教材通过突出主题的设计，和采用了基于交互功能的手控教学形式，将一个比较抽象的难点形象、简明地讲清楚了。

（3）通过算法运算的演示教材。多媒体计算机将其算法运算的优势用于课堂教学演示，会使常规演示相形见绌。对于一些需要用图形表现公式含义的教学内容，采用多媒体演示方案应该是唯一的选择。

例如在高中物理的运动学中，"斜抛运动"是讲授运动合成知识点的典型案例之一。

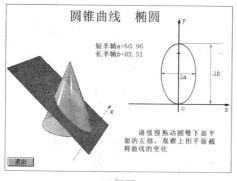

(a) 椭圆

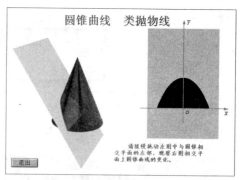

(b) 抛体线

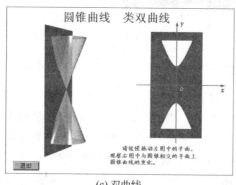

(c) 双曲线

图 6-9　圆锥曲线几何图形的说明

常规的教学方案是,教师用粉笔在黑板上分别写出水平和垂直方向的运动公式,说明二者分别为匀速运动和匀加速运动,并在直角坐标上用 x 轴和 y 轴表示,然后再将这两个方向的运动合成,从而画出所求的斜抛运动曲线。

对于这类案例,采用算法演示教材配合教学,将会出现"锦上添花"的效果。例如在图 6-10 中,将抛体(小球)置于直角坐标的原点,分别用 x 轴和 y 轴表示匀速运动和匀加速运动,抛体初速度大小由"初速度调节"滑块调节、初速度方向由鼠标单击处在坐标中的方向角确定。

由于重力加速度是常数,因此只要单击"开始抛体",小球便会以给定的初速度(大小、方向)抛出,在 x 轴和 y 轴上分别按照匀速运动和匀加速运动的公式运算,并且将二公式运算的结果,合成如图 6-10 所示的斜抛运动曲线以呈现出来。

又如在高中数学中讲授"棱锥体"时,如何表现棱锥体的高、底面积、体积之间的关系,以及表现高和底面积相同的棱锥体与立方体之间的体积比例关系,由于受到学生空间思维能力和传统演示水平的限制,也一直是教学中的一个难点。

由于上述教学内容都有固定的公式可循,正适合采用算法演示来配合教学。为此按照多画面的时间分割方案设计了一个菜单,将上述难点分散到 4 个画面中分别呈现出来,如图 6-11 所示。

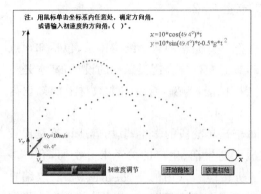

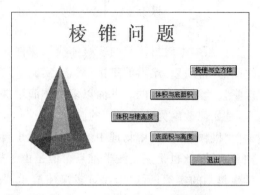

图 6-10　采用算法演示斜抛运动　　　　　　图 6-11　讨论棱锥问题的菜单

　　在这些个画面中,以"体积与底面积"及"底面积与高度"为例(图 6-12)中,图形位于左侧,可以手控操作图中的红色箭头(即"自变量"),观察上述各类参数的关系,及图形在自变量变化的过程中是怎样变化的;画面的右侧用坐标和公式显示左侧图形变化的结果,二者配合,便能以统一的形式,逐个地将分散的难点形象、简明地交代清楚了。

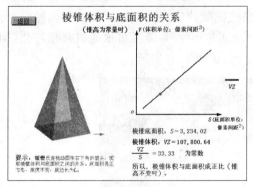

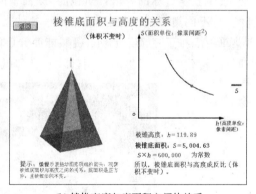

(a) 棱椎体的底面积与体积之间的关系　　　　(b) 棱椎高度与底面积之间的关系

图 6-12　采用算法演示各类参数关系

　　综上所述,多媒体演示片断在课堂教学中的运用,等同于一幅教学挂图,或者一套演示实验教具,但是由于这种新的演示手段具有许多在教学上需要、而常规演示难以满足的优势,如动态呈现、手动操作以及算法运算等,使课堂教学因增添了这类演示手段而面貌一新。目前这类多媒体演示片断,主要用于营造情境、模拟实验、表现三维图形、分步演示运动过程以及按照算法图示一些公式、定律的物理内涵等方面,以对于传统教学中的一些重点、难点的讲授。或者提高了教学效率,或者使其变得形象生动、简明易懂。

6.2.2 课件形式的多媒体演示教材

——课件《机械能》赏析（由东营市胜利 23 中蒋卫华老师提供）

按照书本教材改编的多媒体演示课件，一般都具有完整的教学结构体系，包括知识点之间的衔接；重、难点的安排；概念、实验、习题环节的配合等。这类课件的设计，基本是与课堂教学过程一致的。下面以多媒体演示课件《机械能》为例，看看书本教材上的知识内容，是如何改编为这类课件的。

"机械能"是初中物理中的一个教学重点，对于该年龄段的学生，其内容应该算是比较抽象的，因此也是一个教学难点。但是由于机械能与生活、生产的关系十分密切，有许多学生熟悉的实例，所以作者对多媒体演示课件《机械能》，采用的是"突出实例"的改编思路。这种在课件中，通过对各种机械能实例的演示来介绍物理概念，应该是与学生水平和教学内容相适应的，即符合"媒体匹配"艺术规则。

需要说明的是，这类由书本教材改编的演示课件，可以用来配合教师的课堂讲授；也可以将其作为学习材料组织学生自学或协作学习。不论采用哪一种教学模式，课件中的教学内容及其结构体系均应该是相同的。

按照教学目标的要求，"机械能"课程中的教学内容应包括：什么是能量；机械能的几种类型；不同类型机械能之间的转换；各种类型机械能的应用。为此，在课件《机械能》的主菜单中安排了三个菜单项：机械能简介（即"动能和势能"）、两类机械能的互相转化（即"动势能转化"）、机械能的应用（即"水能和风能"），如图 6-13 所示。

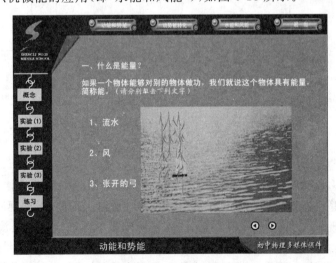

图 6-13　课件《机械能》的主菜单

由图 6-13 看到,课件的主菜单安排在画面的顶部(包括三个菜单项和一个"退出"按钮),单击任一主菜单项产生的二级子菜单均呈现在画面的左侧,而单击"退出"按钮将退出本课件。

"动能和势能"菜单用于机械能简介,主要介绍该课程中的一些重要概念,包括:

- "能"是一种能够做功的本领(即"能"的定义)。
- 机械能包括动能和势能两种类型,其中势能又分重力势能和弹性势能两类(即机械能的类型)。
- 动能与物体的质量、运动速度有关;重力势能与物体的质量、离地面的高度有关;弹性势能与物体的弹性形变有关。

其中前两个概念(或知识点)是基础,专门安排了一个名为"概念"的子菜单项进行讨论。该子菜单项包括两个运动画面,由画面右下角的两个(左、右向箭头)按钮选择,分别介绍"能的定义"和"机械能的类型"。

在《多媒体画面艺术理论》看来,这两个知识点是分别由两个运动画面呈现的,并且通过两个箭头按钮在它们之间导航。这两个运动画面都是采用基于交互功能的、在单幅画面上进行时间分割的呈现方案,如图 6-14 所示。

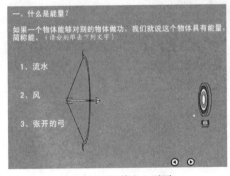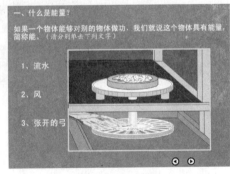

(a) 介绍"能"的定义画面   (b) 介绍"能"的类型画面

图 6-14 "概念"子菜单中的两组运动画面

这是在多媒体画面上常用的呈现方案,其最大优点是兼顾了画面呈现中效率和效果的一对矛盾。在美术等静止画面的空间分割方案中,信息区和美化区的比例分配一直存在照顾效率或照顾效果的矛盾,因此引入了黄金分割方案。多媒体画面上由于有了交互功能的加入,可以在同一画面上采用手控分时呈现的方案,使信息区在每一时刻的呈现信息量大幅度地降了下来。这种在一幅画面上,将多个信息空间分割呈现的方案,延伸为时间分割呈现方案的思想,可以顺其自然地将其视为,将静止画面的"(空间)黄金分割"概念,延伸为多媒体画面"(时间)黄金分割"概念。

在图 6-14 中,媒体和功能的选择是准确的,互相之间的配合是默契的。文本用来表述概念和形成知识结构;热区用于手控分时呈现;用来说明物理概念的实例演示,选择的是与各种概念相匹配的图片、动画或视频。正是由于这些媒体和功能的分工合作、优势互补地配合运作,仅仅用了两幅运动画面,就将"能"、"动能"、"重力势能"和"弹性势能"等众多基本概念,10 多个实例演示图,分门别类和恰到好处地呈现出来,形成该课件中的一个"亮点"。

此外,在"动能和势能"菜单中还安排了三个"实验"子菜单项,分别用来探讨物体的动能、重力势能、弹性势能与哪些因素有关,如图 6-15 所示。

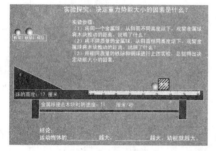
(a) 动能实验

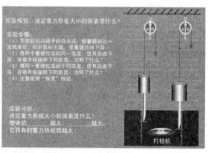
(b) 重力势能实验

(c) 弹性势能实验

图 6-15 "动能和势能"菜单项中的三个"实验"子菜单

这是对前两个概念讨论的进一步深化,采用的仍然是实例演示的形式,不同的是,"概念"子菜单项采用的是静态或动态呈现的"图",而这三个子菜单项中采用的则是"实验"。

由于数、理学科知识的结论是要让学生理解、掌握的,所以每个实验都安排了要得出的结论。这些结论,就是"动能和势能"菜单项中要明确的三个概念。

顺便指出,运用这类演示课件来学习概念时,教师可以采用启发式讲授的形式;也可以组织学生自学或小组学习,但是有一条底线是需要遵循的:结论应该让学生自己得出,教师要做的只能是引导和启发,而不是灌输。

从以上对"动能和势能"菜单项的分析可以看出,原先书本教材中一些比较抽象的物理概念,由于该课件采用实际例子的形象演示而变得通俗易懂了,这些难点无论对于教师的教,和学生的学,都有一种举重若轻的感觉。由此得出结论,按照这样的思路,将这类教学内容改编成多媒体演示教材,是应该肯定的。

菜单项"动势能转化"用于介绍不同类型机械能之间的转换,仍然采用实例演示说明的形式。安排了 5 个子菜单项,分别用了 5 个实际例子说明各类能量之间的相互转换。

- 实例(1):推弹簧门的例子,演示动能与弹性势能之间的转换;
  (此例属过渡性内容,仅说明"不同形式能量是可以转化的"即可,不深入讨论。)
- 实例(2):滚摆实验的例子,演示动能与重力势能之间的可逆转换;
- 实例(3):单摆实验的例子,演示动能与重力势能之间的可逆转换;
- 实例(4):人造卫星的例子,演示动能与重力势能之间的转换;
- 实例(5):弹性小球的例子,演示动能、重力势能与弹性势能三者之间的转换。

现将其中的实例(2)、(3)、(4)、(5)示于图 6-16 中。

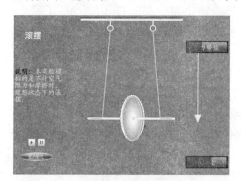
(a)"滚摆实验"实例

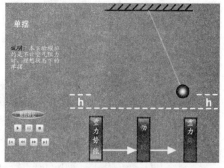
(b)"单摆实验"实例

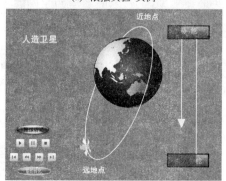
(c)"人造卫星"实例

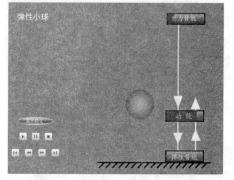
(d)"弹性小球"实例

图 6-16 "动势能转化"菜单项中的部分"实例"子菜单

在图 6-16 示出的实例演示画面中,包括生活、科学、实验等各个方面,但是它们有一个共同点:都是用于学生进行深入观察的情景。为此,对这些画面的要求是,不仅要有明确的观察目的,而且要有便于达到观察目的的措施。前者显然是指观察各类机械能之间的转换;至于后者,采用哪些媒体、设计什么样的图形来表示出实例演示中能量之间转化的过程？这是该演示课件中的创新点，也是改编成败的关键。如果在设计中，按照基本艺术规则（即突出主题、媒体匹配、有序变化规则）将这个问题解决了，就会成为一个"亮点"。

在实例演示的右侧或下侧，可以看到作者给出的答案：用文本注明能量的类型；用色彩、动画表示能量的变化；箭头表示变化的方向；再加上与演示过程的同步配合，这样朴实无华的设计，却给人以新鲜、实用的感觉。为什么会有这样的感觉？因为它用很简单的图示（媒体一点也没多用），把演示过程中的一个抽象内容准确地表现出来了！因此，应该将这一设计视为"动势能转化"菜单项中的点睛之笔。

此外，在该演示课件的左下方，还设置了控制演示过程的按钮（播放、暂停等），这是为了配合教师在课堂上讲解，或者学生自学时需要思考而设计的。由于这些内容属于教学过程的范畴，将在第三篇（语用学）中讨论。

以上两个菜单项（即"动能和势能"和"动势能转化"）中都安排了"练习"子菜单，用以检查和巩固所学知识。内容均为文本形式的客观题，数量也稍嫌少，在整个课件中显得有些美中不足。

"水能和风能"菜单用来介绍不同类型机械能的应用，同样采用的是实例演示形式。安排了三个子菜单项，分别说明在这些常见的应用例子中，都有哪几类能量的转化。

- 水磨：高处水位重力势能→低处水位动能→轮叶动能→水磨的动能；
- 水电站：高处水位重力势能→低处水位动能→水轮机动能→发电机动能→发电机电能；
- 风力发电：风的动能→风力发电机的动能→风力发电机的电能。

在多媒体演示课件中，应该将"媒体匹配"艺术规则表述为，不同类型的实例需要用与其匹配的媒体来表现。在本课件中已经看到，用静态或动态呈现的"图"，来说明概念的实例；用可供操作的"实验"，来作为一些规律性认识的实例；用可供观察的演示，作为抽象内容（如表现"能量转化"）的实例。显然，与机械能应用实例相匹配的媒体，应该是动画和图片。图片反映机械能应用的真实场景；动画用来演示应用实例中能量转化的过程（图6-17）。

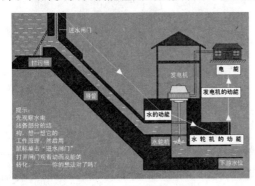

(a) 动画演示能量转化过程

(b) 图片反映实际场景

图 6-17 机械能应用（水电站）

综上所述,可以对课件形式的多媒体演示教材形成如下几点认识:

(1)它是多媒体教材中的一种类型,具有多媒体课件的教学体系,但是以突出实例演示为特点。课件中的知识内容,包括概念、规律、补充知识、应用等,一般都采用实例演示的形式呈现出来,因此又叫"多媒体演示课件"。

(2)什么样的书本教材内容适合改编成多媒体演示课件?应由需要和可能而定。需要方面,教学对象和教学内容,如力、速度、加速度、能量、电压等内容,在生产、生活中的实例很多,但对于青少年这类缺乏基础知识的学习对象,又会觉得比较抽象,因此将这类中小学教材或科普读物,改编成多媒体演示课件就比较合适。可能方面,多媒体计算机具有多种媒体配合呈现和互动操作的优势,这才使改编成为可能。顺便指出,表现形式要与教学对象和教学内容匹配,这是"媒体匹配"艺术规则,改编多媒体演示课件《机械能》正是由于遵循了这条规则,所以教学效果很好。

(3)如何改编?要分两步。第一,不同类型的知识内容要选用不同类型的实例,概念、规律、应用等类型的知识,采用的实例类型是不同的;第二,不同类型的实例要选用不同类型的媒体形式呈现出来。这也是与"媒体匹配"艺术规则的思想一致的。

(4)如何运用?这类课件可以用来配合教师的课堂讲授,也可以将其作为学习材料组织学生自学或协作学习。教师讲授时,建议采用启发式,即实例演示的结论或答案,最好能在教师的启发下,由学生自己得出。

第 7 章
探究、介绍类多媒体教材

7.1 研究性学习的教材如何呈现知识内容
——课件《电动机》赏析(由东营市胜利四中梅传俊老师提供)

研究性学习课件需要提供一个基于信息技术的探讨问题的平台,让学生能在其上进行探究、实验、交流和查阅资料等活动,从而在自主参与活动的过程中,潜移默化地学习知识、培养能力和扩大眼界。为此,应对这类平台提出以下 4 点要求:

- 具有按照教学要求提出问题或创建情景的功能,能为学生营造进行实验或模拟活动的环境;
- 能够提供进行实验或开展活动的条件,以维持研究性学习的顺利进行;
- 通常要有自我检测、供教师检查评比的环节,或者为学生提供交流、研究心得的环境,旨在检验是否达到预定教学目标,或者开展协作学习,共享研究成果;
- 此外还需提供适量的、与教学相关的补充资料,以加深学生对教学内容的理解,和扩大学生的知识面。

一般地讲,编写研究性学习课件时,呈现知识内容往往是与教学过程联系起来考虑的,即很难将语义学和语用学分开。但是本节仅分析课件是如何呈现知识内容的,其中涉及语用学的部分从略,放在第三篇中讨论。

课件《电动机》选自义务教育课程标准实验教科书——物理八年级下册第九章第六节《电与磁》,主要介绍有关电动机工作原理及其应用方面的知识。鉴于学生在生活中对带电动机的电器设备并不陌生,也学习了一些电与磁的基础知识,但是对电动机转动过程中的电磁转换原理缺乏认识,因此采用的是研究性学习课件的设计方案。

顺便说明,研究性学习课件可以作为一个整体进行开发,也可以采用“积件式”的开发方案。后者属于一种开放的设计思想,可以根据研究性学习策略的变化,对课件进行适当的调整。

课件《电动机》采用的是“积件式”开发方案,其中的每一模块,包括各知识点、各种工具等都形成相对独立的文件,运用时可以像"搭积木"一样,对各部件进行选择、组合,即可实现课件的制作。该课件中,搭建了一个通过实验进行探究的平台,并且按照认知规律分解难点,让学生依序探讨这样三个问题:关于在磁场中通电导体运动的问题;关于在磁场中通电线圈转动的问题以及如何让通电线圈在磁场中连续转动的问题。

《多媒体画面艺术理论》认为,按照认知规律分解的难点,需要按照艺术规则将其呈现出来。在该课件中,采用了多幅画面时间分割的呈现方式,也就是将这三个问题分别安排在"观察猜想"、"实验探究"和"结构原理"三个菜单项中,每个菜单项均按实验、探究的思路选择若干模块组成。此外还安排了"目标检测"和"拓展延伸"两个菜单项,分别选择一些模块来检测所学知识和扩大所学的知识面。

综上所述,课件《电动机》便是由如图 7-1 所示的 5 个菜单项及其选择的若干相应模块组成。其中前三个菜单项为课内学习内容,通过搭建一个研究性学习的平台,让学生学习电动机工作原理及应用方面的知识;后两个菜单项为课外学习内容,提供一些作业和资料,以便检测和拓宽所学的知识。

(1)"观察猜想"菜单项的研究主题是,磁场中的通电导体,只要导体中电流方向与磁感线方向不是平行的,该导体就会受到一种力的作用而运动。为此作者先安排了一个手动操作的动画演示实验:一旦在与磁感线垂直放置的导线中通过电流,该导线就会受力而运动(图 7-2)。

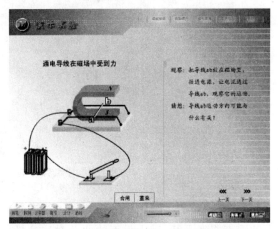

图 7-1　课件《电动机》的 5 个菜单　　　　图 7-2　手动操作的直导线动画演示实验

安排这个"演示实验"的目的只是为了提出一个问题:该导线运动的方向与哪些因素有关?

围绕这个问题,作者按照教学要求设计了三组画面。首先通过配图的文本明确实验目的,并且交代进行实验所用的材料;再用视频示范该实验的要点和步骤;接着采用了手控实验的形式,让学生自己操作来改变磁场方向或者改变电流方向,并且观察通电导线的运动方向是如何随之变化的,如图7-3所示。由此找出电流方向、磁感线方向和通电导线运动方向三者之间的关系。

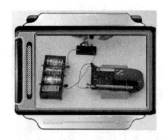 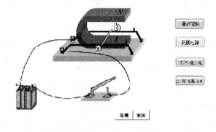

(a) 用视频示范实验的要点和步骤　　　(b) 用手控实验找出导线运动的规律

图7-3　探讨通电导线运动的实验平台

最后安排一个"实验报告"的画面,将该菜单项的研究结果呈现出来。

(2)"实验探究"菜单项研究的是通电矩形线圈在磁场中的受力与转动问题。作者同样先安排一个手动操作的动画演示,如图7-4所示。

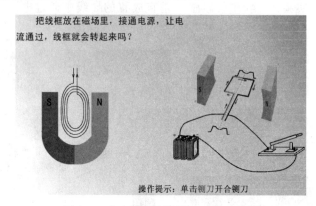

图7-4　手动操作的线圈动画演示实验

顺便说明,由于图中矩形线圈是绕其中轴转动的,矩形线圈的四边,各有两条对边与中轴垂直或者平行,其中垂直的两条对边在转动时,或与磁感线平行不受力,或虽不平行受力,但受结构限制不能运动,因此只需考虑与中轴平行的两条对边的受力与转动情况。于是研究的问题出现了变化:此菜单项与前一菜单项研究内容的区别,仅在于磁场中,受力运动的通电导线数量由一根变成了两根,而且这两根导线中通过的电流方向总是相反的。

通过手动操作演示实验,虽然看到了通电线圈平行中轴的两对边,由于通过的电流方向相反,在磁场作用下分别受到反向的力而转动,但是又发现了一个新的问题:线圈为什么总是转动到与磁感线垂直的平面(即"中性面")位置停了下来?

为了深入探讨这一问题,作者安排了两个画面,如图 7-5 所示。先设计一个实验:将线圈两端中的一端漆皮全部刮去,而另一端只刮去半周,结果发现这样改动以后,线圈便可不停地转动下去了。然后对线圈两平行边在转动过程中的受力方向进行分析,并且通过手控动画演示,围绕线圈两平行边受力与转动的关系与区别展开讨论。

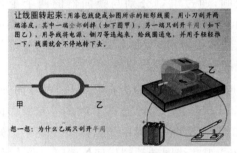 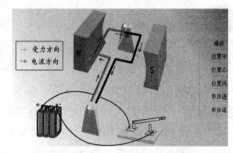

(a)通过假想实验使讨论深化　　　　　　(b) 通过受力分析明确几个概念

图 7-5　探讨线圈转动奥秘的两条措施

讨论可以在小组或全班中进行,在教师指导下,通过反复实验和交流,要求明确以下几个概念:

- 产生转动的是力矩,而不是力;
- 在"中性面"位置,虽然线圈两平行边分别受到大小相等、方向相反的力,但是在一条线上(没有力臂),即平衡了,所以不能产生转动;
- 在"中性面"两侧,由于线圈两平行边受力形成力矩的方向是相反的。所以只能形成来回摆动,也不能产生转动;
- 在图 7-5(a)中,将线圈一端漆皮只刮去半周,即线圈只有半周通电转动,另外半周靠惯性继续转动,倒是可以将转动维持下去。

由此可以引导大家想出维持线圈不停转动的办法:让线圈在每次经过"中性面"时,改变一次电流流通的方向,以维持线圈两平行边受力形成力矩的方向不变。为了验证这个结论的正确性,最后安排一个视频演示实验来揭开谜底,即如果不改变电流方向,线圈只能在"中性面"附近来回摆动;只有每当经过"中性面"时,改变一次电流方向,线圈就会不停地转动起来。

(3)"结构原理"菜单项研究的内容是,在实际电机中,是用什么技术(或元器件)来实现线圈中电流的同步换向的?这是该课件中的点"睛"之笔!上述一系列的实验和讨论,就要在这项研究中变为可以实际应用的成果了。为此作者专门设计了一个"互动模拟"换

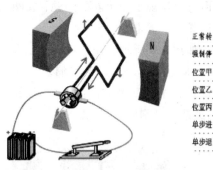

图 7-6　换向器工作的手控演示

向器工作原理的手控动画演示实验，如图 7-6 所示。

由图可见，换向器是由两个半圆金属环组成的。它们在合成整圆环时中间用绝缘物隔开，并且分别接触线圈两端，因此换向器是和线圈一起转动的。电源线的两端分别接两个电刷，通过电刷分别与换向器的两个半环接触。换言之，正是通过固定电刷与转动换向器之间的接触，电源加到了线圈上，而且维持了线圈中电流的同步换向。

为了让学生看清换向器是怎样通过改变电流方向，使受力方向在经过"中性面"时发生变化，从而维持线圈上的力矩方向不变的，图 7-6 中还专门安排了许多手控操作的热区：其中正常转、强制停用来观察接近实际工作的情况；位置甲、乙、丙分别观察力矩最大、最小、一般的情况；单步进或单步退可以仔细观察线圈转动到任何位置时的受力情况，此外还可手控显示或隐藏电流、受力的方向。应该承认，为了探讨这个集重点、难点于一体的内容，作者在为学生搭建演示实验平台时，对多媒体教材中的媒体与功能选得充分、用得准确，因而将其优势发挥出来了！

由于该菜单项主要是用来介绍实际电机及其应用的，所以接着安排了一组画面，分别用来表现实际电机的结构以及在工农业、交通、家电和儿童玩具等方面的应用。

（4）作为课外辅助学习内容，"目标检测"和"拓展延伸"两个菜单项中分别安排了一些习题和补充的学习资料。

其中的习题部分，除常见的文本客观题外（如填空、选择题），还设置了几个与电机原理有关的动手、动脑的练习，如图 7-7 所示。

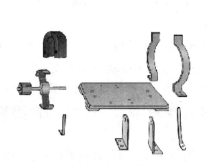

(a) 动手安装电机模型的练习

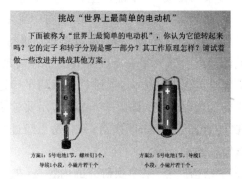

(b) 动脑思考最简单电机原理的练习

图 7-7　"目标检测"中安排的部分习题

图 7-7(a)要求在 30 秒内将电机模型的 8 个零件组装起来；图 7-7(b)要求在思考清楚图示两个方案的电机原理基础上，提出自己的改进方案。这类题型比较适合初中学生的年龄和水平，属于一种集娱乐、教学于一体的智力训练，具有新意。

作为初中学生的补充读物，其范围和深度均要适度。该课件的补充学习资料选择了三个内容："电动机简史"、"左手定则"和"发电机原理"，如图 7-8 所示。由图可以看出，该菜单项的资料选择是适量、准确的；表达是简明、形象的。体现了作者的教学经验和制作水平。

(a) 电动机简史

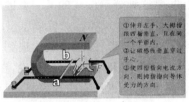
(b) 左手定则

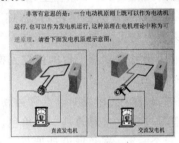
(c) 发电机原理

图 7-8　"拓展延伸"中安排的补充学习资料

从以上对该课件的简单介绍可以看出，作者运用多媒体画面语言编写的研究性学习课件，是有许多特色的。现在将这些特色概括地整理一下，以形成对编写这类课件的几点规律性认识。

- 如何在课件中搭建供研究性学习用的实验平台。

和一般课件呈现知识内容不同，研究性学习课件强调的是搭建平台，或者营造环境，而且要求学生在这类平台或环境中，能够自主地进行学习活动。从该课件中"动画模拟"（图 7-2）、"受力分析"[图 7-5(b)]和"互动模拟"（图 7-6）的画面设计可以看出，在这些画面上，呈现的并非某个知识内容，而是一个实验平台，或者是供学生研究问题、交流讨论的环境。因此，在设计这类平台或环境时，教师不要急于得出结论，而应该多给学生留下一些活动和思考的空间。

顺便指出，像物理、数学这类学科的知识内容，和文学、艺术等门类有些不同，数理类的知识是一定要有结论的，例如在该课件中，各菜单项研究主题的结论是肯定、唯一的，而且一定要让学生理解、掌握，否则就是没有达到教学目的。这一点应该是与采用何种教学模式无关的。各种教学模式的区别，主要体现在让学生理解、掌握的过程和方式上。例如该课件中的一些主要结论，并不是教师在课件中直接给出的，而是让学生在教师的指导下，通过实验、思考、讨论，由自己得出的。

此外还需提醒注意的是，在上述这些实验平台的画面设计中，又一次见到了基于交互功能的、在单幅画面上进行时间分割的形式（5.1）。但是在"鸟"的课件中，是将这种分割形式用于呈现知识内容，而本课件是将其用于搭建研究性学习的实验平台。换言之，在该课件中看到的，是这种分割形式的又一新的应用案例。

• 如何在课件中体现"双主"教学思想。

在设计研究性学习课件时，一般会遇到一个难以回避的关键问题，就是要对传统教学中教师与学生的关系重新定位，也就是说，在用多媒体画面语言编写这类课件时，要将"学生主体、教师主导"的原则作为指导思想。目前在教学过程中贯彻"双主"指导思想已形成共识，并且已经取得了许多有益的经验，但是在课堂上采用的一般还是书本教材。显然，在信息环境中按照"双主"教学思想开展研究性学习活动，编写与其匹配的多媒体课件以弥补书本教材的不足，同样应该视为又一条有益的经验。

在该课件的前三个菜单中，从研究性学习平台的搭建到操作，始终是按照"双主"的原则设计的。

例如在"观察猜想"菜单项中，磁感线、导线中电流和运动三者方向之间的关系是学生通过实验探讨出来的，显然在学习过程中充当的是主体角色。至于教师的主导作用，则可以将其概括为"铺道"和"引路"两个方面，前者指设计课件，上述的演示实验、分组实验探讨以及用实验报告总结的安排，实际是为学生的探究活动"铺道"；后者则是指在活动进行中起指导和引领作用，特别是在新旧研究主题衔接处的引领作用。例如在由通电直导线的研究转向通电线圈的研究时，或者在由理论探讨转向换向环的实际应用时，教师的主导作用就凸显出来了。

从"实验探究"菜单项的安排还可以进一步看出，教师也可通过"铺道"在学生的探究活动中发挥引导作用。例如在该菜单项中提出了"线圈为什么转到'中性面'停下来"的问题后，作者接着设计了一个"想想做做"的画面，即在课件中安排了一个理论性提示的实验：将线圈的一端刮去半周漆皮，便可使其转到"中性面"不停下来而继续转动下去。这就是教师在利用"铺道"体现其主导作用。

此外，教师在发挥主导作用时，还可以创造性地将信息化呈现的教学内容，与传统课堂讨论配合起来，开展研究性学习活动。例如在"受力分析"画面上［图7-5（b）］，组织小组或全班学生一边反复实验，一边讨论，最终分析出线圈不能继续转动的原因，并且找到维持线圈不停转动的办法。应该注意到，采用信息化的教学画面，由于具有交互功能和动画等多媒体优势，使得传统书本教材、挂图或黑板板书都相形见绌。

- 如何设计开放式的课件。

如上所述,该课件采用的是"积件式"开发方案,其中不论是组成各菜单项的知识点模块,还是各种工具模块,都被设计成一些相对独立的文件。这种由许多独立的模块"组装"起来的课件,十分适合按照不同的研究性学习活动策略进行调整,因而有利于教师在"铺道"方面发挥主导作用。

例如在该课件中,教师无需任何编程,只要单击"备课"按钮,编辑打开的文本文件,根据需要增减、调整菜单项,再次打开课件后,菜单项内容、顺序即随之进行了调整。如果将菜单中的菜单项名称、链接等稍作修改,还可完成其他课件的开发工作。由此可以看出,该课件的设计思想是很开放的。

不过应该指出,开放的模块设计虽然具有灵活调整课件的优点,但同时对调整者也是一种挑战:要求能够按照课件调整的策略选用与之相适应的模块,选准、选够了会出亮点,否则会出败笔的。这也应该算是一条艺术规则,即"媒体匹配"艺术规则的延伸。

此外,该课件中的背景设计也是开放的。例如单击在课件下部放置的背景设置按钮,可从预设的 5 个内部背景图片和 1 个外部图片(甚至于可以使用自选图片)中进行选择,因而可以改变课件背景的色彩、纹理等,如图 7-9 所示。

在该课件中还安排一些其他工具按钮,如画笔、计时、计分、计算、链接等,由于这些工具是在教学过程中运用的,属于第三篇讨论的内容,故从略。

综上所述,可以形成以下几点认识。

(1)和一般课件呈现知识内容不同,研究

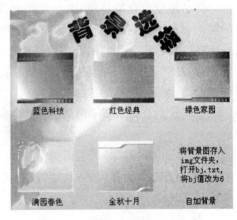

图 7-9　选择课件背景的装饰元素

性学习课件强调的是搭建平台,或者营造环境。换句话说,设计这类课件的画面,呈现的并非某个知识内容,而是一种实验平台,包括进行实验或模拟活动的环境,并且提供进行实验或开展活动的条件。

(2)对于比较复杂的研究内容,可以按照认知规律分解难点,并且可以按照艺术规则采用多幅画面时间分割呈现形式,也就是将分解的问题分别安排在几个菜单项中依序探讨。顺便指出,采用时间分割形式呈现分解的内容,可以是知识内容,也可以是研究课题。

(3)在研究性学习课件中,学生的主体地位突出了,关键是如何体现教师的主导作用。可以将教师的主导作用概括为"铺道"和"引路"两个方面,前者指设计课件时对学习活动的安排,后者指在运用课件时起指导和引领作用。

(4)在该课件中,对于手控演示实验的动画画面,采用了一种规范化的设计格式

［图 7-3（b）、图 7-5（b）和图 7-6］。这是在一幅画面上实现空间分割与时间分割相结合的设计格式：将画面的左侧和右侧，划分为演示实验区和控制按钮区；通过单击右侧各按钮，分别控制左侧演示实验中相关部件的动静、显隐或变色。

（5）对课件中各知识点、各种工具等都采用模块式设计方案，是实现开放式课件的基础。课件的开放可以体现在知识内容上，如二次开发积件；也可以体现在工具上，如设置课件背景、画笔、计时、计分、计算、链接等选用按钮。

7.2 介绍类教学的教材如何呈现知识内容

—— 课件《篆刻》赏析（由东营市胜利一中燕长兴老师提供）

目前，我国中小学正根据教育部颁布的新课程标准进行课程改革，不仅在教学方式上探索如何适应信息化的环境；而且在课程设置或者课程教学内容的安排上，也按照信息时代的需求进行了大量的调整，其中有些新增课程教学内容的信息量很大，甚至会涵盖一个领域、专业或行业。例如"综合实践活动"课程，就包括了信息技术教育、研究性学习、劳动技术教育、社区服务和社会实践 4 个领域；又如前述将京剧艺术知识（5.2）列为选修课，或课外实践活动等。用有限的时间讲授一个领域、专业或行业的内容，只能采用"介绍"的教学形式。将这种介绍类课程的教材改编成多媒体课件，采用的设计格式一般具有两个特点。

- 对待整体内容，尽可能保持结构体系的完整性，即通过主菜单将该领域、专业或行业的方方面面知识（或技能）都涵盖进来。例如在《京剧艺术》课件主菜单中，涵盖了京剧的历史、行当、脸谱、名角介绍以及京剧的功夫、唱腔、乐器等知识（或技能）板块。
- 对待各部分内容，遵循两条原则，一是要区别对待，突出教学中的重点部分，弱化非重点部分；二是在各部分内容的选择上，都要删繁就简、少而精。重点部分只是在教学上相对非重点部分考虑得更多、更细致一些，也要遵循"少而精"的原则，例如《京剧艺术》课件中将脸谱知识视为教学的重点，因此介绍的内容相对其他板块要详尽些，而且还安排了勾画脸谱的技能训练。

中学美术课题包括中国画、书法、印章三部分内容，这三个部分实际涵盖的是三个相对独立的艺术领域，每个领域的知识和技能都有各自的结构体系。因此，在限于教学时间的情况下，一般也只能采用"介绍"的教学形式。现以课件《篆刻》为例，讨论该介绍类教学的多媒体教材是如何呈现知识内容的的。

篆刻是集书法、绘画、雕刻为一体的古老艺术，至今已有 5000 年的历史。一颗小小的印章，能够包含丰富的中国文化底蕴，显现博大精深的艺术魅力。因此，第 29 届北京奥运会的会徽选择了印章作为中国元素,以"中国印·舞动的北京"来体现中国文化与奥运精神相结合(见彩图 7-1)。

多媒体课件《篆刻》是根据湘版美术(八年级)教材中的课文"方寸之间"改编的。该课从篆刻的基本样式、写刻印的基本步骤、基本技法和章法等方面,介绍了篆刻这门艺术,旨在使学生对篆刻有一个基本的认识,在学习欣赏和动手尝试中感受中国民族传统艺术文化的特殊魅力,换句话说,该课的教学目标包括两个方面:提高艺术鉴赏能力和培养篆刻制作技能。但是在传统教学中,由于受工具、材料和技能所限,一般只停留在对印章的艺术鉴赏上。教学实践表明,缺少动手治印的教学活动,不仅会对书本上介绍的篆刻工具、篆刻材料和写刻印步骤,因缺乏感性认识而失去兴趣;而且还会因为缺乏篆刻章法和刻印技法的实践,影响对印章的艺术鉴赏。由此可见,"篆刻制作"不仅是本课的难点,同时也是重点。书本教材受到媒体呈现的限制,仅用静态的图形、图片配合文字说明,不足以化解这一难点。因此,改编多媒体课件的成功与否,应该主要体现在该课教学内容的呈现上,特别是"篆刻制作"这部分内容的处理上,能否利用多媒体的优势来化解这一难点。

按照介绍类多媒体教材的设计格式,该课件将篆刻艺术领域的教学内容概括为"欣赏"、"形制"、"制作材料"、"制作步骤"4 个方面,以主菜单的形式呈现出来,如图 7-10所示。

图 7-10 《篆刻》课件的主菜单

在这 4 个主菜单项中,前三个用于介绍知识性内容,而最后一个则用于介绍技能性内容。分别说明如下。

- "欣赏"菜单项中,展示的是邓石如、赵之谦、吴昌硕、齐白石等几位清代以来书法篆刻大师的作品,主要用于鉴赏篆刻艺术的特点、章法、篆法、刀法以及这些艺术大师的风格等。
- "形制"菜单项主要介绍印章艺术呈现的两种基本形式:朱文与白文。因为这两种形式的刻印技法不同,而且是在篆刻时必须首先考虑的,所以将其划分出来作为一个方面介绍。

- "制作材料"菜单项介绍篆刻用的工具和材料,包括印刀、印泥、印床、印石、砂纸和书写工具。如上所述,学习这些篆刻工具、材料知识是和实践治印活动互为因果的:在篆刻实践之前需要先熟悉篆刻工具、材料,反过来,如果不进行治印活动,也会因没有使用工具和材料的需求,而失去对这部分内容学习的兴趣。
- 篆刻的"制作步骤"则是用来培养篆刻制作技能的,可以从教学的角度,将其分为磨石、章法、上石、刻制、调整、边款、印泥、钤印、保存等 9 个环节分别进行介绍。

这 4 个菜单项下属的 4 个二级子菜单,就是按照上述说明设置的,分别示于图 7-11 中。

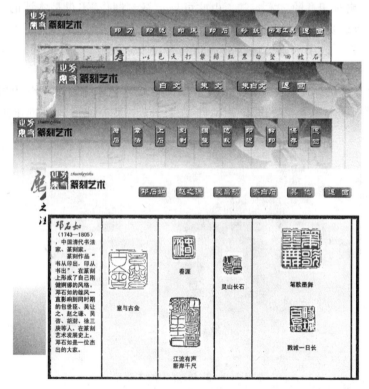

图 7-11 《篆刻》课件的 4 个二级子菜单

正如在第 5 章赏析普及类多媒体教材时所指出的,"用多媒体画面语言来编写这类教学资料,关键是要处理好版面设计和匹配呈现两个方面的问题"。其中"版面设计"是指通过一、二级菜单来呈现该领域的知识和技能结构体系;"匹配呈现"则是指在呈现由二级子菜单项调出的知识内容时,要注意选择与之匹配的媒体和功能。

事实上,画面语言是通过如图 7-10 和图 7-11 所示的版面设计,来表现知识和技能的结构体系的,而不是主要靠文字表述来说明。从一级菜单跳转到二级菜单,采用的是多画面时间分割的设计格式,即单击图 7-10 中某个一级菜单项,将会调出图 7-11 中的某一与该菜单项对应的二级菜单画面。由图 7-11 可以看到,这些呈现二级菜单的画面是"大同小异"的:所有二级子菜单项均以相同的形式安排在各自画面的顶部,菜单项左侧的"篆刻艺术"和印章的页标均完全相同,而且这些画面的色调也是统一的。4 个画面的差异只是背景图案略有不同。该版面设计的内涵是,"大同"表明这些二级菜单画面源于同一个主菜单,"小异"则可以将这些二级菜单画面区别开来。

从二级子菜单项调出的知识点内容,采用的则是单画面时间分割的设计格式,即单击某个二级子菜单项,调出的知识内容呈现在该子菜单同一画面上。这样就保证了,在相同二级菜单画面上调出的知识内容,其呈现格式相同;不同二级菜单画面上调出的知识内容,其呈现格式彼此间有区别。

图 7-12 示出的便是由图 7-11 中 4 个画面上的二级菜单,分别调出知识点内容的呈现形式。该课件的知识结构,就是通过这种呈现形式上的"大同小异"体现出来的。

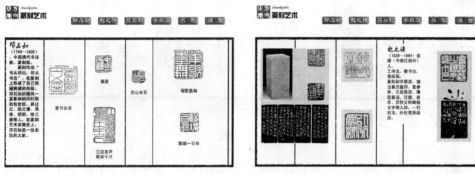

(a)"欣赏"方面的内容

(b)"形制"方面的内容

图 7-12 用画面语言呈现篆刻艺术领域的知识结构

(c) "制作材料"方面的内容

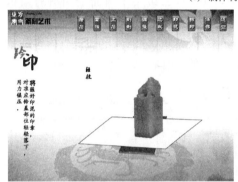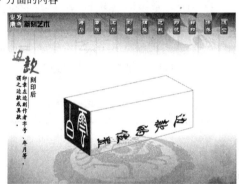

(d) "制作步骤"方面的内容

图 7-12 （续）

这种通过呈现格式的设计，表现课件知识结构的方式，是画面语言表义的一种形式。

至于如何表现由二级子菜单项调出的知识内容，显然应该注意选择与之匹配的媒体和功能，即遵循"匹配呈现"原则。不过由于本课件属于介绍类的多媒体教材，还需要综合以上的讨论，明确以下几个呈现知识内容方面的要点。

- 从教学的角度，对图 7-11 所示的 4 个二级子菜单要区别对待。突出的重点显然是篆刻的"制作步骤"，需要充分利用多媒体的优势来化解这一教学上的难点。"制作材料"是为篆刻制作作准备的，由于这些内容关系到本课教学难点的化解，而且又是一些日常少见的专用工具和材料，因此介绍的内容应该比较全面一些。"欣赏"大师作品有助于提高学生的艺术鉴赏能力，这也是该课程的教学目标之一，因此应该选择一些既有代表性，又内在有联系的作品，作为教师讲授的案例。只有介绍印章的两种"形制"，由于内容比较简单且并不陌生，可以按非重点部分对待。
- 对画面呈现的内容，要本着删繁就简、少而精的原则进行选择。具体地讲，不仅在设置哪些二级子菜单项时要有选择，而且对于由子菜单项调出的、在画面上呈现的知识内容,也要少而精。有些内容可以留给教师讲解,有些可留给学生查阅资料。

- 画面上呈现的知识内容,无论是供欣赏的(静态)印章作品,还是供观摩的(动态)篆刻操作,都要求仿真、清晰,满足教学的需求。书本教材只能在纸介质上呈现静态的媒体,所以对于这些需求的满足感到有些力不从心。多媒体教材中有足够多的媒体和功能,因而能使欣赏作品和观摩操作的"逼真度"达到课堂教学的要求。换句话说,在画面上呈现知识内容时,只要认真选择和运用了与之匹配的媒体和功能,就能化解该课程中的教学难点,显示出多媒体教材的优势性。

可喜的是,该课件在设计、制作过程中,不仅注意了这些要点并且努力做到了,所以"亮点"显示出来了。下面通过三个案例,来看看该课件是如何选用媒体和功能呈现知识内容的。

(1) 满足艺术欣赏的需求。欣赏篆刻艺术需要有一定数量和足够清晰的作品,书本教材以文字叙述为主,限于篇幅,在提供作品的数量和清晰度上都会受到一些限制。

该课件从两个方面采取了措施,使这个问题得到了解决[图 7-11 和图 7-12(a)]。

一方面按照删繁就简的原则,对提供的作品进行了筛选。我国历代篆刻艺术大师很多,鉴于该课件的定位是对中学生普及篆刻基础知识,因此只选择了清代的邓石如(完白山人、邓派创始人)和赵之谦(赵派创始人),以及民国以来的南吴(昌硕)和北齐(白石)等人具有代表性的作品,数量上以能够说明各派大师的篆刻艺术风格为度。

另一方面采用基于交互功能的单画面时间分割方案,在二级菜单画面上分别为每位大师设置一个菜单项,这样可以用一个整幅画面,分时呈现每一位被单击的大师的作品。在这些呈现作品的画面上,要求文字介绍部分少而精,尽量保证艺术作品的数量和清晰度。

这种将欣赏的教学平台与教学过程分开的设计,对于突出教学重点以及给教或学留出活动的空间是有好处的。

(2) 满足材质识别的需求。虽然篆刻作品和篆刻工具是静态呈现的,但是由于在多媒体画面上精心选择、合理运用了媒体(光、色、材质、纹理等),因而使印章材料的石质感、篆刻作品的分辨率、篆刻工具的材质等,在视觉效果上,其逼真度都能够满足教学需求。彩图 7-2 示出的便是该课件中部分作品、工具的实例。显然,课件的精致正是由画面上的这些质感体现出来的。

需要强调指出的是,样品的仿真对于识别各种印石材料的教学显得格外重要。例如彩图 7-3 所示的几种印石材料,青田石需要看出石中的蜡状、油脂和玻璃光泽;昌化石中的鸡血石要看出石中的鸡血。又如在彩图 7-4 中,对田黄的寿山石和福黄的巴林石的比较。这些样品的逼真度,已经成为识别印石材料的关键。由图可以清楚地看出,在多媒体教材上呈现这些样品的视觉效果,是能够达到仿真的要求的。重要的是,按照"媒体匹配"

艺术规则选择、运用媒体。

（3）满足观摩操作的需求。利用动画和交互功能来表现制印的操作过程，这是多媒体教材的优势。如上所述，该课件通过"制作步骤"菜单项调出的画面中，列出了磨石、章法、上石、刻制、调整、边款、印泥、钤印、保存等 9 个二级子菜单项。这样安排的目的，也是为了采用单画面时间分割方案，在一个整幅画面上，分时呈现每一被单击的制印操作。如果在这些调出的画面上，呈现的操作过程有分类或者操作步骤，还可以再添加下级子菜单，仍然采用分时呈现的方案。

在用动画演示操作过程时，该课件同样也要按照普及基础知识的定位，本着删繁就简的原则，只需示范操作或说明要领即可，不必演示全过程。以其中"上石"的制作步骤为例，如图 7-13 所示。

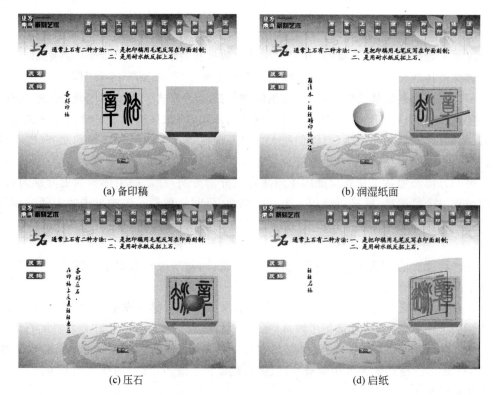

(a) 备印稿

(b) 润湿纸面

(c) 压石

(d) 启纸

图 7-13　篆刻制作步骤的"反拓上石"

"上石"有反写和反拓两类制作方法，因此在画面上设置了两个三级子菜单。单击"反拓"子菜单调出相应的操作时，又由于有备印稿、润湿纸面、压石、启纸等多个操作步骤，所以在画面上进一步设置了"下一步"的子菜单。这样安排的目的，都是为了分时用一个整幅画面来呈现操作过程中的一个步骤，在此基础上，再用动画演示这一步的操作就会化难为易、主题突出了。

实践表明，利用多媒体教材中媒体和功能的优势，采用画面时间分割方案来表现介绍类多媒体教材的知识和技能，应为一种行之有效的设计格式。

最后值得一提的是，该课件的首页设计也体现了"少而精"的特色。（参看彩图7-5）

由图可见，首页上的内容包括：

- 渐渐晕染开的墨迹；
- 用毛笔书写的"篆刻"标题；
- 标题左上方的红色印章图案；
- 标题左下侧的两列竖排小字；
- 标题下方的印石。

仅此而已，但是用这些内容来表现"篆刻"课件标题的内涵，足矣！

这样设计的画面，为什么会只感到素雅，而不觉得单调？答案就是，"少而精"！

不仅内容上简而明，而且呈现形式上也是十分考究的：画面背景使用单黄色的底色，并且在视觉上制造出一种细小的颗粒感，形成浅色的生宣纸效果，柔和淡雅；再配以浅灰色竖线，淡赭色的瓦当图案。在这样古色古香的环境中，配合墨迹、毛笔字、印章及其红色印章图案，再加上古筝曲的背景音乐，一种浓厚的传统艺术氛围便营造出来了。

此外，画面左下侧设有背景音乐的音量控制，右下侧安排了"进入"热区，这些都为该课件的运用提供了方便。

综上所述，可以形成以下几点认识。

（1）用有限的时间（如几个学时）讲授一个领域、专业或行业的内容，只能采用"介绍"的教学形式。将这类课程的书本教材进行改编，一般采用的是介绍类多媒体教材。

（2）介绍类多媒体教材的设计格式有以下特点。

- 尽可能保持该领域、专业或行业教学内容结构体系的完整；从教学的角度将各部分划分为重点和非重点，区别对待；对各部分内容的介绍要少而精。
- 采用画面时间分割方案来表现这类多媒体教材的结构体系和教学内容。一般用一、二级菜单的版面设计来呈现教材的结构体系；按照"少而精"和"媒体、功能匹配"的原则来介绍（知识或技能）教学内容。

（3）对如艺术欣赏和操作演示的教学内容，无论是静态呈现还是动态呈现的，都应该提出"呈现逼真度"的要求。逼真程度以满足教学需求为准。

第三篇　多媒体教材如何在信息化课堂教学中应用

引　言

如前所述（第 3 章），多媒体画面艺术应用包括两方面内容，即除设计、开发多媒体教材外，还应将在课堂教学中的应用包括进去。前者探讨如何用多媒体画面语言表达教学内容，后者则强调表达的教学内容要适应课堂教学环境，旨在取得好的教学效果。因此，本篇的任务是，按照《多媒体画面艺术理论》的思路，对多媒体教材的课堂应用进行深层次地探讨，以期形成一些规律性的认识。

《多媒体画面艺术理论》采用了"系统论"的观点，将多媒体教材与课堂教学环境的关系视为系统与外界环境的关系，这是站在多媒体教材的角度得出的结论。由于在课堂教学过程中涉及的因素是很多的，除多媒体教材外，还应将参与教学活动的师生、传递教学内容的模式等因素考虑进去。因此探讨多媒体教材的课堂应用，实际是探讨多媒体教材与这些因素之间的关系。为便于研究，本篇中将引入"复合系统"的概念，即认为组成系统的元素也可以成为一个子系统。按照这一思路，如果将课堂教学过程视为一个系统，则组成该系统的元素，即上述参与课堂教学过程的诸多因素（其中也包括多媒体教材），也可以分别视为一些子系统。这样一来，规范多媒体教材与教学环境中其他因素之间关系的规则，便是它们之间内在联系的体现，形成了该课堂教学过程系统结构的一部分（由于除多媒体教材外，其他因素之间还有内在联系，因此只能提课堂教学过程系统结构的一部分）。

需要再次提醒注意的是，规范多媒体教材开发和规范多媒体教材运用的规则是有区别的：前者规范的是，教材中各种媒体和功能在画面上呈现的教学内容设计，并且是认知与艺术并重的；后者则是规范开发的多媒体教材在教学过程中如何与其他元素配合运用，这些元素不在画面上,而且主要考虑的是认知。因此,将前者称为"设计格式";后者称为"教学运用格式"(以下简称为"教学格式")。如前(第二篇)所述,采用"格式"一词,是为了防止弱化多媒体画面艺术规则在画面语言中的奠基地位。其实对规范化的"设计格式"或"教学格式"的表述,也就是多媒体画面艺术两个应用领域的"规则"。

在第二篇中已经对"设计格式"进行了详细的讨论。接下来的任务,便是探讨规范多媒体教材在课堂教学中应用的"教学格式"。为此需要首先认识"复合系统"中的多媒体教材。

第8章
认识课堂教学过程中的多媒体教材

8.1　将课堂教学过程视为一个复合系统

在教育技术中,教学资源指的是在课堂教学活动中起作用的所有因素,它们都应视为组成该课堂教学系统的元素,主要包括以下四大类。

- 人(信源、信宿):教师、学生,以及师生关系、生生关系。
- 内容(信息):各学科教学内容(包括大、中、小学的基础课和专业课等)。
- 媒体及媒介(信息载体及其存储设备):

  (硬件)书本、黑板、教具、演示仪器等;

  (软件)教学挂图、幻灯教材、电视教材、多媒体教材(如课件、积件、网络课程、学科网站、PPT)等。

- 教学模式(信息传递方式):课堂讲授、个体自学、协作学习等。

图 8-1 示出了这些元素在课堂教学系统中的关系。

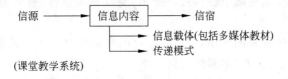

(课堂教学系统)

图 8-1　课堂教学系统中各元素的关系

可以将该图看成一个"复合系统",其中多媒体教材可视为课堂教学系统中的一个子系统。现在已知,构成该子系统内的基本元素(即各类媒体和功能)的衍变,是受多媒体画面艺术规则规范的。如今,《多媒体画面艺术理论》将这一思路扩展到了课堂教学系统中,认为构成课堂教学系统的各元素的衍变,即多媒体教材与图 8-1 中示出的四大类元素之间的配合以及按照课堂教学活动的要求运用多媒体教材的技巧等,是受"教学格式"规范的。

但是需要强调的是，引入"复合系统"的概念，是为了更好地认识多媒体教材是如何适应课堂教学环境的，也就是为了便于研究多媒体教材与该环境中其他教学因素的配合关系，并且将这些在研究中形成的规律性认识，归纳为多媒体画面艺术应用中的教学规则。换句话说，讨论该"复合系统"时，仍然是从多媒体教材这个子系统的角度看问题的。由此可见，教学格式与教学策略中应遵循的那些规律的区别，只是在于看问题的角度不同，后者是站在课堂教学系统的角度上，全盘考虑影响教学过程的各类元素，包括教学目的、学习对象、教学模式、教学内容、教学媒介，其中也包括多媒体教材，这显然是一种教学过程的设计。

综上所述，在"复合系统"中，多媒体画面艺术规则和教学格式都是用来规范多媒体教材这个子系统的，前者用于规范编写教材的画面语言，即语法；后者规范编写的教材如何适应教学环境的需求，以取得好的教学效果。多媒体画面艺术规则和教学格式的分工与配合关系，和语义学中多媒体画面艺术规则和设计格式的关系相似。

此外还应提醒注意，虽然教学格式是在教学过程中运用的，但是仍然属于教学资源的研究范畴，因为它毕竟还是在规范多媒体教材的设计与开发。

8.2 认识课堂教学系统中的教学格式

在第二篇中已经看到，编写不同题材的多媒体教材是有不同的设计格式可循的，同样，多媒体教材在不同的课堂教学环境中运用时，也是有不同的教学格式可循的。这些格式体现了画面语用学中的某些规则；按照这些格式安排、设计多媒体教材，就会取得好的课堂教学效果。

进一步研究表明，多媒体画面艺术规则中的三条基本规则，完全可以套用在课堂教学系统中。例如按照"突出主题"规则，可以提出"要以教学目标、教学需求为依据来运用多媒体教材"的要求；

又如提出"多媒体教材的运用，应适应学科内容和教学模式等元素的需求"，实际遵循的还是"分工合作，优势互补"的匹配规则；

此外，要求"在课堂上运用多媒体教材要适度"，显然这是由"有序变化"规则具体化衍生出来的，即要求在时间上、内容上和容量上都应把握好运用的"度"。

因此，也可以将画面语构学中的"突出主题"、"匹配运用"和"有序变化"三条多媒体画面艺术规则延伸到画面语用学中来，视为"教学格式"中应该遵循的三条基本原则。

由于"教学格式"规范的对象已超出了画面呈现的局限，因此有必要重新认识画面语用学中的这三条原则，分别讨论如下。

首先，语用学强调将语义置于运用的语境中去研究，其目的就是期待取得最佳的交流效果。因此，明确以教学目标、教学需求为运用多媒体教材的依据，就是以是否能达到教学设计中预定的目标和要求,作为评价运用多媒体教材是否取得最佳教学效果的依据。也就是说,这条原则明确的是运用多媒体教材的指导思想。

其次,提出多媒体教材的匹配运用,是指将多媒体教材上呈现的内容运用于课堂教学时,要与学科教学需要匹配;要考虑不同学习对象的年龄和知识水平特点;要适应教学模式的需求;要注意与传统教学资料配合等。也就是说,这条原则实际上已经概括了各种"教学格式"的内容。

最后,要求把握好运用多媒体教材的"度",实际是对运用"教学格式"策略的规范。需要说明的是,这是目前在各杂志上讨论的一个热门话题,许多老师根据教学实践和体会分别提出了各自的看法,认为运用多媒体教材应该遵循的原则是,要具有"选择性、适时性、准确性、科学性";或者要"适时、适课、适量";或者要注意"目的性、必要性、实效性";或者要"有理、有度、有效",等等。这些看法都有各自的理由,但是本书采用了最后两种看法,理由很简单:课程为什么要与信息技术整合? 就是为了利用多媒体的优势。多媒体具有图、动、色、声、交互功能,还可按照算法进行运算等许多优势。所谓"有理",就是对于一些重要的教学内容(如化解难点、突出重点或创建情景等),如果只有在采用多媒体教材时效果才好,不用时效果就不好,这时运用多媒体教材就算是有(道)理;所谓"有度",就是该用则用,不该用则不用,要恰到好处地发挥优势,既要用够,又要见好就收,不要走向反面;所谓"有效",就是用了一定要把多媒体的优势发挥出来,要用教学效果说话。

综上所述,画面语用学借用了多媒体画面艺术规则中的三条基本规则,将其延伸或改造后,分别用来规范运用"教学格式"的指导思想、内容和策略。

8.3　认识课堂教学系统中的多媒体教材

多媒体教材是信息时代的产物,它是在伴随教学环境信息化的进程中出现的,与书本不同,它需要在信息化的平台(单机或网络)上播放。这就表明,多媒体教材所处的已不再是(或不完全是)传统的教学环境:教学内容在课堂上呈现的方式发生了变化;学生在课堂上获取知识的途径更多了;教师需要相应地变换在课堂上的角色。总之,与传统教学观念中的课堂教学系统已经有了很大的变化。为此,在探讨多媒体教材的课堂教学运用之前,需要先认识一下信息化教学环境中的多媒体教材,包括它在这个新环境中扮演的角色、与该环境中哪些因素的配合,以及运用时应注意的要点等。

8.3.1　多媒体教材在课堂教学系统中充当的角色

多媒体教材作为信息化课堂教学系统的元素之一,经常可以用来充当以下角色。

（1）设计演示文稿 PPT 供讲课时的板书用,或者在教学活动中穿插利用演示课件配合讲解用。

（2）利用创建虚拟环境的课件提出问题,教师通过对问题的讨论引入课堂教学内容;或者让学生围绕提出的问题进行学习、讨论,开展自主学习和协作学习。

（3）提供网络平台,教师事先准备好各种教学用的资料,供学生在课堂教学活动中查阅;或者让学生课后复习、扩展知识用。

（4）为某些专业课或实验课收集一些影视、幻灯资料或设计一些虚拟演示、实验的课件,供课堂教学活动中穿插运用。

（5）为学科网站或博客设计网页或网络课件,便于教师开展教研活动或者面向学生进行课外辅导教学活动等。

由此可以看出,在课堂教学系统中,多媒体教材在不同的教学环节扮演的角色是不一样的:课件、积件、影视(幻灯)资料、网络课程、学科网站、PPT 等;而且这些角色出场的时间以及与该系统中的其他元素的配合也是不同的,有的用于课堂或课外,有的用于集体教学、自主学习或协作学习,有的配合教师教学或学生学习,有的在课堂上一直运用,而有的只需穿插配合运用等。

8.3.2　多媒体教材与课堂教学系统中其他元素之间的关系

由图 8-1 看出,构成课堂教学系统的元素,有教师、学生、各学科的教学内容、各种教学模式,以及包括多媒体教材在内的各类教学媒介和媒体。多媒体教材在课堂教学系统中运用时,需要正确处理好它与这些元素之间的关系。

（1）教师在课堂教学中是起主导作用的,多媒体教材只是教师运用的元素之一。用与不用,如何用,均应由教师按照教学内容的需要进行安排。

需要指出的是,能否摆正教师和多媒体教材之间的关系,问题一般出现在两个方面,即教师的安排是否合理;多媒体教材的设计是否适合教师安排的需求。前者需要教师转变观念,适应信息化环境的教学方式,这方面属于教学设计的问题;后者则是教材设计本身的问题,即设计多媒体教材时,不能只想到呈现教学内容,还要考虑教师在课堂上的运用。如为教师引入新课或组织学生讨论设计一个情境片段,或为教师说明某个理论设计一个演示实验等。此外,在开发课件时,为便于教师讲授而安排"静音"按钮;或为便于教师在课堂上调用,而将课件的"进入"与"退出"按钮设置在明显位置;或为便于教师重新组合素材而设计积件等。总之,要明确"设计多媒体教材是给教师教学或学生学习用"的思想,要让教师(学生)在教(学)时用得顺手。

（2）学生在传统课堂教学中的学习渠道,有书本教材、黑板、挂图、教具等,教学设计在运用这些信息载体时,一般都是按照"匹配规则",考虑与学习对象、专业内容两个方面适应的问题。综合前面所述,在学生的学习渠道中添加了多媒体教材后,会带来两点变化,一是多媒体教材的播放平台为学生提供了更多的学习渠道,包括在单机或网络上进行的集体教学、自主学习或协作学习等;二是多媒体教材具有许多上述传统信息载体所没有的优势,如动画、声音、互动、网上搜索等。因此,设计多媒体教材时,除了和其他信息载体一样,需要考虑学生的年龄特点和认知水平外,还要充分利用其优势为学生的学习提供方便,如创设情境课件为课堂讨论提供平台;规范导航设计便于网上页面搜索;提供高智能度的交互功能便于自学或答疑时操作等。

(3) 多媒体教材与学科内容的关系,在语义和语用领域是有区别的。前者只考虑如何传递知识,主要研究各种媒体、交互功能与教学内容的匹配呈现问题;后者则要考虑不同学科内容在教学过程中的呈现形式,如创设情境、虚拟实验、辅导材料、网上资源等,旨在实现教学目标,取得好的教学效果。由于课堂教学中传递教学内容的载体很多,多媒体教材只是其中之一,如果有的学科内容更适合传统教学,也可不用多媒体教材。

顺便指出,在传递教学内容的众多载体中,多媒体教材与传统教学媒介各有所长。例如利用演示文稿 PPT 讲课与传统教学中的黑板板书相比,优点是效率高、规范化,但是在留给学生思考时间、进行师生交流方面,就不如后者。

(4) 在信息化环境中经常采用的教学模式,有集体讲课、自主学习、课堂讨论、协作交流等。在这些教学形式中,有时需要围绕多媒体教材进行;有时只是用它做辅导材料配合;有时则基本不用,这一切均以教学设计为准。因此设计多媒体教材时,应该按照不同教学模式的需求,量体裁衣。

通过以上分析可以得出两点重要结论。

- 多媒体教材及其播放平台在教学过程中的定位是有区别的。虽然运用多媒体教材离不开信息化的播放环境,但是前者的任务就是呈现教学内容,和其他传统知识信息载体一样,同属教或学的辅助工具,在教学过程中可以各用其之所长,或者配合运用,取长补短;后者则是一个信息化的环境或平台,它的功能除播放多媒体教材外,还能为学生的"自主、合作、探究"学习提供技术支撑。为什么要明确二者在教学过程中定位的区别?因为目前各杂志讨论信息技术与课程整合时,都是将二者不加区别地统称为"多媒体技术"或"信息技术",这样就很难理解为什么一方面强调不要把信息技术支撑平台仅用作教或学的辅助工具;另一方面又指出,信息技术与课程整合并非逢课必用多媒体教材。

由此得出的一个重要结论是,既然信息化教学环境能为实现新教学理念的各种教学模式提供技术支撑,那么设计多媒体教材时,也要适应这种新教学理念指导下的教学设计,使其呈现的教学内容融入新的教学模式中去。

- 多媒体教材与上述这些元素之间的关系,便是设计多媒体教材时需要考虑的教学环境。正确处理好这些关系,设计出来的多媒体教材便具有实用性。在普及多媒体教学的初期,曾出现过"精品教材"与"实用教材"的讨论。当时在全国大奖赛上获奖的所谓"精品"教材,实际上并不是在教学中"实用"的,有的甚至是专为参赛制作的一节课或一个片段的课件;而许多为上课需要开发的课件,虽然在教学上实用,但是呈现的艺术水平一般。尽管大奖赛的评审标准中也明确了"教学实用性"的要求,结果在"精品"与"实用"的天平上,获奖的还是前者。究其根源,这是由于对画面语用学缺乏认识造成的。现在看来,应该将表义上的准确、精美要求与课堂上的教学效果统一起来,二者本应是多媒体画面艺术应用的两个不可或缺的部分。

由此得出的另一重要结论是,设计多媒体教材时,不仅要考虑用匹配的媒体和交互功能将教学内容准确、艺术地呈现出来;而且要考虑呈现的教学内容是否能融入教学环境中,即取得好的教学效果。用这一符合画面语言学的标准来重新审视当时的现象:实用但制作一般的课件不能获奖固然可以理解;但是只有一节课或一个片段的制作精美的课件,显然不会在教学中运用,这样的作品获奖倒是难以理解。

以下分别讨论在不同学科门类的课堂教学环境中,多媒体教材是如何处理这些关系的,旨在提炼、总结出一些规律性的认识,以"教学格式"表示出来。

第 9 章
中小学课堂教学中的多媒体教材运用

9.1 多媒体教材在语文教学中的运用

在第 4.3 节中赏析《记金华的双龙洞》时曾经指出,该课的教学就是"让学生学习课文作者如何观景,并且怎样表达"。在语文教学中,前者属于人文性方面的要求,即从课文里体验到,作者是如何将自己的情感倾注到景色之中,进而由对客观刺激的知觉升华到直觉;后者则属于工具性方面的要求,主要指拼音识字、词句的准确运用、对课文的理解等语文基础知识的训练。

需要说明的是,工具性和人文性的要求,实际是中小学语文教学中的认知目标和情感目标。一般地讲,无论采用传统的以教师讲授为主的集体教学模式,还是采用学生主体、教师主导的"双主"教学模式,都能满足上述人文、工具两个方面的要求,并且都可以在课堂上运用多媒体教材。目前新课改推荐采用后者,是因为它不仅在教学效率和教学效果上明显优于前者,而且与信息时代对教育的要求相吻合。其实,由于这种新的教学形式至今尚处在初期阶段,虽然"双主"的指导思想达成了共识,但是其中许多具体运作方式仍在探索之中,称其为一种"模式"还稍嫌早了些。

下面仍以《记金华的双龙洞》作为案例,探讨专题网站这类多媒体教材在语文课堂教学中是如何运用的,旨在形成一些画面语用学领域的规律性认识,用教学格式的形式表述出来。因此讨论的范围往往不必局限于教材本身。

9.1.1 对运用多媒体教材的课堂教学环境的分析

在专题网站《记金华的双龙洞》中设置了 6 个菜单项(图 4-12),其中"亲近课文"、"资料集锦"和"在线测试"3 个是用来呈现教学内容的,已在第 4.3 节中介绍过,另外 3 个"学习导读"、"教学流程"和"成果展示"则是在课堂教学中运用的,现在就对这 3 个菜单项展开讨论。其实教学内容的呈现与运用只是侧重面不同,因此讨论中不可避免地要用到前面菜单项的内容。

该网站是为配合"双主"教学模式设计的。其中教师的主导作用主要体现在以下几个方面：

- 创设网上情境，对学生自主、协作学习教学内容提要求、教方法、示要点；
- 安排阅读课文，引导学生体验作者观景时的情感流露，和写景时表现出来的文字功底；
- 组织导游实践，为学生内化文本、创生语言提供平台；
- 开展训练活动，使学生在参与各种形式的练习中，练好语文基本功。

显然，依序安排这些方面的活动，实际就是在进行《记金华的双龙洞》课程的教学流程。

按照《多媒体画面艺术理论》，将该课堂教学过程视为一个复合系统。在该复合系统中，专题网站的设计应该考虑与教师、学生、教学内容、教学模式等其他子系统配合的问题。从画面语用学的角度看，这些子系统就是用多媒体画面语言编写专题网站的"语境"。在上述传统或"双主"的两种教学模式中，教师和学生扮演的角色不同，对教学内容的取舍和安排也不同，因而对于多媒体画面语言的运用形成了不同的语境。按照画面语用学的要求，不论采用哪一种教学模式，专题网站的设计都应该与之适应、配合，只要配合好了，就应视为是成功的设计。至于这两种教学模式的优劣比较以及选用与否，则是属于教学设计考虑的问题。由此可见，由于教学设计和画面语用学二者看问题的角度不同，得出的结论也是不同的。

应该认为，该专题网站在配合教学设计方面是进行了精心安排的，因而取得了好的教学效果。按照教师制定的教学策略，可以将上述安排的 4 个方面活动划分为两个阶段：理解课文和深入体验。前者采用情境教学形式；后者则通过阅读、实践、练习等训练活动，来提高学生的语言能力和思维能力。分别讨论如下。

9.1.2　在该专题网站中，安排情境进行学习的设计

如前(6.2.2)所述，对中小学生来说，凡是那些教学上比较抽象，却在生活、生产中容易见到的内容，采用多媒体教材创设情境进行教学，效果一般都比较好。这些教学上比较抽象、费解的内容，如加速度、能量、电压、电磁波等，由于反映的是事物本质属性而需要专业知识才能理解；或者像长江三峡、抗洪救灾、罕见的自然现象和奇特的人文景观等，由于与学生们的生活体验相距较远而难以想象，光靠文字描述会感到费解。课文中描述的金华双龙洞就属于后一种类型，因此在该专题网站中按照教学内容的要求，通过图片、视频、动画等媒体来安排相应的情境。

在"教学流程"菜单项中，将这段情境教学分为三段，其中前两段均为准备工作。

(1) 课前观看一段《印象双龙》，配乐进入网站，如图 9-1 所示。其目的有二，一是营

造氛围,吸引注意;二是提供感性资料,给学生留下对"双龙洞"的初步印象。

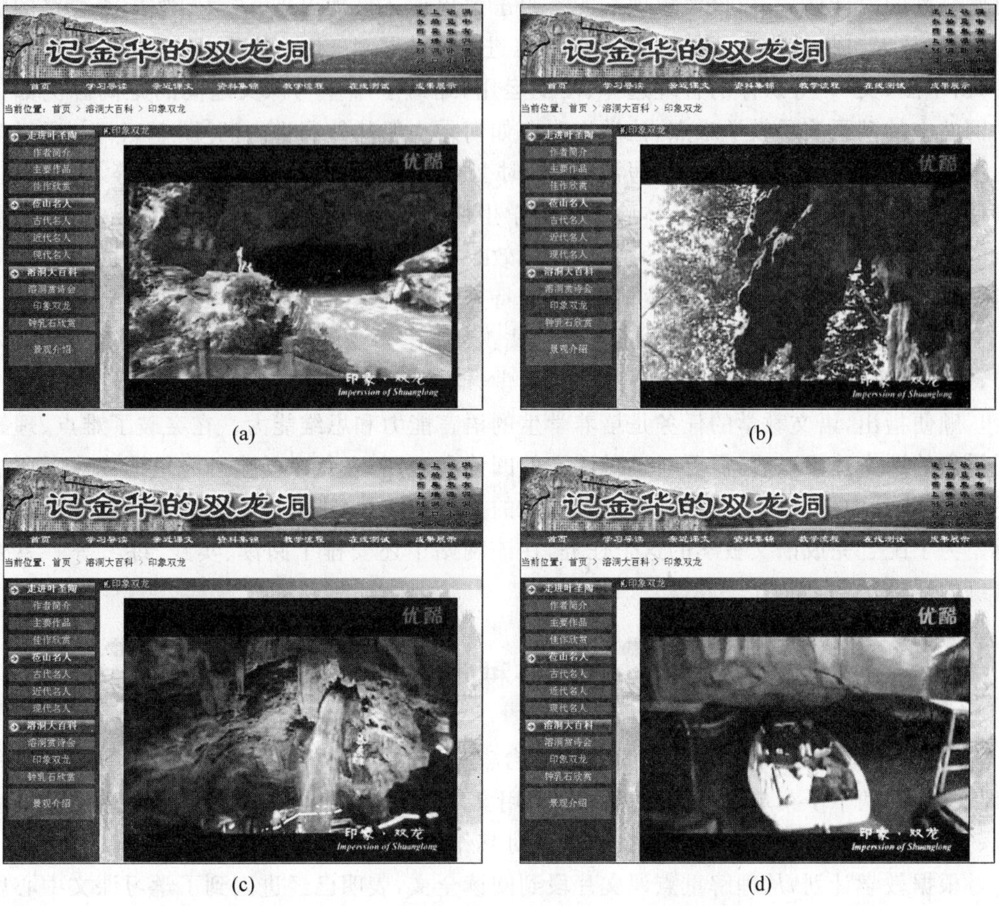

(a)

(b)

(c)

(d)

图 9-1　通过观看《印象双龙》进入专题网站

(2) 教师为学生在即将呈现的情境中进行自主学习提供指导,包括:

- 提要求("学习导读"/"研读目标"):明确旅游路线;说出每一处景点的特色;从外洞如何到达内洞;找溪水源头;学习课文写作方法。
- 教方法("亲近课文"/"旅游线路"):用画笔工具设计游览示意图(图 4-16);通过图文对照的方法领会课文。
- 示要点("学习导读"/"文本解说"):注意观赏 5 处景点,即沿途、外洞、孔隙、内洞、找泉线。

(3) 借助情境理解课文中的重、难点。在专题网站上创设的情境平台,指的是"亲近课文/网络天地游双龙"中的一组画面(图 4-14)。创设平台的过程,实际是对原课文进行分解、选择，并且相应地配上图片、动画或声音等，组成的一些新知识点，然后按照多画面时间分割的设计格式，以该菜单项下的一组子菜单形式呈现出来，子菜单按旅游线路的顺序排列，从而可将教师提示的 5 处景点覆盖进去。由图 4-14 可以看出，在这些新知识点中，由于图、文、声等媒体的合理选择、匹配运用，缩短了学生与课文之间的距离。例如借助网站中的动画演示教学难点，让学生明白如何乘小船从外洞进内洞[图 9-1(c)]；通过演示各种溪流声音，体验课文中描写溪流"时时变换调子"的内涵[图 9-1(b)]等。很明显，设计这样一组画面来帮助生活体验不足的学生们理解课文，肯定会取得化解难点、突出重点的教学效果。按照画面语言学观点，这样效果的取得，是由于在用多媒体画面语言编写专题网站时，考虑了语境（即学生情况、课文特点、学习模式）所致。

从这个案例中可以总结出一条教学格式：对于学生受阅历所限而感到费解的教学内容，采用多媒体教材创设情境的方式进行教学，能够取得好的效果。

顺便指出，语文教学的任务是培养学生的语言能力和思维能力。在突破了难点、理解了重点的课文片段以后，需要通过对课文的阅读和运用，在每个学生脑海里形成作者所描述的表象，其中包含了景色的表象以及作者的文笔和文思，进而体会课文表达的意境和情感。为了配合完成语文教学的这个任务，在该网站中还安排了阅读、实践、练习等一系列训练的活动平台。

9.1.3 在该专题网站中，安排各种训练活动平台的设计

（1）安排阅读训练平台。阅读训练平台安排在"亲近课文"菜单项的"课文原文"和"课文视频"两个子菜单中。"课文原文"采用文本、朗读配合的形式；"课文视频"采用解说、字幕配视频的形式，在第 4.3 节中已经对其作了介绍，参看图 4-12。

根据教学计划，从理解重点课文片段到阅读全文，表明已经进入到了学习课文中心思想和作者思路的阶段。将阅读的课文由书本上搬到专题网站中，并且改编成"配音阅读"和"配视频阅读"两种阅读平台形式，其中分别安排了"静音"或"停像"按钮，为教师讲解或学生思考留出时间。这两个平台也是按照二画面时间分割的设计格式，以上述两个子菜单的形式呈现出来的。在这样设计平台上的阅读效果，显然会优于书本上的传统阅读。需要特别指出，按照语文教学设计的要求，对这两种阅读平台的安排应该是，先进行配图阅读课文，在学生对全文内容理解的基础上，教师再次对每一处景点特色及写作方法进行提示，然后转变为配音阅读。现代教育技术认为，这样的安排对于语文阅读的深化是有利的。为什么？由于其中牵涉到多媒体教材在语文教学环境中应用的特殊性问题，而且这个问题也是目前各杂志的热门话题之一，因此需要稍加详细地讨论。

- 多媒体教材在语文教学环境中的应用有两面性：一方面由于课文内容无所不有，学生对其中许多事物比较陌生，因此需要借助多媒体教材创设形象的情景来化难

为易和引起兴趣;另一方面语文的教学内容又是以语言文字形式表现出来的,一味"形象化"的教学会使课堂失去语文的"原汁原味"。这就是说,运用多媒体教材使语文教学形象化,的确存在"度"的问题:何时用图,何时用文,要求用得恰到好处。如何把握好"形象化运用"的分寸? 这就需要明确图和文各自的表义特点。

- 图的表义特点是直观,没去过双龙洞的人,看了图片或视频节目后就有了感性认识,比看文字描述直观,易于接受。但是图片或视频节目中的双龙洞,与作者在课文中描写的双龙洞是有区别的。在第 4.3 节曾经指出,作者表达的并非感知觉,而是直觉! 也就是说,在课文描写的景色中,融入了文学艺术家的文学修养和文字功底,而学习这二者正是中小学语文教学的人文性和工具性的要求。

- 配"图"阅读课文,在读者的大脑里形成的是"图"的表象;配"音"阅读则不同,由于音义和文义同属课文的内容,因此上述两种阅读方式的转变,实际是要求学生对课文的内容由"看"转变为"想"。看"图"阅读,在全班每个学生的印象中,双龙洞的景色都和看到的图片或视频节目一样;配"音"阅读则可以从字里行间品味出作者融入景色中的妙语和情感。而且由于不同学生的情况(文学修养、情感体验等)不同,阅读后在大脑中想象的景色也各不相同;即使同一个人,随着阅读的深入或者水平的提高,大脑中想象的景色也会随之变化,这就是文字的模糊性,也是文字的魅力。所以,阅读时由"看"到"想"的转变,恢复了课堂的"语文味",标志着语文教学中阅读的深化。

(2) 安排导游实践平台。以上安排的情境平台和阅读平台,在教师制定的教学策略中,属于阅读活动。一般而言,中小学语文教学的训练活动分为看、想、做三类,其中看和想均已在阅读活动中得到了训练。做的训练有两个特点,一是要求学生参与训练活动;二是训练时要运用所学知识。该专题网站安排的有关做的训练活动平台有两类,即导游实践平台和深化练习平台。需要提醒注意的是,安排以上这些活动的目的,都是为了提高学生的语言能力和思维能力。

现在先讨论前者。

如上所述,文字描述具有多元化解读的特点,同一段描写,在不同学生的大脑中想象的景色会各不相同。与理工类教学不同的是,尊重这些学生个体的思维差异,并且在此基础上培养学生的联想力和想象力,是语文教学提高学生思维能力无法回避的一个关键问题,也是亟待解决的难题之一。经过许多语文教师的努力,现在对这个问题的解决方案已基本形成了共识,即提出的问题应具有开放性的特点,对学生活动的要求,不是寻求标准答案,只要能自圆其说,达到自己预期的目标就行。该网站中安排的导游实践活动,就是该方案的具体体现。

按照教师的安排,将全班学生分成若干小组,让学生在导游实践平台上体验当金华双龙洞导游的角色(图 4-15),要求不重复别人的发现,在讲解自己心中的双龙洞时,可以吸纳课文的描述,也可以创生自己的语言。在讲解或回答游客的提问时,可以调用网站中的视频、图片等资料。在第 4.3 节中曾经指出,安排导游活动,对于学生巩固所学课文知识,体验作者如何观景和表达,以及充分发挥自己的想象力,都是十分有效的。导游实践平台安排在菜单"亲近课文"/"导游窗"中,同样是按照二画面时间分割的设计格式,以"练功房"和"实践园"两个子菜单的形式呈现出来(图 4-15)。

应该承认,这样的安排是符合语文教学认知规律的:学生可以将自己在阅读中形成的想象,运用自己掌握的语言表达出来,只要能自圆其说就行。同学之间的提问,实际是一种协作交流形式,可以起到取长补短的作用。

图 9-2 示出的是学生在导游实践平台上进行导游活动的实况。

(a) "导游员"用网站上资料进行讲解   (b) "游客"向"导游员"提问

图 9-2   学生在导游实践平台上进行导游活动

从这个案例可以归结出又一条重要的教学格式:在语文课件中,设计一些开放性的问题,可以缓解多媒体形象、直观特点对学生想象力的束缚,有利于提高形象思维能力。

(3) 安排作品展示平台。安排在阅读、实践活动之后的练习是深化练习,包括语文基础知识的练习、课文知识拓宽的练习和写作练习。这些内容分别安排在三个菜单项中,即"在线测试"、"资料集锦"和"成果展示"。其中前两者已在第 4.3 节中介绍过了,此处主要讨论"成果展示"菜单项,即写作展示平台,如图 9-3 所示。

听说读写是学习语文的 4 种基本类型,在听、读之后,只训练"说"(即导游实践)还不够,还需要安排写作的训练活动。

语文课的写作训练只可能以学生为主体,但是需要两个支持,即教师指导和阅读资料。教师指导包括选题和写法的指导、阅读资料的选择以及学生作文的点评;阅读资料除课文外,主要指与课文有关的参考读物。传统教学中以阅读书本资料为主,学生的作文也是在纸介质上呈现的。该网站上的写作训练平台,由阅读资料和写作展示两个平台组成,分别安排在"资料集锦"和"成果展示"两个菜单项中。在"成果展示"中,"电子小报"共

(a) 电子小报　　　　　　　　　　　　　　　(b) 作文仿写

图 9-3　学生写作展示平台

4 期,刊登学生的读书心得和从网站上查到的有关课文、作者的资料摘抄;"作文仿写"则为学生在充分阅读后的情感抒发和才华展示提供了一个平台,他们模仿作者,写"双龙洞"、写"鱼谷洞"、写"泰山",俨然以一个个"小文学家"的风采展露在平台上。

通过对该案例的探讨可以看到,设计专题网站不仅要考虑语文教学的特殊要求,而且在语文教学的不同阶段对设计的要求也是不同的。只有严格地按照教学策略进行设计,才能确保该专题网站在整个教学过程中,与教师、学生、教学内容和教学模式的密切配合,取得好的教学效果。

请大家想一想,从设计专题网站的角度看,究竟这是个教学设计的问题,还是画面语言学的问题? 这个问题究竟属于教学过程的研究范畴,还是属于教学资源的研究范畴?

9.2　多媒体教材在英语教学中的运用

英语教学和语文(即中文)教学同属语言类课程,二者既有共性,又有区别。语言是用来交流思想、传递信息的,无论是英语课还是中文课,二者的教学内容都包括了文字语言与口头语言,其中口头语言采用的教学形式应该是听和说;而文字语言采用的应该是读和写。但是,对于中国的学生,中文是母语,在上学前就已经有了听说的基础,并且习惯了运用中文的环境。这表明,与中文教学相比较,英语教学在起点和条件上就存在先天性的不足,因此在教学要求上就应该低于前者。如上(9.1)所述,在中文教学中提出的教学要求包括工具性和人文性两个方面,即不仅有拼音、识字、运用词句、理解课文等语文基础知识方面的要求;而且还要领会作者如何构思、如何表达的文学修养和文字功底。在英语教学中,特别是在中小学的英语教学中,提出的教学要求一般只停留在工具性的层面上,即单词、语句和课文的听说读写练习上。

可以将传统英语教学中普遍遇到的难点，归纳如下。

- 面对浩如烟海的单词，记忆时的突出感觉是枯燥、易忘；在高年级的阅读教学过程中，词汇量不足是制约阅读速度和理解课文的一个瓶颈。
- 语言是在运用语言的环境中形成的，由于运用英语的国家与我国有许多不同，因而在学习英语的同时还需要了解异国的风土民情和习惯用语。
- 语言是在交流的过程中运用的，但是在课堂上缺少英语的听说环境。因此在传统教学中，教师常采用听录音、看录像或者表演英文剧等形式来创设情境和搭建对话的平台。
- 由于缺乏运用英语的环境，听说的困难常出现在发音的纯正、句子的重音、语言听力的语感培养等方面；读写的困难则常出现在准确用词、语法运用和阅读能力的提高等方面。

信息化教学环境在英语教学中的运用，主要有两种形式，即多媒体课件和网络平台。

教师按照教学内容设计的多媒体课件，可以采用动画形式为课堂教学创建一个情境，也可以采用图片、视频形式，为教学内容涉及的人、事、景、物提供说明，旨在优化记忆单词的环境，介绍异国的风情，搭建对话、问答的平台和处理教学中的重点、难点。

英语教学可以在网络平台上搜索资料或进行会话练习。例如在网上查找某些单词的反义词、联想词等，扩大词汇量；在网上收集各种英文论据，充实英文辩论的论点；开辟网上的英语角，营造交流对话的环境等。

本节仅讨论多媒体课件在英语教学中的运用，由于一个课件只可能涉及其中的部分运用，因此本节分别选用了学习单词和学习课文的两个课件。

需要明确的是，本节的讨论都必须围绕这样一个话题进行，即"用多媒体画面语言编写英语课件时，是如何考虑课堂教学需求的？"讨论的目的是为了探讨画面语用学的规律，即总结出适用于多媒体课件与英语教学整合的教学格式。

9.2.1　游戏类记忆单词课件的设计

——课件《单词乐园》赏析

（由东营市胜利四中梅传俊老师提供）

对于中小学生，记忆单词时的枯燥感觉，与玩电脑游戏时的浓厚兴趣是截然不同的，在这样的情况下，如果用后者将前者包装起来，采用"寓乐于教"的形式，不失为明智之举。如前(4.2)所述，"寓乐于教"是在教学中添加一些趣味性的因素（如创设情境、运用色、声、动、形等媒体呈现、采用互动形式等），使教学活动在轻松活跃的环境中进行。

课件《单词乐园》尝试在单词记忆的教学环节中，设计一些游戏类型的情境，将英语单词的"释义"、"拼写"练习融入游戏娱乐之中。教学实践表明,在多媒体课件中采用创建这类情境的方式来化解记忆单词时枯燥、易忘的难题,是十分有效的。

为便于记忆,将人教版初级中学英语第一册 9 个单元的全部词汇分成 10 组(在课件中用 module1 至 module10 表示),每组的词汇量不等,均不超过 20 个单词。课件每次进行游戏时,其中的词库只装入一组单词完成记忆和练习。课件的主菜单呈现在首页的指示牌上,如图 9-4 所示。当鼠标移近指示牌上的某个菜单项时,便会有该菜单对应的小幅画面出现以示说明;如果单击某个菜单项,便可转移到该菜单画面中进行操作或游戏。

图中指示牌上的主菜单由 8 个菜单项组成,可以按照教学要求将其分为三类。其中"乐园餐厅"用于记忆单词;"连连看"、"障碍越野"、"深海探险"3 个菜单项用于对所记忆的单词进行释义练习;"单词打靶"、"猜一猜"、"捉字母"和"保卫乐园"4 个菜单项用于对所记忆的单词进行拼写练习。分别说明如下。

(1)单击"乐园餐厅"菜单项,调出的是默记单词的画面,如图 9-5 所示。

图 9-4 《单词乐园》课件的主菜单

图 9-5 "乐园餐厅"画面

该画面将本课件游戏时遇到的所有单词,以中、英文对照的形式依序轮流呈现出来,如 trip(旅行)、zoo(动物园)、camel(骆驼)…leaf(叶子)等(图中选用的是 module9 的词汇,该组共有 19 个单词)。单击"Start"开始默记,由"友情提示"框中的计数器计时,每个单词给予 3 秒钟的记忆时间。记忆结束后单击"Return"返回主菜单。

(2)释义练习采用了三类题型:连线题、选择题和判断题,分别对应地创建了三种情境,让学生在游戏的情境中进行练习。

① 单击"连连看"菜单项,调出的是连线题练习的画面,如图 9-6 所示。

图中示出的情景,是一幅被 20 个挡板遮住的风景画面。从 module9 中随机调出10 个单词,分成中文和英文两组,放置在这 20 个方块中。要求学生将任一单词的中文和英文连接起来,即连续单击某英语单词和汉语释义(不分先后),如果正确,则可消除这两

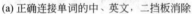

(a) 正确连接单词的中、英文，二挡板消除　　　(b) 全部连对，可以看清风景画面了

图 9-6 "连连看"画面

个挡板。直到 10 个单词的中、英文挡板全部消失后，就可以获得"congratulation"（祝贺），并且能够欣赏到瀑布美景了。

②单击"障碍越野"菜单项，调出的便是选择题（2 选 1）练习的画面，如图 9-7 所示。

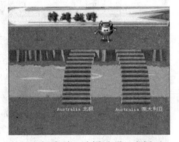 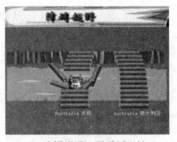

(a) 起跑时，选择过哪一个桥　　　(b) 选择错误，需重新开始

(c) 多次成功选择后，冲最后一关　　　(d) 多次闯关成功，到达目的地

图 9-7 "障碍越野"画面

图中示出的是一个障碍越野的"运动员"，需要经过选择过桥、自行车、汽车和飞碟等障碍，每次障碍都是 2 选 1，只有每次用鼠标选择了正确的单词释义，才能最终到达目的地。否则，任何一次的选择错误，都会视为游戏失败，需重新开始。游戏中障碍选用的单

词是从 module9 中随机调出的。

③ 单击"深海探险"菜单项，调出的是判断题练习的画面，如图 9-8 所示。

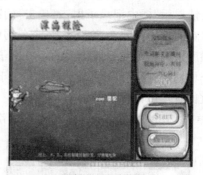

(a) 释义正确的鱼　　　　　　　　(b) 释义不正确的鱼

图 9-8　"深海探险"画面

图中示出的是一个在深海里向右游水的探险者，可以用上下左右箭头键对其进行控制。对面不断有水生物（鱼、水母等）迎面游来，同时出现释义正确或不正确的单词。要求学生遇到解释正确的鱼游来时，用上下箭头键移动迎上去，并且按空格键将其"吃"掉，成功吃掉一次得 100 分。如果判断错误，按空格键吃了释义不正确单词的鱼，则视为游戏失败，需重新开始。由于此游戏需要同时操作上下箭头键和空格键，增加了单词判断的难度，而且通过左右箭头键调节探险者与迎面游来水生物之间的距离，还会加大该游戏的难度。

从以上讨论可以看出，释义练习是为了记住英文单词的中文含义。这类游戏情境的设计是分两步进行的：第一步，先明确练习的形式。例如，将若干单词的英文和中文分成两组，让学生连线配对；将单词的正确或不正确的英、中文配对列出，让学生判断等。第二步，再为这些练习形式设计游戏。例如，设计拆除遮住风景画挡板的游戏；选择过桥、自行车、汽车和飞碟等障碍的游戏；在深海里吃掉水生物（鱼、水母等）的游戏等。由于游戏是按照练习的形式设计的，因而能使释义练习融入游戏娱乐之中。

（3）拼写练习是为了记住组成单词的字母，包括字母的类别、数量和排序。采用的练习形式有选择字母填空、按字母数拼单词、给出字母拼单词和中译英等 4 类题型。现在分别介绍为这些练习形式设计的游戏情境。需要提醒注意的是，在这些游戏中，拼写练习的难度是在不断加大的。

① 单击主菜单中的"单词打靶"菜单项，调出的是选择字母填空的练习画面，如图 9-9 所示。

图 9-9　"单词打靶"画面

该游戏对组成单词字母的数量和排序不作要求,主要检测字母的类别。在画面的左下方呈现缺字母的单词,要求在树丛里举出的 4 个字母靶子中,选中(单击)单词所缺的字母,在"友情提示"框中记录了射击(单击)的次数和命中(选对)的次数。

该游戏的难度反映在速度上,每个单词的填空时间为 3 秒钟,要求眼光在瞬间扫视左下方单词所缺的字母和画面中央的字母靶子,并且正确选择(单击)。这样的游戏如果只填 1、2 个单词,反映可能还能跟上,但是对于大量单词连续不断地更换,则可以从命中、射击的次数比看出单词拼写的水平。

② 单击"猜一猜"菜单项,调出的是按字母数拼单词的练习画面,如图 9-10 所示。

(a) 拼写8个字母的单词　　　　　　　　(b) 祝贺拼写正确

图 9-10 "猜一猜"画面

图中显示的 8 个"?",表示要求拼写 8 个字母的单词,如"thousand",可以单击屏幕上的模拟键盘进行拼写。字母的选择,不分排序先后,不受时间限制,但是规定单击的次数为单词的字母数加 3,即允许有 3 次误选的机会。(技巧:可先选元音字母)

由此可以看出该游戏对组成单词字母的排序没有提出要求,主要限定的是字母数量。不过,应该指出这种按字母数拼写单词的游戏是存在漏洞的,即字母数相同的单词不止一个时如何限定? 如在 module9 中,4 个字母的单词有 trip、leaf、wolf 等,该游戏的默认单词是 trip,因此单击 w、f 等字母都算误选。这时若能再加一个条件(如标准答案提示等)限定一下就好了。

③ 单击"捉字母"菜单项,调出的是给出字母拼单词的练习画面,如图 9-11 所示。

图中显示 7 个字母气球,要求小精灵依序俘获(单击)气球以拼写成一个单词,如"oceania"。俘获不受时间限制,单击过程中可以参看"提示"(即单词的中文),拼写完成后可以单击"妈妈"判断正确与否,并且给答案。

由此可以看出,该游戏对组成单词字母的类型和数量没有提出要求,主要检测的是字母的排序。对于中小学生,经常容易混淆相邻二元音的排序,所以这样的练习已经深入到单词记忆的难点了。

(a) 要求依序排列字母 　　　　　　　　(b) 祝贺拼写正确

图 9-11　"捉字母"画面

④ 单击"保卫乐园"菜单项,调出的是中译英的练习画面,如图 9-12 所示。

(a) 拼写正确,命中降落炮弹 　　　　　(b) 累计5次失败,游戏结束

图 9-12　"中译英"画面

　　按照图中的"友情提示",要求在下降的(中文)炮弹落地之前,用键盘快速输入英文单词(降落时间约为 3 秒钟),若拼写错误,高射炮会自动移到落弹位置并命中。换句话说,游戏是从 module9 中随机调出单词的中文,要求在 3 秒钟内快速地译出英文,否则视为一次失败。如果累计 5 次失败,将出示"很抱歉,乐园已千疮百孔,需要停业整修",宣布游戏结束。

　　可以将该游戏与"单词打靶"进行比较,二者都是在 3 秒钟内更换一个单词,但是后者只要求给单词填空一个字母;而前者则要求拼写出单词的全部字母,包括对字母的数量和排序都有要求。所以如果能够通过"保卫乐园"游戏,则应该认为对 module9 中所有单词读和写的检测,已经合格了。

　　通过该课件的配套软件"词库管理.exe"和"word.txt"(图 9-13),可以方便地选择10 组(即 module1 至 module10)词汇中的任一组装入词库中,因而第一册 9 个单元中的全部词汇,可以分批地按照上述(module9)的游戏方式进行教学和练习。

(a) 词库管理.exe   (b) word.txt

图 9-13   课件的配套软件

　　此外,通过该课件的词库配套软件"tiku",可以更换其中 module1 至 module10 的词汇内容,因而在该游戏课件的词库中,可以装入从小学高年级到初中低年级的全部词汇。换句话说,该课件的设计思想,对于中小学儿童学英语、记单词都是适用的。

　　由以上讨论可以形成这样一种规律性的认识:中小学儿童学习英语,可以采用设计游戏情景的形式来进行练习。设计步骤:第一步,先按传统教学作业形式制定练习题;第二步,为这些练习题编游戏"故事"。编写时注意两点,一是故事的情节要与习题适配;二是将练习题的答案作为游戏获胜(或成功)的标准。这个认识,在画面语义学中应视为"设计格式",用来评价这类"寓乐于教"教学课件设计水平的,是游戏情境与教学内容的融入度;而在画面语用学中则视为"教学格式",用来评价的,是学生在学习过程中的参与度和学习成绩。

　　本小节只是从画面语用学的角度,通过一个多媒体教材与中小学英语教学整合的案例,说明如何在课件中设计一些游戏类型的情境,将其融入英语单词的"释义"或"拼写"练习之中。在讲清上述主题之后,还有必要补充说明两点。

- 从画面语义学的角度看,该课件的结构体系是用画面语言的格式表现的,也就是由图 9-4 所示主菜单中调出的 8 个二级子菜单画面(图 9-5 至图 9-12),其呈现的格式是大同小异的:各画面上部标题区、右侧"友情提示"和"Start"、"Return"框的设计是统一的;只是各画面呈现的内容彼此不同而已。这是一种用画面语言表现课件结构体系的规范化格式,即设计格式。它遵循的是在第 4.2 节中曾经讲过的"突出主题"、"媒体-内容匹配"和"变化-统一"三条基本艺术规则,因此也是该课件的一个"亮点"。

- 从英语教学的角度看,记忆单词应包括形、音、义三个方面,为此作者设计了两个课件,即《单词乐园》和《音标精灵》,分别用于单词的形、义和音、义教学。本课件只选择了前者作为一种"寓乐于教"的情境教学设计的案例。在单词的形、义教学方面,应该认为,课件《单词乐园》中采用的几条教学原则是成功的,如按照类型适量选择单词,分批呈现;用所学单词来编故事,设置情境;增加词汇在不同情景中的复现率,选用填空、判断、选择等练习形式以及对练习难度的把握等。但是还需指出,该课件只是词汇教学中的一种形式,其实记忆单词的教学形式还有很多种,如利用已知句型学习新的词汇(句子就是使用单词的语境);利用已学单词联想新的单词(同义、近义、反义、属性相同的词);利用构词规则(如构词的前缀、后缀)学习新的词汇等。所以,利用娱乐情境进行词汇教学只是其中的一种。当然,如何用多媒体画面语言将这些其他的教学形式编写成多媒体课件,也是一项值得尝试的工作。

9.2.2　异国风俗类课文的课件设计

——课件《圣诞节》赏析

(由东营市胜利四十六中杜新波老师提供)

将一篇介绍国外圣诞节的课文,按照英语教学的需要改编成多媒体课件。其关键在于是否能够利用多媒体课件的优势,处理好英语课堂教学中的重点和难点。

该课的教学要求是,用 1 个学时让学生掌握课文中的重点词句,理解课文内容。在课堂教学过程中,可能会遇到的困难主要有两个方面:不够熟悉异国的风俗;不够习惯英文中动词、介词或词组的用法,特别是听读课文会有一定难度。

虽然我国中小学生对圣诞节并不陌生,但是对国外过圣诞节的风俗、有关圣诞老人的童话,特别是对这些与风俗、童话有关的英文词句,知道的很少。另外,因为英语不是我国学生的母语,和(本国的)语文教学相比较,在听说方面存在先天性的不足,而且对一些中、英文不同的习惯用法,容易受到"先入为主"的影响。因此,在设计课件时,需要利用多媒体手段的优势,在创设情景和重点词句两个方面为听读课文做一些铺垫,帮助学生理解课文内容。

该课件是按照人教社出版的初中英语第三册第 14 单元第 54 课的教学要求设计的。包括 3 个部分:介绍圣诞节的背景知识;熟悉课文中的重点词句;听读课文并且检查对课文的理解程度。这三部分是为配合该课的课堂教学设计的。换句话说,在用多媒体画面语言编写该多媒体课件时,是考虑了课堂教学的"语境"的。分别进行赏析。

(1) 介绍圣诞节的背景知识。在彩图 9-1 所示的片头画面中,主体是课件的标题"Lesson 54 Christmas Day(第 54 课 圣诞节)"。为了烘托主体和营造氛围,在背景的设计上采取了如下措施:由大红到亮黄色过渡的背景底色、挂满礼品和闪灯的圣诞树、优美动听的《平安夜》背景乐曲,营造了浓厚的节日氛围;画面右边用闪烁亮星勾边的圣诞老人和小男孩的圆形图片,交代了课文中两位主要角色的形象。这样的画面设计,就已经对课文中的人物及时间背景有了初步交代。将标题文字采用波浪样式的红色立体字呈现出来，就好像伴随着动听的乐曲跳舞一样，更增添了画面的喜庆气氛。

该课件中的画面采用的是顺序连接方式，单击画面右下角的"play"按钮，是对圣诞节背景知识的进一步介绍（参看图 9-14）：在一个飘着雪花的夜空，圣诞老人驾驶着驯鹿雪橇而来，雪橇上装的是节日礼品，在悠扬的《圣诞快乐》乐曲的伴奏下，左曲右拐、由远而近、由小变大，朝着一家有烟筒的屋顶飞来。进一步地寓意本课文讲的是圣诞老人在平安夜（即圣诞节的前夜）给各家小孩送礼品的故事。

(a) 动画形式　　　　　　　(b) (英文)文本提问形式

图 9-14　用不同形式进一步介绍课文背景

紧接着，画面向左压缩，右侧用英文提出了与本课背景知识有关的 4 个问题，大意是，"圣诞节的时间"、"圣诞老人的模样"、"这首乐曲的曲名"、"西方有哪些国家过圣诞节（只要能说出 3～4 个国家就行）"。这些都是些常识性的问题，而且也并非本课的重点，安排的目的只是为了加深对课文背景的了解，因此可以由教师引导学生回答，也可以由教师通过讲解直接回答。

（2）熟悉课文中的重点词句。课文的内容是通过词汇和语句表达的，因此，为了理解本课课文的内容，除了了解国外过圣诞节的背景知识外，还应该重点地熟悉课文中的词汇、短语和句子。

需要强调指出的是，学习一种语言（如学习英语），和理解该语言表达的内容（如看英语版的物理、数学书籍），并非属于同一范畴：后者学习的是知识、概念等；而前者则是在培养习惯、训练技能等。在认知心理学中，二者分别叫做"意识性信息"和"无意识性信息"。按照信息加工理论，加工（学习）这两类信息的机理是完全不同的：

- 学习知识、概念，需要一个一个地学，理解了就容易记住，但是时间长了也容易忘记，类似于信息加工中的指令性控制；
- 培养习惯或训练技能，则需要一次一次地练，要经过长时间地重复才能形成（记忆），但是一旦形成就不易忘记，类似信息加工中的程序性控制。

无论在学前或上学以后，我国学生在长期的学习母语过程中，养成了一种建立中文的形、音、义三者之间直接联系的良好习惯,因此无论听说还是读写,反应都很快,运用都能自如。这条经验对于学习英语的启示有两点,一是要重视养成将英文的形、音、义直接联系的习惯,即养成直接用英文思维的习惯,尽可能地不要译成中文后,再用中文思考;二是要重视反复地练习,重复的次数多了,形成了习惯,听说读写时的反应就会快起来。

该课件是运用多媒体手段来建立课文中短语和句子的形、音、义联系的。

例如,学习图 9-15 中列出的 5 个短语"圣诞老人"、"圣诞树"、"圣诞袜"、"圣诞灯"和"圣诞礼物",可以采用多媒体画面语言中的单画面时间分割的呈现格式,即单击任一个短语(形),左边将出现说明该短语的图片(义),同时念出该短语的发音(音)。

在学习这些短语时,要重视培养英文用语的习惯,特别是不要受中文用语习惯的干扰,例如,"圣诞树"的 tree 在 Christmas 之后,而"圣诞老人"的 Father 则是在 Christmas 之前。

图 9-15 用多种媒体建立短语的形、音、义联系

如上所述,在该画面中加与不加短语的中译文,不能仅看成是教学方法的问题,还涉及了对英语学习规律的认识问题。在书本教材中,限于篇幅,而且也没有声音媒体和交互功能的配合,只能用中英文对照的方式学习这些短语。多媒体课件的优势便是在这种情况下显示出来了。

类似的例子在课文的三个语句练习中表现得更加充分。选择这三句是因为它们对于理解课文很关键,而且有一定的难度。该课文的大意是,在国外过圣诞节时,人们常常会想到圣诞老人。孩子们在除夕睡觉前总是把脱下的袜子放在床头,认为等他们睡着后,圣诞老人会从屋顶的烟筒爬进来,把圣诞礼品放到袜子里。其实并没有圣诞老人,真正把小礼品放到他们袜子里的,是他们的父亲。因此,能够表达课文大意的三个语句应该是,"孩子们在睡觉前把袜子放在床头"、"圣诞老人落到各家的屋顶上,从烟筒爬进火炉,把圣诞礼品放到(孩子们的)袜子里"、"格林先生(父亲)悄悄地进到他们的卧室,把小礼品放到他们的袜子里"。

在这些英文语句中,有些词组或动词与介词搭配的用法与中文习惯不同,学生接受起来有一定的难度,因此采用填空练习的教学方式,即先学习完整的句子,然后通过练习来加深对这些英文习惯用法的记忆。在课件中,仍然运用多媒体手段,将这些句子的形、音、义联系起来。

• 第一句的画面设计如图 9-16 所示。

图 9-16(a)中的内容是依序呈现出来的:孩子们正在有壁炉的卧室里睡觉(图形)→

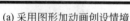

(a) 采用图形加动画创设情境　　　　　　　　　(b) 动词和词组的填空练习

图 9-16　学习和练习第一句的画面设计

袜子放在床头(动画)→发出的鼾声表示已经睡着了(动画)→第一句的完整句子。该句主要练习动词"把…放在…的一端"和词组"睡觉"的用法。因此在图 9-16(b)中将这些动词和词组空出来作为练习,单击"答案"按钮可逐一出示正确答案。单击"朗读"按钮可以听到该句的准确发音。

- 第二句的画面设计如图 9-17 所示。

(a) 圣诞老人朝这家屋顶而来　　　　　　　　　(b) 爬进烟筒后,呈现第二句

图 9-17　第二句画面采用动画创设情境

图 9-17(a)和图 9-17(b)为学习第二句动画中的两幅画面。该动画生动地再现了一个童话故事的情境:圣诞老人驾驭着驯鹿雪橇,从天上朝着一家有烟筒的屋顶而来,然后圣诞老人背着装满了礼品的口袋,轻手轻脚地爬进了烟筒。紧接着呈现出第二句的完整句子。该句需要练习的是动词与介词搭配的用法:"落在……上"、"爬过…进到…里"、"将…装进…里"。同样也是通过单击按钮来进行填空练习和听力练习的。

- 在学习第三句时并没有呈现完整的句子,而是将几幅画面编辑成一段故事情节[图 9-18(a)]:格林先生(父亲)悄悄地拉开门,在床头取下孩子的袜子,把小礼品放到袜子里。由于第三句中的练习与前两句类似,因此只需有了这一情节,便可知道如何进行图 9-18(b)中的操作,并且回答填空的内容了。

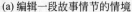

  (a) 编辑一段故事情节的情境   (b) 填空练习

图 9-18 学习和练习第三句的画面设计

  通过以上讨论,可以形成这样一种规律性的认识,并且将其表述为设计格式和教学格式:

  在英语教学中,有一类介绍国外名人、风情,或讲授西方童话、故事的课文,按照课堂教学需要将这类课文改编成多媒体课件,一般需注意三个要点:

- 重视将课文中比较关键的词组、短语、句型挑选出来进行练习,其中"比较关键"有两方面的含义,一是对于理解课文很有帮助的内容;二是指那些中、英文的用语习惯不同的内容。
- 重视建立英文的形、音、义三者之间的直接联系,即培养直接用英文思维的习惯,换句话说,对于其中的"义"尽可能采用图片、图形、动画或影视来表达。
- 重视运用多媒体手段来创设情境,但是与游戏类课件中的情境不同,这类情境不是在编故事,而是课文中人物、风情、童话故事的再现,或者是配合说明英文词组、短语、句子的意义。

  如何判断该多媒体课件的设计是否成功?从语义学的角度,要看是否准确地将课文内容表达出来了,即是否遵循了设计格式;从语用学的角度,要看能否便于学生学习、理解课文内容,即是否遵循了教学格式。上述三个要点,对于语义学和语用学均适用。

  (3) 课文的听读及检查。理解课文内容是本课教学的基本要求,包括听说和读写。在了解了国外风俗和课文中的重点词句之后,通过书本教材理解课文,在读写方面应该不会感到困难。但是由于学生的听说水平起点低,因此需要安排"课文听读及检查"的环节。建议这一教学环节要在离开书本教材的环境下进行,但是考虑到学生水平参差不齐,可以为播音同步地配上(原文)字幕,并且通过按钮选择字幕的去留。

  该课件中的听读练习包括三个部分,听录音带、回答问题和复述课文。显然这是一种人机之间的互动教学形式,即计算机通过声音和文本媒体向学生传递课文内容并提出问题,并要求学生回答和复述。但是与通常意义的人机互动形式不同,它不需要计算机对学生的反馈进行处理并反映出来,其教学功能类似于传统电化教室里的"录音配幻灯"。

为播放课文录音设计问题,可以反映出教师的业务水平和教学经验。对于学生来说,这些问题应该可以用来检验听力,也可以用作理解课文的提示。从该课件为配合播放录音安排的7个问题看(图9-19),应该承认是具有这两个方面的功能的,而且将二者结合得很好。

例如,在熟悉重点词句时,已经掌握了语句"圣诞老人落到各家的屋顶上,从烟筒爬进火炉,把圣诞礼品放到(孩子们的)袜子里"。但是课文内容却是,"圣诞老人是很仁慈的,他落到各家的屋顶上,从烟筒爬进火炉,把圣诞礼品放到(孩子们的)袜子里",即课文中出现了已学语句未曾见过的词汇。因此,在问题1中要求说出"Kind-hearted(仁慈的)"中文意思,实际是为帮助理解这一句课文作了提示。

又如"当然圣诞老人并不是真的,在吉姆和凯特卧室里的圣诞老人实际是格林先生"。这段课文也是三个语句练习中没有出现的。因此,安排了问题4:"你相信世界上真有圣诞老人吗?"和问题5:"在吉姆和凯特卧室里的圣诞老人是谁?",这样的提问,对于帮助学生理解课文和检验听力都是有效的。

在语文教学中,要求学生学完课文后,用自己的语言表述该课内容的中心思想,旨在培养学生的理解能力和表达能力。对于英语教学,在听读练习中安排复述课文,除了培养这两种能力外,还有训练学生口语的目的。如上所述,要求学生用所学词汇和句子表达课文内容,并非通常意义的人机互动形式,因此在多媒体课件中,设计的是一种没有热区的画面。如图9-20所示(背景乐曲《圣诞快乐》是为复述课文时营造氛围安排的,不用时可按"静音"按钮。)

图 9-19　为播放课文录音设计的 7 个问题

图 9-20　没有热区的人机互动画面

9.3 多媒体教材在物理教学中的运用

正如第 8.3 节中所述,设计多媒体教材"应该将表义上的准确、精美要求与课堂上的教学效果统一起来,二者本应是多媒体画面艺术应用的两个不可或缺的部分"。这就是说,"设计多媒体教材时,不仅要考虑用匹配的媒体和交互功能将教学内容准确、艺术地呈现出来;而且还要考虑呈现的教学内容是否能融入教学环境中,即取得好的教学效果"。课件《电动机》的成功设计,就是一个很好的案例。

《电动机》是一个研究性学习课件,在第 7.1 节赏析该课件时曾经提到,"一般地讲,编写研究性学习课件时,呈现知识内容往往是与教学过程联系起来考虑的,即很难将语义学和语用学分开"。在第 7.1 节中主要是从语义学的角度进行赏析的,本节再从语用学的角度继续对其进行讨论,看看在编写该课件时是如何考虑语境的,即考虑如何将其融入教学环境中去,取得预期教学效果。

为了强调本节的讨论和第 7.1 节的不同,有必要再次明确一下,从语用角度和从语义角度赏析一个课件的区别在于:

- "语义"考虑的是在画面上,多媒体教材呈现的内容与各类媒体和交互功能之间的关系;"语用"则考虑在教学过程中,多媒体教材呈现的内容与课堂教学系统(即教学环境)中的其他元素(教师、学生、教学内容、教学模式、其他教学媒介)之间的关系。
- "语义"只要求准确、艺术地将教学内容表达出来就算完成了任务;"语用"则还要考虑表达出来的教学内容在课堂教学中产生的效果。

因此,本节的讨论将会更多地运用认知规律并且与教学设计密切相关,但是探讨的仍然是如何设计多媒体教材。

9.3.1 关于课件的总体设计

(1) 运用"教学格式"的指导思想,就是要将"是否达到教学设计中预定的目标和要求,作为评价运用多媒体教材是否取得最佳教学效果的依据"(8.2)。设计课件《电动机》的预定教学目标,是让学生学习电动机的工作原理。

教师在设计该课件时考虑的语境如下所示:

- **教学内容**:电动机工作原理的重点是"换向器",即让学生了解维持电动机的转子线圈不停转动的工作原理。

- 学生情况：学习了一些电与磁的基础知识，但是对电磁转换原理缺乏认识，而后者却正是了解电动机工作原理的前提。
- 据此，教师制定的教学策略是：先补充电磁转换的知识，然后再过渡到电机原理上来。

该课件的总体设计就是按照这一教学策略制定的，即安排了"通电导体在磁场中受力运动"来补充电磁转换的知识；安排"通电矩形线圈在磁场中的受力转动"进行过渡；最后通过讨论"线圈中电流同步换向来实现电机的连续运转"，让学生理解了电动机的工作原理。具体地讲，就是按照多画面时间分割的设计格式，将上述三个课题分别以"观察猜想"、"实验探究"和"结构原理"的菜单形式呈现出来。

（2）多媒体具有直观、形象呈现的特点，而且借助投影便于课堂上观看。因此在物理教学中，经常用来演示物理实验、物理现象，或者讲解工作原理、解题步骤。

从教学设计的角度考虑，在这样的信息化环境中进行"双主"教学模式，即让学生自主地完成上述学习任务，必然是会顺其自然地采用研究性学习方案的。

从设计多媒体课件《电动机》的角度考虑，为了适应"双主"教学模式这样的"语境"，采用研究性学习课件的设计方案是最佳选择。

顺便说明，研究性学习课件与一般课件的区别是，后者画面呈现的是知识内容；而前者画面呈现的，却是实验平台或模拟活动的环境。

需要强调指出的是，一堂课的教学效果主要取决于教师的教学设计，同时也需要多媒体教材的密切配合。虽然教师在设计、制作该课件时，对于采用什么样的教学策略、运用哪种教学模式、如何呈现教学内容，都是进行了统筹规划、通盘考虑的，但还是要强调将其中的教学设计与课件配合设计分别开。为什么？因为多媒体课件在课堂教学活动中只是一种辅助工具，它的任务就是配合教学策略的实施。配合好了，它就算已按照画面语用学的要求设计了，这样设计的多媒体课件就算成功了。至于采用的教学策略正确与否，那是教学设计的问题。现在由于没有将这两个问题区分开，所以容易混为一谈。例如目前各杂志经常提到的运用多媒体教材的各种误区，或者提出运用多媒体教材的"适时、适用、适当"原则等，这些都是教学设计范畴的问题。只有在这些讨论中涉及了多媒体教材的内容设计是否与既定的教学策略适配，那才是多媒体教材设计的问题。

9.3.2 关于课件配合学习活动的设计

如上所述，学生探讨电动机工作原理的学习活动是分三个阶段进行的。在不同的阶段中，教学内容的重点不同，学生的认知水平也在不断提高，对此，教师采用了相应的教学策略，设计的课件也应随之变化。分别讨论如下。

（1）从教学内容方面考虑。"观察猜想"菜单项重点讨论的是通电导体在磁场中受力运动的问题。教师采用的教学策略是，先让学生认识"会动"，然后再讨论"影响动的因素"。因此在该菜单下相应地安排了 5 个子菜单，分三步讨论：引入、探究、结论。其中"演示实验"子菜单（图 7-2）只要求观察，接受"会动"的客观事实；随即安排了"分组实验"、"查看视频"、"动画模拟"3 个子菜单（图 7-3），分别从视频演示实验和动画模拟两个方面说明，探究影响通电导体运动方向的两类因素，即磁场方向和电流方向。最后以"实验报告"的形式得出结论。

"实验探究"菜单项重点讨论的是通电线圈在磁场中受力转动的问题。教师采用的教学策略是，先让学生认识"会转"，再探究"产生转动的原因"，最后用客观事实验证。因此在该菜单下安排了 4 个子菜单，分三步讨论：提出问题、引导分析、实验验证。在"观察思考"子菜单（图 7-4）中提出了会不会转动的问题；"想想做做"、"受力分析"两个子菜单（图 7-5）则通过启发、引导，分析"产生转动的原因"；最后，在"视频揭秘"子菜单中，用拍摄的实验验证分析的正确性，如图 9-21 所示。

图 9-21　通电线圈在磁场中
受力转动的实验

"结构原理"菜单项重点讨论的是电动机转子连续转动的工作原理。教师采用的教学策略是，先讨论换向器的作用，即电动机转子连续转动的工作原理，再认识真实电动机的内部结构，最后介绍一下生产、生活中用的电动机。因此在该菜单下安排了 4 个子菜单，分三步讨论：原理分析、实物结构、实际应用。在"原理揭秘"子菜单（图 7-6）中，通过分析连续转动的关键，是使转子中的电流在转到中性面时同步换向，从而明确了换向器在电动机中的地位和作用，接下来用"实物剖析"、"结构原理"和"走向生活"3 个子菜单，让学生认识一下电动机的结构和应用。

（2）从学生的认知水平方面考虑。在学习磁场中通电导体受力运动时，学生尚处于启蒙阶段，对磁场、电流及通电导线受力运动三者的关系缺乏认识，教师需要首先让学生认识并接受这一客观事实。因此在设计时，将"观察猜想"菜单项的起点，定位在只要求观察"在磁场中通电导线会受力运动"的现象，接受客观事实即可；经过前一阶段的学习，学生已经不仅认识到通电导线在磁场中会受力运动，而且知道了电流、磁场和运动三者方向的关系，教师此时的教学策略，则是需要将"导线平动"问题及时地改换为"线圈转动"的问题，并且利用已经学过的判断一根导线受力方向的知识，来说明通电线圈在磁场中，实际是由于两侧导线受反向力转动的原理。因此设计"实验探究"菜单项的起点，即提出"线圈转动"的问题，是定位在已学过"观察猜想"菜单项内容的基础上的；同理，为什么"结构原理"菜单项一开始就用动画模拟分析电流换向的问题,也是因为将起点定位在已学过"实验探究"菜单项内容基础上的。

如前(8.3.2)所述,"设计多媒体教材时,也要适应这种新教学理念指导下的教学设计,使其呈现的教学内容融入新的教学模式中去"。从这个案例可以总结出一条教学格式:多媒体教材的设计,要与教师制定的教学策略,和采用的教学模式相配合。配合紧密的程度(即"融入度"),可以通过教材呈现的教学内容是否适合教学过程需要来衡量。

顺便说明一下以上讨论的意义。

- 有人认为,对于一位有教学经验和制作经验的教师,按照上述学习活动设计这样的课件,似乎没有像上述讨论的那么复杂。他(她)们只要沿着自己的思路,顺其自然地安排,就能设计出来。事实的确如此。其实,所谓"教学经验",是指按照认知规律进行教学设计、制定教学策略的经验;而"制作经验"则是指按照画面语言学的规则,运用多媒体画面语言编写多媒体教材的经验。这就正好说明,这位教师是在无意识地制定教学策略,同时按照画面语言学的规则将其以画面的形式表现出来了。同时也恰恰说明,画面语用学的规则并不陌生,我们经常在无意识、不自觉地运用它,只是没有将其归纳、整理出来罢了。

- 以上讨论强调的是画面语用学,即在编写多媒体教材时要考虑语境。不仅在课件的总体设计时要考虑,而且在进行教学的每个阶段都要考虑。如前(8.1)所述,在课堂教学系统中,设计多媒体教材要考虑与许多其他元素的关系,但是在某个教学阶段或某种教学活动中,其中有些"关系"会上升到主要地位,例如在本小节的讨论中,多媒体教材与教学内容和学生这两个元素的关系便是主要考虑的依据。针对目前比较普遍的看法,作者认为在课堂中运用课件是一种教学策略,即教学设计的安排。所以在以上讨论中,一再强调把教学策略和设计课件分开,因为设计与教学策略适配的课件,是画面语用学的研究范畴。长期以来,在探讨教学活动的规律中,对画面语用学的研究被教学设计掩盖了,因此需要强调一下。

9.3.3 关于课外辅助学习内容的设计

如上所述,该课程的教学活动是围绕学习电动机工作原理进行的。应该指出的是,按照认知规律进行的教学设计,是将学习活动分成主要学习和辅助学习两个阶段进行的。换句话说,除了将主要精力放在课程教学内容上外,还要安排一些辅助学习活动,旨在加深学生对所学知识的理解。按照这一思路,该课件在上述三个菜单项之外,另外还增加了两个菜单项。其中"目标检测"菜单用以巩固或应用所学知识;"拓展延伸"菜单则使所学知识得到提高或拓展。由此可以看出,该课件在设计时,是考虑了教学设计的需求的,是按照认知规律进行设计的。

如何安排这两个菜单的内容?在第7.1节中已从语义的角度分析过了,现在再从语用的角度进行讨论,也就是从学生的学习需求、教学媒介的比较和教学内容的选择三个因素进行讨论。

(1)传统教学中,使学生加深对电动机工作原理认识的常用手段是习题和实验。现在将其移植到该课件中来,需要考虑三点:

- 应该从概念和实验两个方面,检查学生对电动机及其工作原理的理解,最好能够检查一下学习好的学生的创新能力;
- 应该尽可能地体现出多媒体教学手段的优势,至少与传统手段相同;
- 受课堂教学进度所限,内容上要少而精。

在"目标检测"菜单项中,选择题和填空题侧重检查基本概念;通过"模型安装"和"电路设计"两个子菜单项,用模拟实验的形式加深对电动机及其工作原理的认识;而"挑战自我"菜单项则是为考查学生创新能力准备的(图7-7)。题目不多、题型较全;实验设计有新意、具有多媒体的特色。

(2)学生学习了电动机工作原理以后,从哪几个方面进行拓展、提高?电机原理属于电磁学领域,需要让学生了解它的来龙去脉;左手定则是原教材中的内容,让学生掌握它会使判断电、磁、运动三者方向十分方便;发动机和电动机同属电机理论的两个案例,二者的工作原理是可逆的。因此从与电动机及其工作原理关系的密切程度来看,在这三个方面进行拓展、提高应该是合理的。在"拓展延伸"菜单项中,"电动机简史"、"左手定则"和"发动机原理"三个子菜单的安排(图7-8),体现的就是这种设计思想。

综上所述,用画面语用学来衡量,该课件在辅助学习内容设计上的亮点就是两个字:"选择"。在大量的习题、实验和参考资料中,选得准、用得精。选择的依据,主要还是学生和教学内容这两个因素。

此案例再次验证了上节总结的教学格式,即在设计多媒体教材要考虑课堂教学系统的诸多元素中,不同教学阶段或教学活动是不同的,其中某些元素会上升到主要地位,这时就应以这些元素为依据来设计多媒体教材。

顺便说明,设计多媒体教材要以学生和教学内容为依据,其实是在"匹配"艺术规则中提出来的(2.2)。正如第8.2节中所指出的,画面语用学借用多媒体画面艺术规则中的三条基本规则来规范运用"教学格式"的指导思想、内容和策略。在本案例中,始终围绕学习"电动机工作原理"进行教学活动是指导思想(即"突出主题");采用"少而精"地选择习题、实验和参考资料,并且在需要时适量地用上多媒体的优势,则是运用"教学格式"的一种策略(即"度"的把握)。这个案例又一次让我们体验到,"教学格式"和"设计格式"一样,都是建立在多媒体画面艺术规则的基础之上的。

9.4 多媒体教材在化学教学中的运用

——积件《气体摩尔体积》赏析(由天津师范大学教育技术系提供)

如前(6.2)所述,多媒体演示教材的优势是建立在多媒体计算机的优势基础上的。多媒体演示片断是基于动态呈现、手控演示以及算法运算等优势;多媒体演示课件是基于多种媒体配合呈现和互动操作等优势。与上述两类演示教材不同,积件形式的多媒体演示教材的优势,主要是建立在多媒体计算机的超链接优势基础上的。

如何看待积件形式的多媒体演示教材?它不仅提供了课堂教学所需的各种演示素材,而且为这些演示素材提供了多种形式的链接。前者除文本、动画、视频等媒体外,还可以采用表格、公式、练习等课堂教学中的一些常用素材;后者则为教师实施教学策略营造了一个可供操作的平台,使生成的积件能够适应教学设计的要求。

《多媒体画面艺术设计》第7章讨论的《机械原理》就是一个积件的案例。在讨论该案例时曾指出,设计积件是为编辑素材服务的。所谓编辑素材,其实就是指素材之间的链接。因此,设计积件形式多媒体演示教材的两项基础性工作,一是提供能够满足课堂教学需要的各种演示素材,二是为这些演示素材提供各种形式的链接。在讨论广义蒙太奇艺术时曾经指出,链接可大体分为两种形式:画面内各媒体之间的链接和不同画面间的链接,即所谓"画面构成蒙太奇"和"画面链接蒙太奇"。顺便回顾一下广义蒙太奇艺术两方面的特点:除画面间链接外,还包括画面内(媒体间)链接;除自动链接(即编辑)外,还包括手动链接(指交互功能、超链接功能)。这里提到的"画面内(媒体间)链接"和"手动链接(指交互功能、超链接功能)",就是多媒体计算机的优势。

可以将积件中采用超链接功能的要点概括如下。

- 超链接功能和交互功能一样,同属于画面组接艺术范畴,二者都与编辑不同,对于要组接(或跳转)的画面,是让用户选择的。因此可以用"智能度"和"融入度"来衡量其运用水平。
- 课件中的交互功能和积件中超链接功能的区别,主要反映在用于选择画面组接的"热区"(菜单或跳转按钮)上。课件中的"热区"内容,一般都是由设计者定义的;而在积件中,这些用于超链接的按钮则允许用户自行定义。可见从用户参与的角度看,后者优于前者。

由于画面组接艺术是不同于媒体呈现艺术的另一种艺术类型(2.5),因此对这类演示多媒体积件的要求,应侧重于配合教师实施教学策略和便于教师课堂讲授,而不像前述

(6.2)演示片段那样,一定要具有常规演示难以满足的优势。

下面以高一化学演示积件《气体摩尔体积》为例,看看这类教材设计是如何配合教师实施教学策略的。

该演示积件是按照人教社出版的高中化学教材改编的。教材第三章中"物质的量"共三节,分别是"物质的量"、"气体摩尔体积"、"物质的量的浓度"。这就是说,按照其中第二节改编的积件《气体摩尔体积》是在前一节"物质的量"基础上进行的。在前一节中主要介绍了两个概念,如下所示。

- 物质的量(n):某物质中,含有以 6.02×10^{23} 为单位的粒子(原子、分子或离子)数量,其中 6.02×10^{23} 是阿伏伽德罗常数。如果某物质中含有的粒子数正好是 6.02×10^{23},就叫做 1 摩尔(mol)。摩尔是物质的量的单位。
- 摩尔质量(M):1 摩尔某物质的质量(以克为单位)。实验表明,1 摩尔各种物质的质量分别是,氢原子(H)为 1g;氧原子(O)为 16g;氧分子(O_2)为 32g;碳原子(C)为 12g;二氧化碳分子(CO_2)为 44g 等。

因此,不论固态、液态或气态,某物质的质量(m),都可用以摩尔为单位的物质的量(n),和摩尔质量(M)表示出来:$m = n \times M$。

本节"气体摩尔体积"中主要从宏观和微观的角度,讨论气态物质的体积与固、液态体积的差异性,从而理解了单位物质的量的气体体积近似相等的结论。

按照课堂教学的需求,该积件在主菜单中安排了 9 个菜单项和 1 个"退出"按钮。其中"文字"、"视频"、"动画"、"公式"、"表格"和"练习"等 6 类("动画"按是否带解说分别占用了两个菜单项),为该积件提供所需的演示媒体和素材;而"设置"菜单项则为这些演示素材提供各种形式的链接。在"帮助"菜单项中安排了两个"软件使用实例",用于示范教师在实施教学策略过程中,如何选用演示媒体、素材,并且将其链接成适应教学设计要求的积件。因此可以按照素材和链接,分别对这些菜单项进行讨论。

9.4.1　提供课堂教学需要的各种演示素材

(1) 文字媒体类似课堂上的板书,用于配合教师讲授时书写标题、主要结论、重要定义或概念以及表述重要定律。此外,还安排了"外接文本"子菜单项,供教师在讲授需要时用,如图 9-22 所示。

在图 9-22(b)和图 9-22(d)中,鼠标下移时,文本画面的左下方有隐性的"画面跳转"按钮显出,这些按钮是系统或教师在备课时,为实现教学策略安排的,可以根据讲授的需要单击某一按钮,跳转(链接)到下一个演示画面。在演示画面的右侧均设有"返回"按钮,确保这些跳转(链接)是双向进行的。这种超链接的设计,使教师能够在课堂教学中随意

(a) 打开"文字"菜单项

(b) 呈现标题

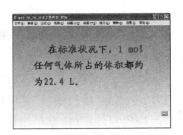

(c) 呈现主要结论

(d) 呈现重要定义或概念

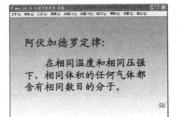

(e) 表述定律

(f) 打开"外接文本"子菜单项

图 9-22　主菜单中的"文字"菜单项

地调出任何演示素材,是该积件的一个"亮点"。有关链接的内容,将在"设置"菜单项中进一步讨论(9.4.2)。

　　还需提醒注意的是,显示文本画面中的文本素材是具有"单击变色"功能的。单击其中需要强调的关键字(词),这些字(词)会由蓝色变为红色,类似在黑板上用异色粉笔吸引注意力。显然这是一种页面内不同色彩媒体之间的链接,属于"画面构成蒙太奇"在课堂教学中的运用。

　　(2)视频、动画媒体类似上述演示片段(6.2.1节),主要用于形象地演示影响物质体积的因素。如图9-23所示。其中视频适于再现影响物质体积的宏观因素,如温度变化对气体体积影响的实验。在"视频"菜单项中,还安排了三个"外接视频或动画"子菜单项,参看图9-23(a),教师可以根据教学需要制作补充;动画适于从微观角度说明影响物质体积的原因,如用构成物质的粒子的数量、大小、距离等因素,说明影响固、液、气态物质体积的原因,参看图9-23(b)。对同一知识提供两种大小不同的动画素材,如图9-23(c)和图9-23(d)所示,小动画使用"动画+文字"的形式,适合视觉型学生。大动画则采用"动画+声音"的形式,更适合听觉型学生。在"动画(小)"菜单项调出的画面中,鼠标下移时,同样有隐性"画面跳转"按钮显出,用以实现演示素材之间的超链接。如前所述,这些按钮可以是系统设置的,也可以由教师在备课时利用"设置"菜单项进行编辑。

　　(3)公式、表格等素材也类似于板书,但为配合教师进行启发式教学,在公式和表格

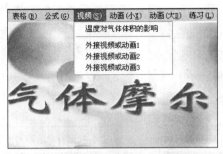

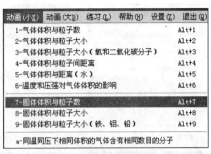

(a) 主菜单中的"视频"菜单项　　　　　　(b) 主菜单中的"动画"菜单项

(c) "动画(小)"菜单项调出的画面　　　　(d) "动画(大)"菜单项调出的画面

图 9-23　视频、动画媒体演示片段

中一般都留出若干空白,讲授时可根据需要填补完整。图 9-24 示出的是"公式"、"表格"菜单项及调出的部分菜单项画面。

公式和表格中单击出现的内容,可以通过多次单击擦除或再现,而且对多空白处的单击没有固定顺序的限制。这些设计为教师的课堂教学活动留出更多自主选择的余地,也提高了演示素材在教学环境中的融入度。

需要指出的是,表格中"影响物质体积的因素"菜单项是总结用的。在该菜单项画面的设计中(图 9-25),除了具备上述"填表"和"擦除"功能外,还根据教学需要在表内链接了动画媒体。当鼠标移到"粒子大小"单元格上时,显示出隐藏的动画链接按钮[图 9-25(b)],单击该按钮,被链接的动画显示在表格上面并自动播放[图 9-25(c)]。动画演示的内容是对单元格内容的提示或理解,动画画面可通过单击自动隐藏(在多媒体画面语言学中,将这类"画面构成蒙太奇"叫做可逆式"单画面时间分割"的艺术形式)。

(4)"练习"菜单项(图 9-26)主要用于帮助理解或检测所学的内容,因此也是根据教学设计安排的。教师对各菜单项(练习)的内容,可以采用讲解或组织讨论的形式,但是建议尽可能地启发学生自己回答,不要包办代替。

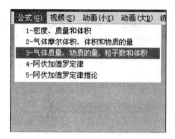
(a) 打开"公式"菜单

(b) 调出菜单项画面(公式素材)

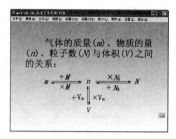
(c) 公式素材单击后的效果

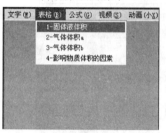
(d) 打开"表格"菜单

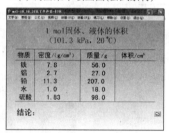
(e) 调出菜单项画面(表格素材)

(f) 表格素材单击后的效果

图 9-24　公式、表格菜单和素材画面

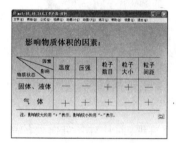
(a) 打开并填充表格4

(b) 隐藏的链接按钮

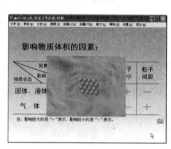
(c) 弹出动画并自动播放

图 9-25　链接动画的表格

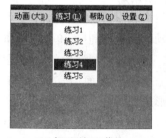
(a) 打开"练习"菜单

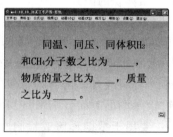
(b) 调出菜单项画面(练习)

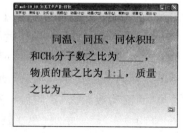
(c) "练习"单击后的效果

图 9-26　主菜单中的"练习"菜单项

综上所述,"文字"画面不仅起到替代板书的作用,还能根据教学的需要,通过页面内的链接产生各种教学功能,用以支持教师实施各种教学策略,如强调、复述、启发式讲解等,达到突出重点、引起注意、激发兴趣和增强记忆等教学效果。为了教师讲授方便,在主菜单中,"文字"菜单项是将板书按照标题、结论、定义、概念、定律等分门别类地安排;"公式"和"表格"等演示素材的菜单项,虽然也用于板书,但却是按照教学设计,即按照教学内容的内在逻辑关系安排的;"视频"和"动画"媒体通过形象配合演示教学内容,其菜单项也是根据教学设计的要求,按照气态物质和非气态物质分类安排的。

9.4.2 提供实施教学策略的各种链接

由于该演示积件的定位是配合教师课堂讲授的,因此对上述演示媒体、素材的链接,也要适应教师实施教学策略的需要。在主菜单中,"设置"菜单项就是按照这一思路设计的。在该菜单中安排了 7 组菜单项,分别执行 4 个方面的功能,如图 9-27 所示。

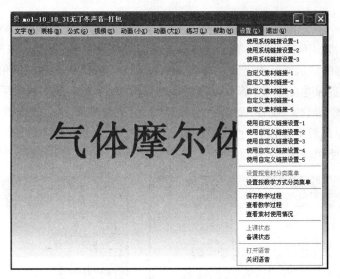

图 9-27　主菜单中的"设置"菜单项

其中第一方面的功能用于素材之间的链接,由前三组菜单项组成。"使用系统链接设置"提供的是系统事先安排好的三种素材链接方式,教师可以根据不同的班级教学情况直接选用。"自定义素材链接"和"使用自定义链接设置"则是为教师备课时,自定义素材链接而设置。这是"设置"菜单项乃至该积件的重点内容,将安排在其他三个方面之后进一步讨论。

"设置"菜单中的后四组菜单项,用于执行变更菜单类型、配合教学活动和控制语音开闭等其他三个方面的功能。

- 变更菜单类型：该积件中，提供了如图 9-28 所示的两套主菜单系统，由图 9-27 中的第四组菜单项实施选择。单击"设置按素材分类菜单"，主菜单采用"文字、表格、公式、视频、动画"等的媒体形式；而当单击"设置按教学方式分类菜单"时，主菜单则采用"创设情景、建构知识、学习支架"等的教学活动形式。实际上，两套主菜单只是对演示素材进行了不同的分类。"创设情景"中主要调用的是动画和视频媒体；"学习支架"主要调用的是一些公式；而"建构知识"则用的是表格或公式中得出的结论。

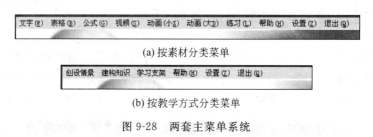

(a) 按素材分类菜单

(b) 按教学方式分类菜单

图 9-28　两套主菜单系统

在设计积件时，不仅为课堂教学提供所需的各种演示素材，而且还按照不同教学模式采用与其相适应的演示素材的提供方式，这是一个创意！从画面语用学的角度看，设计者的这种教学经验，实际是在运用多媒体画面语言编写积件时，考虑了语境（教学环境）的结果。

- 配合教学活动："设置"菜单中的第五、六组菜单项是为了配合教学活动安排的。其中"保存教学过程"、"查看教学过程"和"查看素材使用情况"用于记录上课流程和素材使用情况，供教师课后分析、总结和反思，如图 9-29 所示。

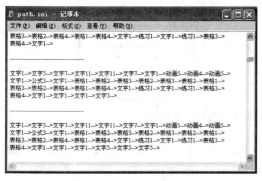

(a) 教学过程

(b) 素材使用情况

图 9-29　系统保存的教学过程和素材使用情况

此外，还设置了"备课状态"和"上课状态"两种使用方式。这两种状态的主要区别是对热区的显性或隐性表达，如图 9-30 所示。图 9-30(a)中的网格，提示在该处有链接，便于教师在备课时掌握软件的使用方法。

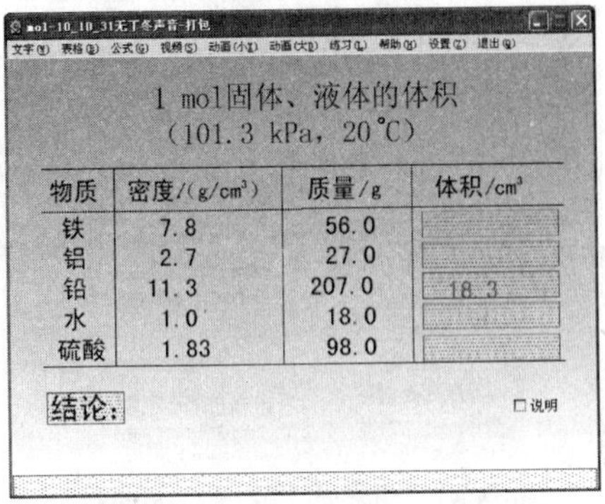

图 9-30　表格的两种使用状态

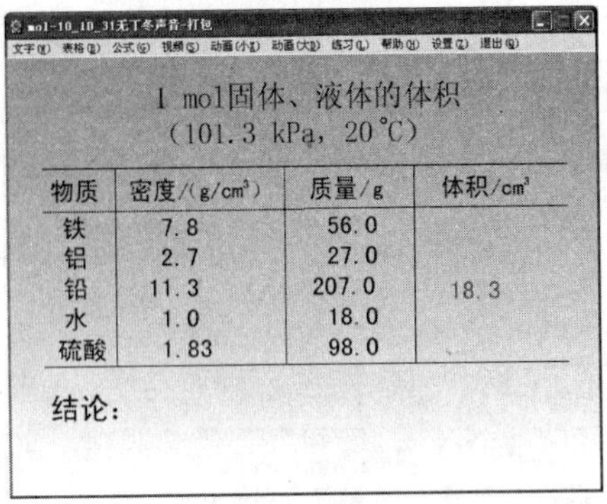

- 控制语音开闭：在动画或视频画面中设置了配音，如果教师在教学过程中需要讲解，可以通过"设置"菜单中的最后一组菜单项，即"打开语音"或"关闭语音"来控制配音的播放。

现在进一步讨论，该积件中各种演示素材是如何建立链接的。

如上（9.4.1）所述，该积件中的演示素材，是以各类媒体的形式呈现在各自画面上的。这些画面可分门别类地通过单击主菜单中的各子菜单项调出。例如单击"文字"菜单中的11 个子菜单项[图 9-22(a)]，可分别调出 11 个文字媒体的演示素材。此外，单击"外接文本"子菜单项，还可调出一个允许用户书写的空白页面，即制作一个文字媒体的演示素材。类似地，单击"动画"菜单中的 9 个子菜单项、"视频"菜单中的 1 个子菜单项[图 9-23(a)、(b)]；或者单击"公式"菜单中的 5 个子菜单项、"表格"菜单中的 4 个子菜单项[图 9-24(a)、(d)]，或者单击"练习"菜单中的 5 个子菜单项[图 9-26(a)]等，都可调出相应媒体演示素材的画面。这就是说，该积件中的演示素材画面，是与主菜单中各子菜单项一一对应的。建立各种演示素材之间的链接，可以通过建立主菜单中各子菜单项之间的链接来实现。

图 9-27 中的第二组菜单项就是用来建立这种链接的，该组共有 5 个选项，即"自定义素材链接-1 至-5"，这是由于教师和学生的情况不同，对各个班级需要采用不同教学策略而准备的。单击其中一个选项，例如"自定义素材链接-1"，便可调出如图 9-31 所示的自定义素材链接平台。

该链接平台由"链接源"和"链接目标"两部分组成，其选项分别安排在页面的上部和下部。"链接源"指正在呈现的素材画面，即单击主菜单中某一子菜单项调出的画面，包括上述"文字"菜单中的 11 个子菜单项、"动画"中 9 个子菜单项、"视频"中 1 个子菜单项、"公式"中 5 个子菜单项、"表格"中 4 个子菜单项以及"练习"菜单中 5 个子菜单项等调出

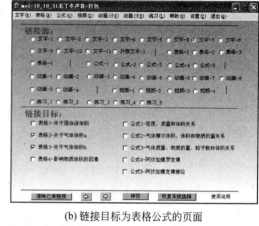

(a) 链接目标为文字的页面　　　　　　(b) 链接目标为表格公式的页面

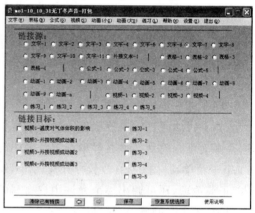

(c) 链接目标为动画的页面　　　　　　(d) 链接目标为视频练习的页面

图 9-31　自定义素材链接平台

的画面,此外还包括一些外接的页面。显然只能在这些选项中选择一个画面。"链接目标"则是可以多选的,它的任务就是在源素材画面上设置"画面跳转"按钮。显然,教师在以某一素材画面为主进行教学活动时,可以根据教学需要,分别调用(链接)多个画面来配合讲授。由于"链接目标"是多选项,而且需要说明每个被选项的内容,因此采用了分页呈现方案,由平台页面的下方安排的两个箭头(换页)按钮进行切换。图 9-31(a)~图 9-31(d)分别示出的是文字、表格公式、动画、视频练习等 4 个链接目标选项的页面。

在自定义素材链接平台上建立链接的操作十分简单:

- 在"链接源"中,通过单击单选按钮,确定教学活动中正在呈现的素材画面。
- 单击平台页面下方"清除已有链接"按钮,清除该素材画面上以前设置的"画面跳转"按钮。

- 在"链接目标"中,通过单击多选按钮,确定在呈现素材画面上的"画面跳转"按钮,由于不同媒体的目标选项分别安排在图 9-31 中的不同页面上,需要用箭头按钮进行换页选择。
- 确定了"素材画面"以及画面上的若干"画面跳转"按钮之后,单击平台页面下方的"保存"按钮,此时出现需要确认的窗口(图 9-32)。在该窗口中选择"是",则保存了以上的链接设置并退出该素材链接平台。

图 9-32　确认的窗口

　　图 9-27 中的第三组菜单项是与第二组配合运用的。第二组菜单项若选在"自定义素材链接-1"的平台上定义链接,在第三组菜单项中便应选择"使用自定义素材设置-1"来显示链接的效果,即二者需调用同一个素材链接平台。

　　如果在第三组中单击了此菜单项,则上述建立链接的效果便会显示出来:通过单击主菜单中的某子菜单项调出素材画面,当鼠标下移时,该画面的左下方便会出现如图 9-22(b)、图 9-22(d)所示的"画面跳转"按钮,这些按钮便是上述在自定义素材链接平台的"链接目标"中确定的。

　　图 9-27 中的第一组菜单项"使用系统链接设置",是设计者按照典型的教学策略事先设置的素材链接。教师如果认为符合教学实际情况,可以直接选用。

　　以下是一个教学案例。在复习前一节对质量讨论的基础上,通过密度公式,转入到本节对体积的讨论。教学重点是借助物质的量(n),引入"摩尔质量(M)"和"摩尔体积(V_m)"的概念,从而发现了气态物质体积不同于固液态物质体积的重要特点。为了配合这样的教学活动,需要对该积件中的素材进行如图 9-33 所示的选择和链接。

　　(1) 密度公式[图 9-33(a),"公式 1"]提供了由质量转换到体积的渠道。但是在复习前一节对质量的讨论时,应该强调物质的量(n),将质量换算成"摩尔质量(M)"表示出来:$m = n \times M$;转入对体积的讨论时,同样借助物质的量,引入"摩尔体积(V_m)"的概念,将

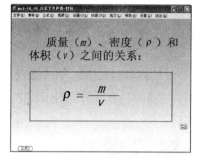

(a) 公式1

(b) 公式2

(c) 表格1

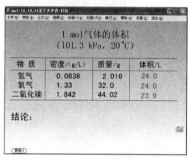

(d) 表格2

(e) 表格3

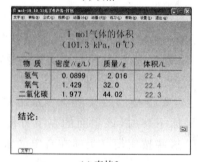

(f) 文字7

(g) 表格4

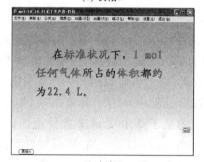

(h) 文字3

图 9-33　素材间按照教学设计进行链接

物质体积(V)换算成摩尔体积,即 $V_m = V/n$[图 9-33(b)," 公式 2"]。

为什么要换算成摩尔质量或摩尔体积? 这是因为不论是固态、液态或气态物质,1 摩尔(mol)所含有的粒子(原子、分子或离子)数都是相同的,即 6.02×10^{23} 个。因此将各种物质的质量或体积均以 1 摩尔(即相同粒子数)为单位进行比较,可以看出其中的规律来。

(2) 计算以摩尔为单位的物质的体积。分三步进行。

先计算 1 摩尔固体、液体的体积[图 9-33(c),"表格 1"],要求学生用密度公式计算出的体积填空,得出的结论是,对于固体和液体,不同物质的体积互不相同。

然后再计算 1 摩尔气体的体积,外界条件是温度 20℃,压强 101 kPa[图 9-33(d),"表格 2"],同样要求学生计算体积填空,结果却出人意料地发现,在相同外界条件(温度、压强)下,1 摩尔不同气态物质的体积都接近 24L。

再重复一遍对 1 摩尔气体体积的计算,只是将温度 20℃ 改为 0℃[图 9-33(e),"表格 3"],得到的结果仍然是 1 摩尔不同气态物质的体积都一样,只是都降为 22.4L。此时教师补充说明:温度为 0℃,压强为 101kPa 的外界条件,称为标准状况。由此得出结论,在标准状况(0℃,101kPa)下,1 摩尔任何气体的体积大约都是 22.4L[图 9-33(f),"文字 7"]。

(3) 从微观角度解释出现这一结果的原因。安排一个"影响物质体积因素"的表格[图 9-33(g),"表格 4"],组织学生讨论外界因素和微观因素分别对固液态物质和气态物质的影响。得出的结论是,在外界条件相同和微粒数目一定的前提下,固液态物质的体积决定于微粒本身的大小;而气态物质的体积决定于微粒间的平均距离[图 9-33(h),"文字 3"]。

因此,按照上述教学策略,在该积件中的素材链接应该是,公式 1→公式 2→表格 1→表格 2→表格 3→文字 7→表格 4→文字 3。

综上所述,可以对设计多媒体演示积件形成以下两点规律性的认识。

(1) 积件的设计任务包括三个方面:

- 提供各类课堂教学所需的演示素材(文本、动画、视频、表格、公式、练习等);
- 按照不同教学模式组织这些素材(设置几套主菜单,可供选择);
- 按照不同教学策略链接这些素材(提供素材链接平台,可自定义链接);

(2) 多媒体演示积件在教学活动中的运用,属于画面组接艺术范畴,仍应遵循提高"智能度"和"融入度"的艺术规则。不过需要明确这两个指标的内涵。

- "智能度"指在教学活动中运用积件所受到的限制。受到的限制越少,说明设计的积件智能度越高。
- "融入度"指积件中设计的演示素材与实施教学策略配合的程度。二者配合的越默契,说明设计的积件融入度越高。

不过需要说明的是,与课件不同,积件是可以进行二次开发的。因此,这两个指标的界定不应将使用积件教师的因素考虑进去,即它们只是用来衡量上述演示素材、主菜单和链接平台的设计水平,不包括教师进行二次开发时的教学设计水平。

最后,有必要对这类配合课堂教学的多媒体演示教材提两点要求。

(1) 用多媒体演示教材替代课堂教学常规演示(如板书、教具、挂图等),一定要具有后者所不及的优势。如多种媒体(图、文、动、声、色)配合呈现,或者基于计算机的互动操作、超级链接和算法运算等。能否替代的依据,就看这些优势是否发挥出来了。这一要求适用于所有多媒体演示教材,无论采用片断呈现形式、采用课件或积件形式。当然,不同形式演示教材的多媒体优势可以不同:多媒体演示片断的优势是动态呈现、手控演示以及算法运算等;课件形式演示教材的优势是多种媒体配合呈现和互动操作等;积件形式演示教材的优势,主要体现在超级链接上。

(2) 这些演示教材一般是用来配合教师讲授,其中课件形式的演示教材也可用于组织学生自学或小组学习。无论哪种形式,建议教师在运用这些演示教材时,只需要引导、启发,而不要灌输,应该让学生自己得出结论。

9.5　多媒体教材在美术教学中的运用
——课件《中国山水画》赏析(由东营市胜利振兴小学王美妍老师提供)

随着多媒体教材设计的日益普及,美术教学在学校受重视的程度也在不断升温。现在除了中小学,许多工科和师范院校也纷纷开设了美术课程。究其原因,可以分别从大背景和小背景两个视角来说明。大背景是指信息时代看待艺术的观念发生了变化:现在人们追求界面设计的人性化、自然化,实际是热衷于集技术与艺术于一体的产品,旨在同时满足物质和精神上的需求。这表明信息时代对科技人员的要求,除了掌握本专业的技术外,还应该具备起码的艺术修养。也就是说,科技界的那种"不以缺乏艺术修养为憾事"的传统观念,看来是过时了;小背景则是指设计多媒体教材的需要,正如第1.4节中所说,"在多媒体画面上要求认知与审美并重,实际上是要求将画面内容和表现形式结合起来考虑"。在《多媒体画面艺术理论》中讨论色彩和背景音乐时,也指出需要学习一些有关美术和音乐专业的基础知识。事实上,现在各高校教育技术专业的美术课程,就是为了适应设计多媒体教材需要开设的。

给中小学或非美术专业的学生开设美术课程,一般定位在启蒙教育的水平上,只要求普及一些有关的基础知识,主要从欣赏和实践两个方面进行基础性的训练。在第二篇(7.2)中已经用课件《篆刻》作为案例,讨论如何用多媒体画面语言表现教材内容;本节再以课件《中国山水画》为例,侧重讨论如何按照课堂教学需要(即语境)设计教材内容。

顺便说明,绘画可以从不同的角度进行划分:按照地域可以分为东方绘画和西洋绘画;按照绘画的工具材料可以划分为水墨画、油画、水彩画、壁画、版画、水粉画;按照绘画的内容可以人物、风景、动物等为题材。中国山水画是东方绘画中的、以山水风景为题材的水墨画。选择中国画进行美术课的基础训练,是因为它在世界绘画领域中自成体系,独具特色,是东方绘画体系的主流。中国画采用毛笔、墨在宣纸、绢帛上作画,通常以诗、书、画、印等形式在画面上互相映衬,讲究用笔墨造型,形成独特的形式美与内容美。

(1) 在讨论该课件如何按照语境进行设计之前,有必要先对其设计格式的要点作一些简单地介绍。

其实,课件《中国山水画》与课件《篆刻》一样,同属介绍类的多媒体教材,二者采用的设计格式是相同的,要点如下所示。

① 在一级菜单的版面设计中体现了教材的结构体系。

在课件的首页上,示出了该课件的一级菜单(图 9-34),包括简介、流派、形式、分类、发展、装裱、工具、特点、技法、赏析等 10 个板块,基本上涵盖了中国山水画的历史和类型、艺术的特色和流派、呈现的材质和形式、创作的工具和技法,以及新旧国画的装裱等各个方面的知识,保持了该领域教学内容结构体系的完整性。

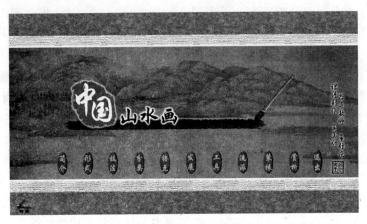

图 9-34 课件《中国山水画》一级菜单的版面设计

② 从教学的角度将这 10 个板块进行区分,按照重点和非重点区别对待。

将"中国山水画"这一艺术门类设置为中学美术课程并且提出了具体的教学要求:安排两个学时,让学生欣赏感受水墨画山水的独特表现方法,知道水墨画与彩墨画之间的差异;学习用水墨表现自己喜爱的山水,在练习中体会墨色的变化,提高观察和表现能力。换句话说,该课要求通过两个学时的教学,让学生完成对"中国山水画"这一艺术门类的欣赏和练习任务。

为此,将这 10 个板块分成三大类。

- 配合欣赏教学活动的内容。不仅在"赏析"板块中,许多其他板块,如"简介"、"流派"、"形式"、"分类"、"发展"等,都从不同角度为教学活动提供了可供欣赏的作品。
- 配合绘画练习活动的内容。"工具"板块介绍了专为练习国画用的笔墨纸砚及颜料等工具;而"特点"和"技法"板块则分别通过文字表述和视频演示,讲授如何运用笔法和墨法,绘画山、水、云、石、树等的技巧。

以上两类,属于本课教学过程中需要用到的内容,应按重点对待。

- 用于普及美术知识的内容。在本课的教学过程中,上述两类以外的内容可能用不上或者只是涉及,应该将其视为欣赏和练习教学以外的扩充知识,可以作为水平较高或喜爱艺术的学生的参考资料。

正如在第 7.2 节中所述,目前新课改中,增加了许多需要介绍完整领域的课程内容,但是教学时间有限,对这些课程只能提出一些启蒙、普及或入门层次的要求。编写这类课程的多媒体教材,一方面要涵盖该领域的各个方面,给这些课程留下一个比较完整的资料;另一方面又要按照教学要求,突出其中的某些方面。这便是形成介绍类多媒体教材要点的背景。

③ 采用了画面时间分割方案。单击图 9-34 中的某一菜单项,将会调出呈现该菜单项对应板块的画面。根据这些画面呈现教学内容的需要,再设置二级菜单,以便分门别类地呈现该板块的内容。

需要特别强调的是,由图 9-34 中 10 个菜单项调出的这些二级菜单画面,应该是"大同小异"的。例如在图 9-35 示出的部分二级菜单画面中,可以看到这些画面背景的图案、基色、画面上下方装饰的页眉,以及"首页"、"一级菜单"、该画面"标题"等的布局,都是统一的。正是这样统一的版面设计,将该教材的知识结构体现出来了。

但是在这些画面上,二级子菜单的呈现形式是略有变化的。其中多数画面是将二级子菜单以文字热区形式置于上方页眉的右侧;而有些板块的二级子菜单,则根据内容和审美的需要,呈现的形式改用了作品图片或艺术文字,有的甚至只用了移动滑块,菜单的位置也有了相应的变化。这些变化,体现了按照内容呈现需要选用媒体的匹配原则。

(2)根据教师制定的教学策略,将该课的教学过程分为三个阶段,五个步骤。其中欣赏阶段包括"欣赏"和"探究"两步。

- 欣赏:让学生欣赏课件中水墨画山水的作品,谈欣赏体会。
- 探究:教师提出"在各种画法中,用水墨画山水有何特点?"引导学生比较、分析课件展示的水墨画和彩墨画之间异同,体会水墨画的特色和技法。

在学生对中国山水画有了初步认识的基础上,教师可通过讲解,一方面深化欣赏和探究,另一方面及时地引导学生思考"如何用水墨表现山水"的问题,进一步提出练习技法的要求,即转入练习阶段,包括"演示"和"练习"两步。

(a) 分类(图片作品形式)

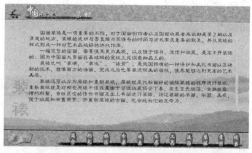
(b) 装裱(滑块移动呈现)

(c) 特点(艺术文字形式)

(d) 工具(子菜单热区在上页眉右侧)

图 9-35 部分二级菜单画面(二级子菜单呈现形式的变化)

- 演示:教师通过课件的表述和示范,讲解"怎样利用水墨来表现山水?"学生结合课件中的某个山水画案例,讨论、分析水墨山水画是如何用笔、墨的。

- 练习:要求学生用水墨画表现自己喜爱的小山水,教师巡视辅导,重点是指导使用笔墨的方法。

在完成欣赏和练习两个阶段的教学任务之后,可以通过学生交流和教师点评的形式进行总结。

- 展示:学生交流作品,谈创作体会;教师点评,并结合课件提供的经典、著名作品,对本课的教学内容进行小结。

要求用多媒体画面语言按照语境编写教材,实际是要求设计出来的多媒体课件能够满足该课教学过程的需求。从上述五个步骤的教学活动中,可以将多媒体课件配合的要求归纳为两个方面:提供足够多的"中国山水画"素材,以满足学生欣赏、比较、分析和教师示范、讲解等各个方面的需求;提供详尽的文字资料和各种绘画技法示范的视频,以配合教师讲解和学生学习水墨山水画用笔、墨练习的技法。

教学实践表明,由于课件《中国山水画》在设计时,已经充分地考虑到了这两个方面的需求,因而使该课的教学活动得以顺利进行,取得了较好的教学效果。继续讨论如下。

(3) 配合欣赏教学活动提供的作品素材。按照上述教学活动的需求,可以将供欣赏或演示的作品素材分成三类,即用于比较水墨画和彩墨画异同、用于体会水墨画表现特色和创作技法以及用于经典、著名作品欣赏。

①为比较水墨画和彩墨画异同提供的参考作品。在"简介"子菜单中,展示了各种山水画的画法风格,将其大体分为金碧山水、青绿山水、水墨山水、浅绛山水、没骨山水等5种,可用于比较、分析水墨画和彩墨画之间的异同,从而认识水墨画山水的特点。参看彩图9-2。

图中金碧山水和青绿山水都采用了石青和石绿两种颜料作主色,其区别只是前者还用了泥金颜料勾染山廓、彩霞、建筑物等;水墨山水只用水墨,以笔法为主导,用墨的浓淡表示层次变化;浅绛山水是在水墨勾勒皴染的基础上,敷设以赭石颜料为主色的淡彩山水画;没骨山水指不用墨线勾勒,以大块面的水墨或彩色描绘物景。鼠标移到图中的某个图片,上面呈现的便是该图片山水的定义说明;如果单击这些图片,将会调出放大了的图片,而且对该图片的介绍会更加详细。

例如单击图片"水墨山水",调出的画面示于彩图9-3中。在该画面上,不仅能够看清《雪溪图》的细节,而且还可通过介绍"墨染溪水,映衬两岸的白雪,坡石有渍染似无勾皴"了解表现水墨画的技法。

此外,"分类"子菜单对于从南北朝以后,直至近代的中国山水画进行了归纳,将其概括为三大类:线描类、青绿重彩类、水墨淡彩类,参看图9-36(a)。其中线描类用线条勾画山水,即水墨画;青绿重彩类以浓厚的青绿重彩显示画面的典雅和富丽,是典型的彩墨画;水墨淡彩类则采用水墨为主,彩色为辅的形式,以水墨搭好骨架,再用彩色来增强作品的神采韵味。同样,单击图9-36(a)中的图片,也会调出详细介绍该类山水画的画面。图9-36示出的是分别单击"线描类"和"青绿重彩类"图片调出的画面。

(a) 线描类　　　　　　　　　　　　　(b) 青绿重彩类

图 9-36　水墨画和彩墨画的比较

②为体会水墨画表现特色和创作技法提供的参考作品。在人们的生活中,中国山水画的作品通常有许多种表现形式,如"形式"子菜单中示出的镜框、扇面、长卷、册页、斗方、屏风等,参看图9-37(a)。

(a) 中国山水画的各种表现形式

(b) 镜框形式

(c) 扇面形式

(d) 屏风形式

图 9-37　中国山水画的表现形式

单击图 9-37(a)中的图片,也会调出介绍这类表现形式的画面。例如图 9-37(b)示出的镜框形式中,将字画作品镶嵌在木框或金属框内,上压玻璃,成为压镜;扇面有折扇、圆扇等形式,可在扇面上题字、作画。此外,装裱的字画作品也可采用扇面形式镶框,挂在墙上,别具风格,如图 9-37(c)所示;图 9-37(d)所示的屏风有单幅与摺幅之分,可大可小,大者立于地面,小者摆放桌面,形成了一种象征性的空间分割。

为配合学习、领会水墨画的创作要点,在该课件的"发展"子菜单中,以东晋顾恺之所作的《洛神赋图》为案例,虽然这是一幅以人物为主体、山水为背景的画,但是却从此形成了一套山水画的基本表现技法,即采用线的变化表现不同的面;通过层次来表现不同的山峦变化;纵横的山川河流则可从俯视的角度来表现等。参看图 9-38(a)。中国山水画就是在此基础上,发展形成了"以水墨为主体语汇,以各种皴的形式表现美"的运用技法的指导思想。

创作一幅画的水平,是由技法和内容决定的。看山水画表现的内容,实际是通过画上的山水看作者表现出的情怀或境界。例如"流派"子菜单中示出的《龙盘虎踞图》[图 9-38(b)],便是作者通过崇山峻岭的磅礴气势,歌颂了革命力量迅速发展、不断壮大;抒发了自己对祖国繁荣昌盛和光明前景的喜悦情怀。

顺便指出,美术课学习绘画和语文课学习写作是有共性的,都是学习作者如何观景,

(a)《洛神赋图》　　　　　　　　　　　(b)《龙盘虎踞图》

图 9-38　领会山水画的技法和意境

并且怎样表达(4.3)。作者观景靠的是直觉,然后通过纯熟技法或文字功底将自己的直觉表达出来,这就是美术课和语文课的相通之处。正如该课件中所指出的,中国山水画史实质是一部看的历史,看的方式变了,笔墨也会随之而变。江山多娇、山水空蒙,是不同的看所得到的不同体验,崇高、优雅等都是一种美知和精神。千百年来,中国山水画所追求的意境是超越世俗,山水画在内容上的意境美,应该是对这种禅的顿悟之美,即追求的是崇高、优雅、朴素和永恒。

③ 供欣赏的经典、著名作品。在学生已初步具备欣赏和创作中国山水画能力的基础上,教师在小结时借鉴一些经典、著名作品配合,可产生锦上添花或画龙点睛的效果。这些作品分门别类地存放在该课件的有关板块中,可根据讲课的需要选用。

例如"赏析"子菜单中的《西山行旅图》,是北宋初期山水画代表人物范宽的作品,如图 9-39 所示。

图 9-39　经典作品《西山行旅图》

该画以雄健、冷峻的笔力勾勒出山的轮廓和石纹的脉络,浓厚的墨色描绘出秦陇山川峻拔雄阔、壮丽浩荡的气概。整个画面气势逼人,雄伟壮阔,使人在大自然面前显得如此渺小。山底下,是一条小路,一队商旅缓缓走来,马队铃声渐渐进入了画面,还有那山涧潺潺潺溪水声应和——给人一种动态的音乐感觉,诗意便在这一动一静中慢慢地显示了出来。面对这幅一千多年前古人的绘画,体味着画中令人心醉的意境,怎能不令人发出由衷的赞叹。

又如"流派"子菜单中示出的《江山如此多娇》(图 9-40),是傅抱石、关山月两位作者于 1959 年为北京新建人民大会堂所绘的巨幅山水画。

图 9-40　名画《江山如此多娇》

该画形象生动地再现了诗词《沁园春·雪》中描写北国风光的意境:连绵山峦、皑皑白雪,在东方喷薄而出的红日照耀下,红装素裹,分外娇娆。用如此壮丽的江山,象征新中国的蓬勃生机,表达了作者对祖国母亲的一片赤子之心。毛泽东主席专为此画题写了"江山如此多娇"。

(4) 配合练习教学活动提供的资料。按照上述教学活动的需求,该课件为配合水墨画练习活动提供的资料大体有如下三类,即水墨画练习用的工具和材料、水墨画技法运用的原则、水墨画技法运用的指导。

① 介绍供水墨画练习用的工具和材料。在"工具"子菜单中,分门别类地介绍了水墨画用的笔、墨、纸、砚、各种颜料以及其他用品,如图 9-41 所示。

由于该课件定位在普及基础知识的层面上,所以对每一种工具都配有文字说明,并且要求言简意赅、通俗实用。通过这些资料,至少可以让学生了解一些选用工具的入门知识。例如,笔分羊毫、狼毫;墨分油烟墨、松烟墨;砚分端砚、歙砚;宣纸有生宣、熟宣之分;颜料有石绿、石青、朱京、朱膘、赭石白粉、胭脂、藤黄等。此外,练习水墨画还需准备调色碟、储水盂、胶和矾等辅助用品。

中国山水画一般可以画在帛、绢、陶瓷、碗碟、宣纸、扇面等材料上,其中以纸本和绢本最为常见,单击"形式"子菜单画面上的"材料"子菜单项,对上述材料进行了介绍。如图 9-42 所示。

② 运用文字表述,提出技法运用的原则。在"特点"子菜单画面中[图 9-35(c)],对如何运用画水墨的技法进行了深入地探讨,将其归纳为 4 个方面的特点,实际是为技法运用

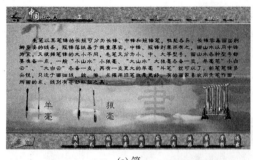

(a) 笔

(b) 墨

(c) 砚

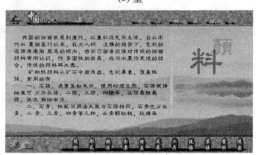

(d) 各种颜料

图 9-41　水墨画用的各种工具

图 9-42　用于水墨画的各种材料

提出了 4 条原则。

• 构图要体现"三远"原则。

"三远"是指平远、高远和深远。其中"平远"如同漫步在山阴道上,边走边看,焦点不断变换;"高远"如同乘降落伞从山顶缓慢下降,从上到下,焦点也在变换;"深远"运用远近山峦的形态、深浅对比,画出立体、深邃的效果。一幅中国山水画要体现"三远"原则,可以其中一"远"为主,配合运用其他二"远"。如同影视中的"摇"镜头,把远景、中景、近景配合呈现在一幅画面上。

- 画面特色要"以奇出胜"。

中国山水画通常不画缺乏对比的平原风景,总是喜欢表现地形地貌对比强烈、山高水深的大山名川。"既追险绝,复归平正",就是既要强调多样性(反对平淡无奇),又强调统一性(维持画面整体的均衡、和谐)。

- 技法运用要求"笔法、墨法互相配合"。

水墨山水画的技法主要指用笔和用墨的技巧。采用线的变化勾勒出各种物景的轮廓;变换不同的皴法来体现画面的层次、空间、结构和阴阳等,二者配合运用,相得益彰。

- 表现要强调"神形统一"原则。

清代著名画家石涛有一句名言"不似之似似之"。绘画,特别是山水画,如果一味追求描绘对象的真实、具体的形和色的相似,无疑会压抑画家创作灵感的焕发和艺术意境的营造。所以作画要用自己的灵感和意境来感染欣赏者,进而达到感情的共鸣。

③ 运用视频演示,对技法运用进行具体指导。指导运用山水画的技法包括两个方面,即画什么? 如何画? 后者需要学习运笔、运墨的方法;前者则需要学习运用笔法和墨法画山、画水、画石、画树、画云彩。为此,在"技法"子菜单画面中安排了 5 个子菜单项,其中"笔法"和"墨法"通过视频演示,具体指导学生如何运笔和运墨,如图 9-43 所示;而"树法"、"山石法"和"云水法"则是用来讲授画树、山、石和云水的技法的,如图 9-44 所示。(讲授画云水技法采用的是图片,未示出)

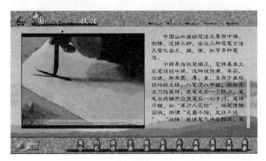
(a) 笔法

(b) 墨法

图 9-43　通过视频演示笔法和墨法

在图 9-43 中,"笔法"主要介绍了常用的中锋、侧锋、逆锋等几种笔锋,并且由此变化出勾、点、皴、擦、染等多种笔法;"墨法"则指出通过笔墨水三者的运用,形成了浓、淡、干、湿、黑、白,从而有了"笔以立其形质,墨以分其阴阳"的说法。这些普及性的基础知识,用于引导学生入门是十分适宜的。

作为笔法、墨法的应用,在图 9-44 中结合画树、山、石,重点演示了勾、点、皴、擦、染等笔法的运用,其中有用皴法表现树皮纹;还有专门讲授钉头皴、斧劈皴、云头皴、折带皴表

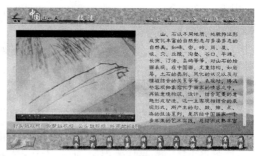

(a) 画树的技法　　　　　　　　　　(b) 画山、石的技法

图 9-44　通过视频演示画树、山、石的技法

现山石的视频。这些资料对于具体指导学生绘画练习,都是很有效的。

由以上讨论可以总结出如下一条教学格式。

从课堂教学需要(即语境)的角度看,设计涵盖一个领域的介绍类多媒体教材,就像为该课设计一个专用的资料库。既要全面,即涵盖该领域的各个方面,维持资料的完整性;又要有所侧重,以确保教学计划顺利完成。对于资料的选用,有两个要点:

- 资料的深度和数量,应由课程教学目标的定位和教学过程的需求决定。要把握好"度"。
- 资料的呈现形式,应与教学内容匹配。关键是媒体的选用要"准"。

第 10 章
高校教学中运用多媒体教材的几种常用形式

10.1　高校教学中运用多媒体教材的特点

与中小学相比,高校教学中运用的多媒体教材一般具有"较深"和"较专"两个明显的特点。所谓"深"是指教学内容的知识组块较大。虽然理工科或文科也有物理、数学或语文、历史等基础课,但这些基础课的内容是以中学形成的知识组块为基底的,即所面临的认知起点仍然较高,且难度较大。专业基础课和专业课的教学内容更是如此;"专"则表明对教师的评价,除教学水平外,还有(专业领域)学术水平的要求。一般地讲,教师的研究工作应该包括教研和科研两个方面。中小学教学内容属基础性的,比较侧重对教学方面的研究工作;而高校教学内容的专业性较强,致使教师在对待教研和科研的意向上,比较倾向于后者,并且这一倾向还因为"职称评定"而加剧了。例如在评定教师职称的条件中,对研究成果的要求是十分明确的:专著、论文、科研项目、获奖成果等,并且对发表论文的刊物、项目或获奖的级别也有规定(即所谓"硬杠");而在教学方面,只是提出了课时工作量的要求,对教学水平、业绩、效果的评定指标,远不如科研要求那样具体(即所谓"软杠")。在高校,虽然在教改方面取得了业绩也获得了"教学成果"、"优秀教师"等荣誉称号,但对教师的引导作用,还是无法与"职称评定"的指挥棒相比。因此,高校里对教学规律研究的氛围,是无法和中小学相提并论的。

但是还应看到,自从进入信息时代,我国高校在教育信息化建设方面取得的成绩是显著的,包括信息化教学环境(即硬件)建设和多媒体教材(即软件)建设两个方面。例如各高校一般都将开设网络课程、利用网络教室、建设信息化教材等纳入教务部门的工作范畴;教育领导部门也很重视高校教育信息化建设,每年举办多媒体教学软件大赛,规定评定"精品课程"的前提是必须具有网络课程等。因此应该认为,在开发和运用多媒体教材方面,我国高校是比较重视、并且取得了可喜成绩的。

由于高校教学内容具有专业性较强、信息量较大和起点较高的特点,加之对教学规律研究的重视程度和认识深度都较为欠缺,因此设计和运用高校多媒体教材的重点,一般放在"如何理解和讲解教学内容"上。换句话说,在用多媒体画面语言编写高校多媒体教材时,对语义的重视超过了语用;在语用领域,对语境(即教学环境)中的教学内容的重视超过了其他因素(如教学模式、学生特点等)。不论是用于配合教师讲授的还是自学的多媒体教材,也不论是以图为主还是以文本为主的,只要比书本教材更有利于理解教学内容,就应该视为将多媒体的优势显示出来了。这一观点几乎已在高校中形成了共识。多年来,在教育部举办的全国多媒体教材(高校组)大赛上,参赛的作品大体可以分为多媒体课件、多媒体(文或图的)演示教材和网络课程,虽然其中有些作品的制作水平很高,而且在呈现教学内容和运用交互功能等方面的平均水平还普遍高于中小学,但即使是在这些高制作水平的作品中,也普遍存在着"重语义、轻语用"的现象。

我国高校开发和运用多媒体教材的这一现状,是多媒体画面语言学研究所面临的又一问题。为此提出以下几点认识。

- 评价高校的专业书本资料,一般也包括学术水平和教学水平两方面,不过后者只体现在文字语言上,即把内容条理清晰、简明严谨地表述出来即可,若能够适应课堂教学的需要则更好;评价高校的多媒体专业资料,同样也包括学术和教学两方面,但是后者却是体现在多媒体画面语言上的。从以上各章对中小学课件的讨论中可知,运用多媒体画面语言,除需按照画面语言的特点并遵循语法规则(多媒体画面艺术规则)表达外,还应考虑语义和语用方面的要求。

- 鉴于高校多媒体教材普遍存在偏重语义的现状,本章将不再像对待前述中小学课件那样,讨论多媒体教材如何与各门课程整合的问题,而是将语义和语用两方面结合起来,从上述已形成的"共识"出发,综合提出一条在高校开发和运用多媒体教材的原则,即"多媒体教材要在帮助学生理解教学内容方面,优于书本教材"。在这条原则中,不用"呈现教学内容",而用"帮助学生理解教学内容",其实就是把教学过程中的教学方式和学生等因素考虑进去了,即把语用范畴的内容包括进去了。

- 尽管高校与中小学多媒体教材在内容上有深度、专业等差别,但是它们的设计思想都是按照多媒体画面艺术理论制定的,即在教学内容的设计上遵循认知规律,在呈现形式的设计上遵循艺术规则(1.4)。此外,只要高校多媒体教材是用多媒体画面语言编写的,它就同样应该遵循多媒体画面艺术规则,并且满足多媒体画面语言学中语义和语用方面的要求。

- 应该按照高校教学的特点,对设计多媒体教材提出一些新的要求。例如"如何用画面语言表现各种专业概念、术语、理论等抽象内容?""在专题讨论中如何培养学生分析、解决问题的能力?"……在探讨这些新问题的过程中形成规律性的认识,进而添加到多媒体画面语言学的设计格式或教学格式中。

本章就按照这些认识,通过具体案例,分别赏析几类高校常见的多媒体教材,即多媒体课件、多媒体(文或图的)演示教材和网络课程。旨在说明,虽然高校多媒体教材在内容上有着不同于中小学课件的特点,但由于都是用多媒体画面语言编写的,二者在遵循多媒体画面艺术规则和设计格式、教学格式方面,应该是相同的。

顺便指出,高等院校出现的上述现状,在各级职业学校中也类似存在,因而本章所讨论的内容以及得出的结论,也适用于这些学校。

10.2 多媒体课件
——课件《C 和指针》赏析(由天津师范大学教育技术系提供)

C 语言是计算机编程的一种流行的高级语言。目前在高校中普及计算机知识,从学习 Windows 操作系统和 C 语言编程入门,几乎是一种共识。所以在高校中,很多专业都把"C 语言程序设计"开设为一门计算机语言的基础课程。

指针是 C 语言中的一个重要概念,也是教学中的难点。对于初学者,学习指针时一般遇到两个困难,一是容易混淆指针和该指针所指向的变量;二是不太习惯用 C 语言中的各类语句来说明程序所进行的具体操作。

前一个难点属于概念范畴。因为指针也是一种变量,具有变量的特点(指针名、类型、值等),可以像变量那样操作(定义、说明、赋值、运算等),但它又是一个特殊的变量:该变量的值只能是内存中的地址。这就是说,一个内存单元,它存放的是"变量",用于表示它地址的也是变量(叫"指针变量"),而且地址和该地址单元内的变量是对应的,在操作中可以取其中之一作为代表。因此在运用时需格外小心地区别这两类变量的表述和内涵。其实二者还是有很多明显区别的:地址变量只能是整数(整型),不可能有小数(浮点型)或者是字符(字符型);指针变量的运算实际是变换地址;在函数间传递指针参数,是在用地址作为代表进行运算等。总之,在用 C 语言编程时如何区别二者、如何通过指针来访问该地址单元中的数据等,这些都是需要在教学中解决的难题。

初读计算机程序时遇到的语句困难,与初学外语时需要借助"翻译"的感觉类似。学生在初学 C 语言阶段,最需要的就是对程序中各语句的说明。因此不论书本教材还是多媒体教材,都应该充分做好说明,注解语句的含义和用法,帮助理解程序的操作。由于许多执行语句在程序中是动态的,如赋值、运算、函数调用、数据传递等,所以在多媒体教材中利用图、文与动、静配合的方式来表现这些内容,其优势不言自明。当然,随着阅读和编写程序次数的增多,对各类语句的用法日趋习惯,这些说明便可免除。

本节以课件《C 和指针》为案例,看看高校教学中的多媒体课件是如何设计的,其中有哪些规律可以遵循。

(1) 如何按照画面语言的设计格式,表现课件的知识结构。

该课件的设计思想是,先组织知识内容的结构体系,然后用画面语言将该知识结构表现出来。C语言中的指针具有概念复杂、内容丰富、使用灵活等特点，按照认知规律，初学者需要分阶段、由浅入深地进行学习。因此将教学内容划分为基础知识、深入讨论和实际应用三个部分，在课件中相应地设计成"指针基础"、"指针进阶"、"指针应用"三个模块，并以主菜单的形式表现出来，如彩图10-1所示。

正如第5.2节中所指出的，"用画面语言呈现知识结构，主要体现在一、二级菜单画面的设计格式上"。该设计格式规定，与一级菜单项对应的各二级菜单画面，应遵循"大同小异"原则。分别单击彩图10-1中的三个菜单项，调出的二级菜单画面如彩图10-2所示。

这三个子菜单画面显然是按照"大同小异"原则设计的，因而不仅能使人对课件的结构体系一目了然；而且给人留下一种规范化呈现知识内容的印象。这就是设计格式的魅力！由此可以再一次看到，用画面语言编写多媒体教材，是有规律可循的。

顺便讨论一下彩图10-2中的画面分割问题。在第2.4节中曾经指出，按照黄金分割规则，信息区在画面上所占的比例本应为60%～70%，但在提出屏幕文本呈现三原则时，补充了一条说明，即易读性是底线。也就是说在多媒体教材上，如果艺术性和易读性发生冲突，应以易读性为准！该课件中由于信息区的内容较多，除大段的程序外还有文和图的说明，因此适当将信息区的比例扩大一些（约为80%左右）是合理的。

（2）如何设计演示画面，配合教师讲解指针的概念。

指针的基本概念安排在"指针基础"模块的二级菜单的前三项，即"地址和指针"、"定义指针变量"和"指针基本运算"。为配合教师讲解这些内容，采用的是手控教学形式，设计了一系列步进呈现的画面，通过按钮进行操作。以下用几个案例说明这些画面是如何配合教师讲解基本概念的。

例1 借助大楼内"房间编号"的情景帮助学生理解"内存地址"（图10-1），是指针教学中常用的方法。

(a) 房间编号对应内存地址

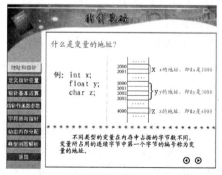
(b) 变量地址的概念

图10-1 通过情景引入变量地址的概念

对于高校学生，重点应该放在比较二者的差异上，即不同类型变量在内存中占据的字节数不同。例如在 Turbo C 2.0 中，整型、（单精度）浮点型、字符型变量分别占据2、4、

1 个字节单元,并且明确,不论变量占据几个字节,该变量的地址都是其字节单元的首字节的地址。

在图 10-2 示出的画面中,进一步阐明了指针变量的概念:一方面,它也是一个变量,也需要存放在某个内存单元中,该单元也会有地址(如 3010);另一方面,该变量其实是另一内存单元的地址(如 2000),所以叫做"指针变量"。因此,某个变量的地址也可以叫做该变量的指针。

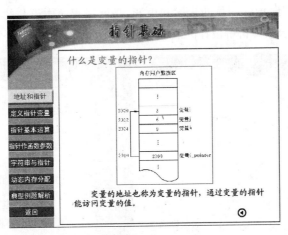

图 10-2　变量指针的概念

为了加深对以上所学概念的印象,还可将图 10-1(b)与图 10-2 联系起来提问:在 2000 单元中,如果存放的是整型变量(int x),那么它们应占据 2 个字节单元;如果是浮点型变量(float x),则为 4 个字节单元。这时,变量的指针应指向何处? 下一个变量的指针又应指向何处? 为配合教师回答这些问题,设计了如图 10-3 所示的演示画面。

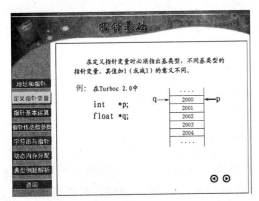

(a) 变量的指针

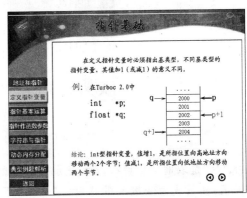

(b) 下一个变量的指针

图 10-3　变量的指针和地址的关系

在该画面中,p、q分别为整型变量、浮点型变量的指针,虽然这些变量占据的字节数不等,但是它们都是指向变量占据的首字节地址(即图中的2000)。为了配合手控教学,采用单一画面分时呈现方式,通过单击"箭头"按钮,让p(或q)指针分别移到下一个变量的首字节地址处,即p移动了2个字节,到2002(或q移动了4个字节,到2004)。需要指出的是,此时选用动画媒体来表现指针的移动过程,无论对于指针运作的形象化表达(语义),还是教学效果(语用),都是一个"亮点"。

例2 准确地理解指针变量的表述和内涵,是读懂程序中语句的基础。

图10-4是为配合教师讲解设计的演示画面,其中变量和指针变量分别用x和p表示。

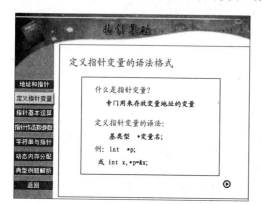

(a) 说明语句中的表述

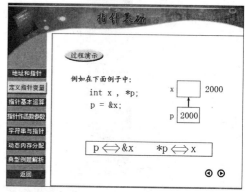

(b) 执行语句中的表述

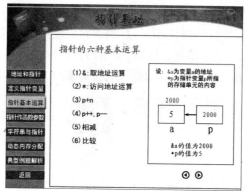

(c) 两个运算符的图示

图 10-4　对变量和指针变量表述的讨论

"&"是取地址运算符,&x表示变量x的地址值。如p=&x;,表示通过给指针变量p赋值,使其成为变量x的指针。"＊"在不同语句中的用法是不同的:在说明语句中,"＊"作说明符用。如说明语句int x,＊p;,在p前面加说明符"＊",是为了和变量x区别,说明它是指针变量;在执行语句中,"＊"为指针运算符,＊p表示取指针p所指向的内容。如赋值语句 *p＝x;,表明将变量 x 装入指针 p 指向的内存单元中。

在图 10-4(a)中,int x,*p＝&x;是说明语句,"*"是指针变量的说明符,在 p 前面加"*",说明 p 是不同于变量 x 的指针变量;而在图 10-4(b)中,*p＝x;是执行语句,"*"是运算符,*p 表示取指针 p 的内容。可见,指针变量的同一表述(*p),其内涵在不同语句中是不同的。图 10-4(c)用一个例子来说明这两个运算符的用法:如果给地址为 2000 的单元中的变量 a 赋值 5,则对该单元内的变量 a 及其指针 p 的运算结果是,&a 为 2000,*p 为 5。

从以上讨论可以看到,指针的基本概念是通过辨认语句中一些细微差别来掌握的,设计画面时,既要将概念的要点示出,又要为教师讲解、启发留有余地。旨在让学生经过自己思考后理解概念,加深印象。

例 3 通过实例揭示指针的地址属性,是加深对指针概念认识的有效途径。

数组中包括若干元素,它们占据的内存单元也有地址,因而指针变量也可以指向这些数组元素。由指针变量指向变量的讨论,延伸到指向数组元素,有利于深化对指针地址属性的认识。

C 语言中的数组元素用 a[0]、a[1]、a[2]… 表示,并且明确数组名 a 可以代表数组中首元素 a[0]的地址。因此如果定义指针变量 p 时对它赋初值 int *p＝&a[0];,表明该指针变量(p)已指向数组 a 中的首元素 a[0]。

指向数组元素的指针变量有四种基本运算,即 p＋n、p＋＋(或 p--)、相减、比较。该课件为这些运算分别设计的演示画面,如图 10-5 所示。

图 10-5(a)中,p＋n 不是通常意义的加法,而是移动指针的一种表示方法:如果指针变量 p 已指向数组元素 a[0],则 p＋1 表示指向下一个数组元素 a[1],…,p＋3 表示指向 a[3]等。由于不同类型的数组元素占据的字节单元数(d)不同,而且数组元素的地址是指其中的首字节,因此指针变量 p 移到下一个数组元素,实际移动了 d 个字节。

图 10-5(b)中,p＋＋(或 p--)表示的也是指针移动,分别表示指针变量从当前的数组元素,移到下一个(或上一个) 数组元素。

上述指针的移动,都是以动画形式表现的。

图 10-5(c)和图 10-5(d)示出的是一个数组中各元素之间的位置关系,这些元素的位置(地址)用指针表示。例如指针 p 和 q 分别指向 a[0]和 a[3],则二指针相减说明它们指向的二元素之间,相差 3 个元素。如果换算成字节单元数,则说明此二元素相隔(3×d)个字节。同理,二指针比较表明它们在数组中的前后关系:前面元素的指针变量小于后面的。

顺便说明,与变量不同,对指针变量的运算只有这 4 种,其他的指针运算都是非法的。由此可以加深对指针变量特殊性的理解。

(3) 如何设计语句说明,帮助理解程序的操作。读懂语句是理解计算机程序的关键,也是初学者在学习过程中的难点。多媒体课件可以通过画面设计和多媒体的优势(特别

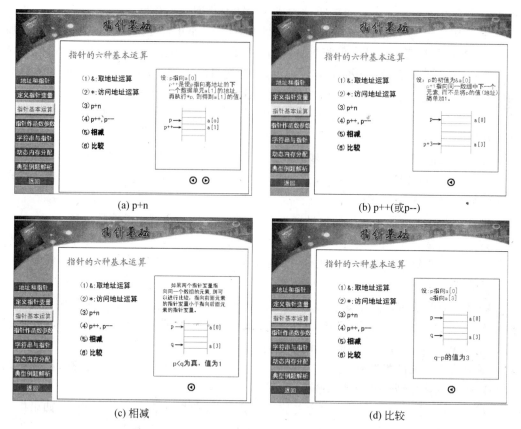

图 10-5　（指向数组元素的）指针变量的 4 种运算

是动画、视频和交互功能的配合运用），在突出语句说明上做文章，肯定会在化解难点上取得优于书本教材的效果。

　　在书本形式的计算机教材中，对语句说明是规格化了的：一是划定了显示区域（安排在被说明语句的同一行，紧随其后）；二是规定了标志（采用注释符/ * …… * /）。这是用文字语言表达的方式。同样，多媒体教材也需要用画面语言将语句说明的表达规格化。例如在该课件中是这样设计的：对显示程序的画面进行空间分割，将其划分成三个区域，即程序区、文字说明区和图示说明区；在程序区中，用箭头指向当前被说明的语句，同时文、图两个说明区分别呈现说明的内容，要求程序中箭头指向的语句与文、图说明保持同步，即箭头移到下一条语句时，文、图说明要相应地更换内容，即三者采用的是单画面分时同步呈现的形式。这种通过空间分割与时间分割的结合，来使画面语言规格化表达的设计，在目前见到的多媒体课件中还不多见，应该视为一个"亮点"；最后，程序运行的结果，采用视频形式呈现（从计算机屏幕上截屏），从而保证了程序的可信度。

　　下面以课件中的"指针作函数的参数"程序为例,讨论该程序中的语句说明,是如何按照画面语言的"设计格式"表达的,参看图 10-6。

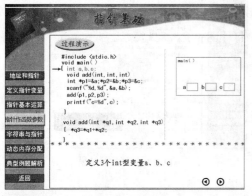
(a) 定义3个整型变量

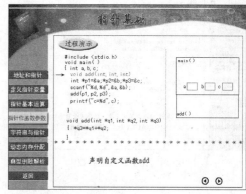
(b) 定义函数

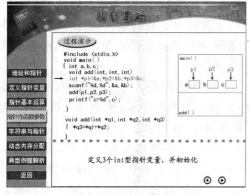
(c) 定义3个指针变量并赋初值

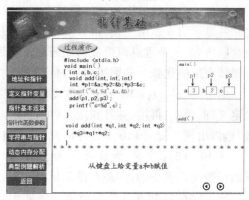
(d) 通过键盘给变量赋值

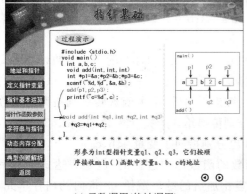
(e) 函数调用(传址调用)

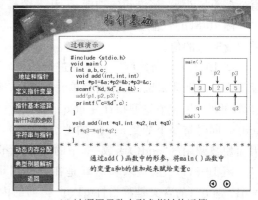
(f) 被调用函数中形参指针的运算

图 10-6　"指针作函数参数"的案例

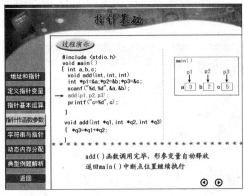

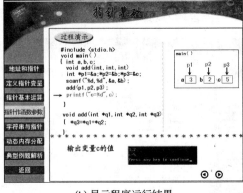

(g) 调用完毕返回主函数　　　　　　　　(h) 显示程序运行结果

图 10-6 （续）

这是一个进行加法运算的程序。用户只要输入两个整数,该程序就可以求出此二数之和并显示出来。由于在"指针"之前已学习了 C 语言的一些基础知识,所以本例将不涉及这些内容,只是重点讨论如何用画面语言说明程序中有关指针的语句,并且从中感受到多媒体表达的优势。分别按图序讨论如下。

图 10-6(a)：在创建了主函数之后,先定义 3 个整型变量 a、b、c。C 语言中,变量必须先定义(或说明)再用,并且在定义(或说明)后给它们分配内存单元,因此图示区在"主函数"框内出现了变量 a、b、c 的存储框(对于整型变量,每个框表示 2 个字节单元)。

图 10-6(b)：定义(无返回值)函数,函数名为 add,有 3 个整型参数。由于该语句是为下面函数调用准备的,因此在图示区"主函数"框下面又添加了一个"add()函数"框。

图 10-6(c)：定义 3 个整型指针变量 p1、p2、p3(注意要加说明符"＊"),并且分别赋初值 &a、&b、&c。该语句的功能是,让 3 个指针变量 p1、p2、p3 分别指向 3 个变量 a、b、c。

图 10-6(d)：通过键盘给变量 a、b 赋值,例如 a＝3；b＝2；。图示区的 a、b 存储框中填进键盘输入的值。

图 10-6(e)：函数调用是这样进行的：调用函数 add(p1,p2,p3) 的 3 个参数(实参)实际就是 3 个变量 a、b、c 所在内存单元的地址；被调用函数 add(int ＊ q1,int ＊ q2,int ＊ q3) 的参数(形参)是 3 个整型指针变量 q1、q2、q3。执行该语句后,由主函数转移到被调用函数 add(),同时将 3 个变量 a、b、c 的地址(实参),分别传递给 3 个指针变量 q1、q2、q3(形参),因而使被调用的"add()函数"框中的 q1、q2、q3 也分别指向了变量 a、b、c。

图 10-6(f)：虽然求和运算是在被调用函数的函数体中进行的,但是表达式 ＊ q3＝ ＊ q1＋ ＊ q2；的含义是将指针 q1、q2 指向的内容相加后的结果赋给 q3 指向的内存单元,所以该运算的操作实际还是主函数中执行的,即在图示区的"主函数"框中,将 a、b 存储框里的值(3、2)相加,所得结果(5)填进 c 存储框。再次提醒注意,"＊q"作被调用函数的参

数时,是说明语句,q 前面的"＊"为说明符;而表达式中 q 前面的"＊"为运算符。

图 10-6(g)和图 10-6(h):函数 add()调用完毕后,形参变量 q1、q2、q3 自动释放,返回主函数的断点位置继续执行下一条语句,即输出程序运行的结果:c＝5。此时图示区中的"add()函数"框自动消失,运行结果以视频形式呈现出来。

通过对该程序的讨论,有两点体会。一是看到了基于运动画面的多媒体教材,具有不同于书本教材的特点和优势。在该课件的画面上,采用的媒体除静态文、图外,还适时地引入动画、视频和色彩,并且利用交互功能采用手控教学形式,因而充分利用了优势,教学效果自然会优于书本教材。二是运用画面语言对程序的语句说明进行设计,可以突破书本教材仅靠文字表述的局限,形成一套适用于画面呈现的格式。在此案例中,至少有三条是可以肯定的。

- 将显示程序的画面采用空间分割与时间分割相结合的呈现形式,即首先将画面划分成三个区域:程序区、文字说明区和图示说明区,这三个区的布局和大小,可由作者根据内容需要而定。在此基础上,通过单击按钮,同步更替程序区中的语句和文、图两个区的说明。该课件中,用箭头指向和变色方式来突出程序中被说明的语句;文字说明区的表述基本与书本教材中的说明语句相同;图示说明区由于是在多媒体画面上呈现的,应该是设计课件的重点,需要探讨不同类型的程序语句,选用匹配的媒体,以最佳的形式表现出来。显然,按照多媒体画面艺术规则进行设计,就会使课件出"亮点",取得好的教学效果。

- 对图示说明区的设计,应遵循"先按认知规律组织内容;再按艺术规则将组织的内容呈现出来"的原则。这是对书本教材中说明语句和图示的延伸,因而有可能化解一些书本教材中的难点。例如该课件中设置了"变量存储框"以后,使得区别变量、指针变量的赋值操作变得一目了然:前者是在存储框里填内容;后者则表明指针箭头指向存储框。又如分别设置"主函数框"和"被调用函数框",让不同函数体中执行语句的操作出现在各自的函数框中。这种分别设框的图示,对于说明函数间传值(或传址)操作十分有效。总之,充分利用多媒体的优势,探讨如何用画面语言设计图示说明区,应该视为这类计算机程序设计教学的多媒体课件的重点。

- 应该肯定"用视频形式显示运行结果"的方案,因为它让用户相信,该结果是通过计算机运行得出的。前面利用文、图两区设计对程序的执行过程进行了形象的说明(创意),最后再利用视频显示程序的运行结果(真实),二者配合,符合"媒体匹配、优势互补"的艺术规则。

(4) 图示说明区的设计案例。下面从该课件中选出两个程序案例,重点讨论如何用画面语言设计图示说明区。

例1 如何说明 for 循环语句。

这是一个用指针处理一维数组的程序(图 10-7)。

图 10-7　for 循环语句的图示说明

① 先定义一个数组(数组名为"a",有 10 个数组元素)、一个指针变量 pa 和一个循环变量 i。在图示说明区分别给它们安排存储框,其中数组存储框分 10 格,分别存放 10 个数组元素:a[0],a[1],a[2],…,a[9]。

② for 循环语句中有三个表达式。先执行表达式 1,即给循环变量 i 赋值"0",则在变量 i 的存储框中填"0"。再执行表达式 2,即如果满足 i<10,则执行循环体中语句:将变量 i(此时 i=0)加 1 后给 a[0] 赋值,则在数组元素 a[0] 的存储框中填"1",见图 10-7(a)。

③ for 循环语句中的表达式 3,是在执行完循环体语句后执行的,即循环变量 i 加 1,则在变量 i 的存储框中填"1",见图 10-7(b)。

需要强调的是,在该循环语句中有两处"i 加 1"的操作:循环体中的 a[i]=i+1,运算的结果(i=1)填在数组元素 a[0] 的存储框中;循环语句表达式 3 中的 i++,所得结果(i=1)填在变量 i 的存储框中。在书本教材中这是一个难点,但是在图示说明区中却变得清晰可见,这就是为什么在多媒体教材中如此重视教学内容要艺术呈现的原因。

④ 经过一次循环后,数组元素 a[0] 为 1,循环变量 i 也为 1。再用表达式 2 判断,满足 i<10,则继续执行循环体中语句:将变量 i(此时 i=1)加 1 后给 a[1] 赋值,则在数组元素 a[1] 的存储框中填"2",见图 10-7(c)。

⑤ 如此循环,直到执行完第 9 个循环后,a[8]=9 和 i=9。由于仍满足 i<10,所以还可以执行一次循环体,在 a[9] 的存储框中填 10。再执行表达式 3 后 i=10,不满足表达式 2 的条件,所以退出循环。执行该 for 循环语句后面的一条语句:用数组名 a 给指针变量 pa 赋值,则 pa 存储框的箭头指向数组 a[0]存储框的首地址,即数组元素 a[0],见图 10-7(d)。

⑥ 下一个 for 循环语句是配合输出函数语句用的,旨在将数组 a[10]存储框中的 10 个数组元素依序输出显示出来。也就是说,整个循环过程同上,只是循环体(即循环进行的内容)变了。例如执行第 1 次循环时,先执行表达式 1,即给循环变量 i 赋值"0",(变量 i 的存储框中填"0")。再执行表达式 2,由于满足 i<10,则执行循环体中语句:printf("*(pa+%d):%d\n",i,*(pa+i));该语句属于已学过的内容,意为将此时循环变量存储框中的值("0")和指针变量 pa+0 指向的数组元素 a[0]存储框中的值("1"),依序分别取代控制串中的两个"%d"。所以执行第 1 次循环的结果是,输出并显示首个数组元素存储框中的值:*(pa+0):1,见图 10-7(e)。

⑦ 如此循环,直到输出并显示 10 个数组元素存储框中的值,见图 10-7(f)。

顺便说明,该课件设计的图示说明,是配合教师讲课用的。对于为学生自学设计的课件,则需要在文字说明区增加内容。

例 2 如何说明字符串交换语句。

若要对参赛选手的名单按照比赛成绩重新排序,这时就用到了字符串交换语句。一个数组,如果其中的数组元素都是指针,就叫做"指针数组"。用指针数组处理若干个(人名、书名、色彩名等)字符串,与直接处理字符串相比,具有节省内存、操作方便等优点。图 10-8 示出的就是一个用指针数组处理"交换"字符串的程序。

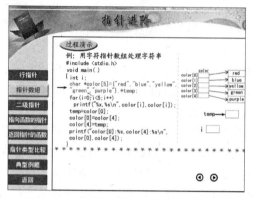

(a) 定义变量、指针变量和指针数组

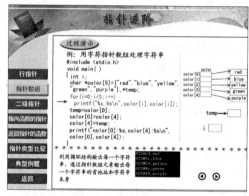

(b) 通过循环语句依序显示5个字符串

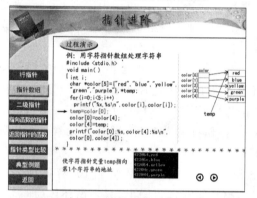

(c) 先让temp的箭头指向字符串red

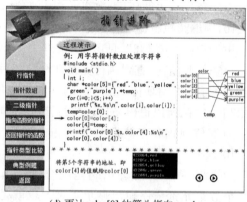

(d) 再让color[0] 的箭头指向purple

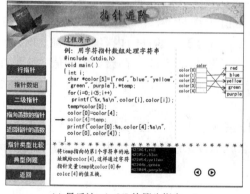

(e) 最后让color[4] 的箭头指向red

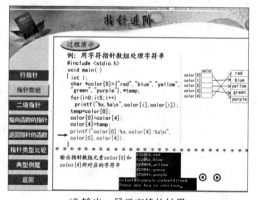

(f) 输出、显示交换的结果

图 10-8   字符串交换语句的图示说明

其实在书本教材上也可以用静态图示说明"交换",但是"交换"毕竟是一种过程,在多媒体画面上采用手控分时呈现方案动态说明的效果,显然会优于前者。

该程序由前后两段组成,先用指针数组显示各字符串,然后再用指针数组对字符串进行交换处理。

① 在主函数中,定义了一个指针数组,数组名叫 color,有 5 个数组元素,都是字符指针。它们在定义时均已赋了初值,因而这 5 个字符指针依序指向 5 个字符串(red、blue、yellow、green、purple)的首地址。在图示说明区中,一方面为 color 的数组元素安排了 5 个存储框;另一方面还安排了 5 个字符串的存储框;用 5 个箭头依序从数组元素存储框指向字符串存储框作为赋初值的图示说明。此外,还定义了循环变量(i)和过渡指针变量(temp),在图示说明区中也分别安排了存储框,见图 10-8(a)。

② 通过 for 循环语句,分时依序地将 5 个数组元素(即字符串指针)color[0],color[1],…,color[4]所指向的 5 个字符串存储框中的内容输出、显示出来。按照输出函数控制串的要求,每次输出、显示一个字符串存储框的地址(十六进制整数)和字符串。见图 10-8(b)。

③ 交换字符串需要借助一个过渡指针变量(temp),以交换首尾两个字符串(即 red 和 purple)为例。分三步:

先用 red 的首地址(即 color[0])给 temp 赋值,则 temp 的箭头指向字符串 red 的存储框,见图 10-8(c)。

再用 purple 的首地址(即 color[4])给 color[0]赋值,使后者的指向由 red 存储框转向 purple 的存储框,见图 10-8(d)。

最后用 temp 给 color[4]赋值,于是 color[4]便指向了字符串 red 的存储框,见图 10-8(e)。

④ 经过交换后,color[0]的箭头指向 purple;而 color[4] 的箭头指向 red。因此在输出函数中,再要求输出 color[0]和 color[4]所指的内容时,显示出来的便是 color[0]:purple 和 color[4]:red。

通过以上对课件《C 和指针》的赏析可以看到,无论高校或中小学,将书本教材的内容改编成多媒体教材都需要学会运用画面语言,要突破文字表述的局限,要将多媒体的优势充分发挥出来。

10.3　多媒体教学演示资料

目前在高校教学中用得比较普遍的是多媒体教学演示文稿(即 ppt),它在课堂教学过程中的作用类似于黑板上的板书。

为什么这种形式能够在课堂教学中广泛采用？主要是迎合了教师们长期养成的利用板书配合讲课的习惯。讲课(或报告、讲座等)是通过口头语言表述教学内容的，而文字语言是包括形、音、义的，口头表述和文字表述各有优势和用场。在描述知识结构关系、强调重点、分解难点或者需要图示说明等情况下利用板书配合，实际是在借助文字表述的优势，此时演示文稿所起的作用和板书是一样的。此外，与板书相比，采用演示文稿还具有节省书写时间、呈现规范等优点。

虽然演示文稿在教学中的运用已有很长时间了，但是由于其早期的画面只能类似幻灯片那样地顺序播放，没有交互功能，因此当时人们没有将它视为多媒体教学资源。那时在教育部举办全国多媒体教学资源大奖赛的参赛作品中，是不包括 ppt 演示文稿的。近几年来，一方面在开发软件时增加了幻灯片之间非线性跳转、超链接、随机插入文件(或图片)、自定义动画等技术，使其在导航、动态呈现、链接外部资源、引进声音媒体等方面，已经达到了多媒体课件的水平；另一方面，这种具有交互功能的演示文稿已经广泛用于网络课程中，而且效果很好。所以现在可以将其称为"多媒体教学演示文稿"。

除多媒体教学演示文稿外，还有一类多媒体演示资料，也是高校(特别是工、医科或军事院校)广泛采用的，即多媒体教学演示模型，它在课堂教学中主要用来替代教学模型或教学挂图。在传统教学中，对于那些专业性强、生活中不易见到的教学内容，这些教具(模型、挂图)是经常被用来配合讲课的。随着多媒体教学资源建设的普及和深入，一些有开发实力的学校或专业公司运用编程软件和计算机创作工具软件，分别为机械、建筑、医学、军事等专业领域设计制作了一批教学演示模型软件。这些多媒体演示模型，就像中小学创设多媒体情境进行教学一样，为学生学习那些生活中比较陌生、缺乏感性认识的教学内容，提供了一个比较理想的认知平台。与传统实物模型或挂图相比，采用多媒体演示模型更加突出了教学性和可视性，教学效果更好。

本节分别讨论这两种类型的多媒体演示资料，看看它们在设计上有哪些特色或亮点，在帮助学生理解教学内容方面采取了哪些措施，希望能够对大家今后设计这类多媒体教材有所启发和借鉴。

10.3.1 多媒体教学演示文稿(即 PPT)

——演示文稿《脑认知原理》赏析(由天津师范大学教育技术系提供)

《脑认知原理》是天津师范大学教育技术系为研究生开设的一门课程。该课程由"认知心理学"演变而来，共九讲，其内容侧重教育技术学所需的心理学基础知识，强化了思维部分，将"创新思维"和"脑科学(脑的组织结构和思维机能定位)"作为两个专题重点介绍。课堂教学采用 PPT 配合讲授形式。

为什么将 PPT(PowerPoint)通称为"演示文稿"，顾名思义，这是在应用中对它两个特点的概括：像幻灯片一样地顺序演示；像黑板板书一样地配合演讲。多年教学实践表明，用演示文稿取代黑板板书不仅是可行的，如果有针对性的采取一些有效措施，还会像多媒体课件那样产生出"亮点"来！

本节选用了该课程中的第六讲（逻辑思维）作为案例，主要讨论在设计演示文稿时采取的一些措施，并且用多媒体画面艺术理论进行说明。

逻辑思维是心理学课程中的重点内容之一，将其移植到《脑认知原理》中来，再加入形象思维和直觉的教学内容，共同作为讲授创新思维的前期预备知识。逻辑思维同时又是心理学课程中难讲的内容之一，难就难在它的内容过于严谨、抽象，使教与学都感到枯燥乏味。

早期开设《脑认知原理》课程时，也曾采用演示文稿（PPT）去配合讲授"逻辑思维"，但是由于受到软件技术和制作水平的限制，用现在眼光来看，可用三条结论对其进行评价，即顺序播放缺乏交互性；内容枯燥缺乏趣味性；满屏文字缺乏艺术性。显然，用这样的演示文稿配合教学，其效果是可想而知的。

本节选用逻辑思维作案例的目的，就是想看看用现在的软件技术和制作水平，如何解决上述三个方面问题。

（1）在演示文稿中，也可以像多媒体课件那样运用交互功能。

多媒体课件中的知识结构，一般都是通过一、二级菜单的形式呈现出来的，这已经形成了运用画面语言的一种设计格式（5.2）。由于现在的演示文稿开发软件已包括了设置超链接功能，因此完全可以按照多媒体课件这一格式，设计演示文稿中"逻辑思维"的知识结构，如图 10-9 所示。

将该图视为这一讲的主菜单，有三个菜单项，分别为该讲的三部分教学内容。其中"逻辑基础知识"，即逻辑学的基础知识，是这一讲的重点；前面的"逻辑思维中思维与逻辑的关系"，是对该讲内容的概述，作为引言；后面的"逻辑思维的实质、优势和局限"，则是进一步讨论，作为结尾。单击其中任何一个菜单项，都会调出各自的二级子菜单画面，参看彩图 10-3。

按照该设计格式的要求，这三个子菜单画面应该遵循"大同小异"的原则，即背景、色调和布局风格上要统一，给人以整体的感觉；但是与各部分内容相关的标题、说明及其烘托背景等，却需要体现出差异来。演示文稿一般采用统一的背景，因此彩图 10-3 中的统一体现在呈现格式、字号、字色上，差异可以由文字的字义表现出来。在各子菜单画面上均设置了"返回"按钮，实现了一、二级菜单之间的双向跳转。现在完全有根据认为，图 10-9 和彩图 10-3 就是在用画面语言按照设计格式表现"逻辑思维"的知识结构。

如前（2.4）所述，交互功能在多媒体课件中的应用包括导航和互动教学两个方面。通过按钮或菜单进行手控教学的形式，就是一种常用的基于交互功能的多画面时间分割呈现方式。在该演示文稿中，需要对全称、特称和肯定、否定组合的 4 种命题分别进行讨论，采用的就是这种多画面时间分割呈现方式，如图 10-10 所示。

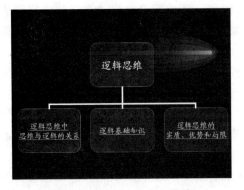

图 10-9　逻辑思维的主菜单

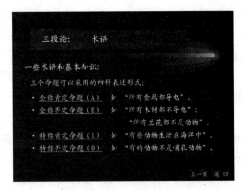

图 10-10　采用时间分割呈现方式介绍 4 种命题

　　通过单击图中列出的"全称肯定命题"、"全称否定命题"、"特称肯定命题"或"特称否定命题"4 个热区,可以分别跳转到对应的画面进行讨论,讨论结束后,还可返回到图 10-10 所示的画面中去,如图 10-11 所示。

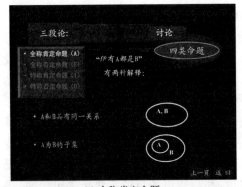

(a) 全称肯定命题

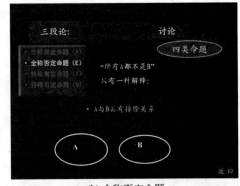

(b) 全称否定命题

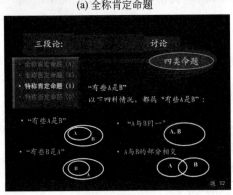

(c) 特称肯定命题

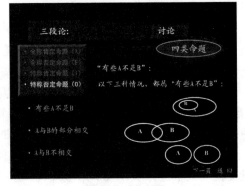

(d) 特称否定命题

图 10-11　手控分时呈现的画面

由此可见,在演示文稿中,是可以像多媒体课件那样运用交互功能的。不过要不要用和如何运用,应由教学内容的需要而定。但是也不要忘记,演示文稿中的交互功能是在顺序播放的基础上添加的,因此不能像对多媒体教材那样要求过高。

(2) 抽象严谨的内容,与枯燥乏味的教学之间没有因果关系。

无论是多媒体课件还是演示文稿,它们呈现的都是教学内容,而且都会把抽象严谨的教学内容作为难点来对待。如何处理这个难点?有经验的教师都有一套处理抽象严谨教学内容的经验,例如在中小学,通常用形象的事例(即所谓"创设情景")来说明抽象内容,用深入浅出的讲解来表述严谨的内容。在设计多媒体教材时,教师要把这种处理知识内容的教学经验,运用媒体将其形象化地呈现出来,用多媒体画面艺术理论的话来说,就是"教学内容的设计上遵循认知规律;呈现形式的设计上遵循艺术规则"(1.4)。

其实抽象内容的形象化并不一定非要图形化,在学生们鲜知的概念、理论中引入一些有趣味性的故事、问题等,将其引入到教学内容中,同样能为认知活动提供文字语言描述的"形象"。例如在中学物理讲"水的浮力"时,穿插一个阿基米得测量皇冠纯度的故事,或者提出一个巨轮为什么不沉的问题,这里都并未利用图像,但也同样可以使抽象的"浮力"概念,在形象化的背景下呈现出来。

"逻辑思维"的演示文稿就是通过文字语言,使抽象内容"形象化",从而使教学效果得到了改善。不过在实施过程中,能否收集足够数量的素材是个关键问题。为此,在移植心理学教学内容时,首先要按照文字语言形象化的需求,从大量心理学书籍中选择一些案例、表述或图解,使其适合演示文稿的表现形式;然后将这些选择的素材,分别安排在"逻辑思维"的各部分内容中。

例如在"概述"中,提出了"逻辑思维并不是按照逻辑规律进行的思维"命题,指出思维属于心理学范畴,逻辑属于逻辑学范畴,并用大量事例证明,用逻辑规律取代思维规律是行不通的;进而说明,虽然思维不是按照逻辑规律进行的,但在交流思维结果时,却一点也离不开逻辑规律。具体地讲,就是在表达自己思维结果,或者判断别人表达的思维是否正确时,都必须遵循逻辑规律。提出这样的问题,会使学生感到新鲜却又不知答案,因而有了求知的需求;接着用大家熟悉的事例论证,虽然用的还是文字语言,但由于都是些日常生活中的常识,使得原本抽象的问题变得通俗易懂,如图 10-12 所示。

系统地介绍逻辑规律,除了传授逻辑学基础知识,主要是为了培养学生的逻辑思维能力。但其中有许多抽象的专业术语和严谨的推理表达,往往会因其难懂、枯燥,让学习者失去学习兴趣。在呈现"逻辑基础知识"的内容时,由于遵循了"专业术语表达通俗化"和"逻辑推理呈现形象化"两条原则,从而有效地化解了这一难点,保证了教学过程得以在比较浓厚的学习兴趣中进行。

例如条件推理有三种情况:充分条件、必要条件和充分必要条件,这些在几何学中见过的内容其实源于逻辑学,现在要求将它们运用到社会生活中;在逻辑学里,用专业术语

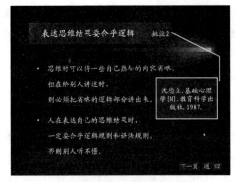 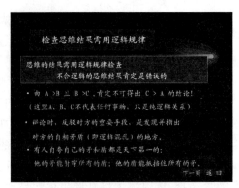

(a) 表达思维结果要合乎逻辑　　　　　　(b) 检查思维结果需用逻辑规律

图 10-12　用文字语言形象化表述抽象内容

"肯定、否定"和"前件、后件"来定义是比较难懂、难记的。为此在演示文稿中采用了几何学中的用语,将上述三种情况概括为"充分条件是指多个条件可以产生一个结果"、"必要条件是指一个条件可以产生多个结果"、"充分必要条件则是指,条件和结果是一一对应的",参看彩图 10-4。

可见,这样的表述并没有使逻辑学的定义产生歧义,而且适应了演示文稿中形象化呈现的需求。在此基础上,继续用一些生活中熟悉的事例说明,待学习者熟悉三个定义的内涵后,再用逻辑学的专业术语表述就不会感到困难了。

又如分析三段论推理中出错原因时,学习者通常不太适应用逻辑学中的大、小前提进行说明。此时可借用"集合"的概念,通过子集、交集、同集、超集和排除(即互不相交)等类

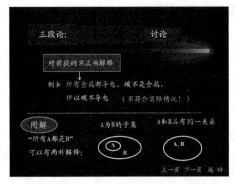

图 10-13　用图示分析逻辑错误

型,来区分大、小前提中所用的全称、特称和肯定、否定组合的 4 种命题(参看图 10-11)。由于"集合"是可以用图表现的,从而使"出错原因的分析"在演示文稿中得以形象化地呈现,许多看似较难分析的逻辑错误,在图示中也可轻易地找到答案。图 10-13 示出了这样一个例子:"所有金属都导电,碳不是金属,所以碳不导电",显然,借用"集合"概念,在图示中可以清晰看到,"所有 A 都是 B"(全称肯定命题)包括"A 是 B 的子集"和"A 与 B 同集"两种情况,

该例属于前者。其实金属和碳都是导电的"子集",都具有导电的属性。

从这个例子可以看到,用图来进行逻辑推理,远比用逻辑学的专业术语解释要通俗易懂得多!

学习了"逻辑基本知识",最后提出评价逻辑思维的问题。一方面,从哲学的角度看逻

辑规律的实质。辩证唯物主义认为,事物总是在一定条件下产生、发展和衰亡的;事物之间联系的性质、结构和特点,也是随着条件而改变的。推理的实质就是,在一定的条件下,由一事物(或现象)导致另一事物(或现象)的思维活动。另一方面,通过与形象思维比较,看逻辑思维的优势和局限。由于逻辑思维是建立在文字语言基础上,是运用概念、判断和推理而实现的思维,因此分析优势和局限时,应从文字语言上去找依据。评价和分析仍然采用深入浅出、通俗易懂的形式,用大量的事例说明论点。这样的安排,可以缓解学习逻辑规律时严谨思维训练产生的疲劳感,使教学过程符合张→弛→张的节奏。

在该演示文稿的多次改进中体会到这样一条真理:尽管高校与中小学教材的内容具有深度和专业等差别,尽管专业教材具有较多概念、术语、理论等抽象内容,但只要是教材,就存在遵循教学规律的问题,因此高校教师也要研究教学规律;只要是多媒体教材,就一定要用画面语言编写,就一定要研究如何运用画面语言来表现这些抽象的内容。抽象严谨的内容与枯燥乏味的教学之间其实并没有因果关系,关键在于是否懂得教学规律;是否会用画面语言表现。

(3) 以文本为主的画面,也可以设计得让人赏心悦目。

在高校课堂教学中,采用文本为主要媒体的演示文稿是比较普遍的,除《脑认知原理》外,其他诸如法律、政治、历史等课程用的演示文稿也是如此。在全国多媒体教学软件大奖赛的参赛作品中,这类以文本为主的多媒体教材在"先天"上吃了亏。究其原因有两点,即多媒体教材是由运动画面组合而成的,运动画面是以呈现运动媒体(视频图像、动画、声音等)见长的。虽然文本在画面上也可以动态呈现,但是大多数情况下是静态呈现的,这就首先在生动、活力上失去了优势;此外由于文本的"形"和"义"是分离的,而教材内容是通过"义"传递的,因此对于这类多媒体教材的制作者来说,呈现文本的"形"往往变成了一个弱项,或重视不够,或不知呈现文本的艺术规则。所以,这类作品在历次大奖赛中排名都比较靠后。

如前(2.4)所述,屏幕文本在多媒体教材中要注意的问题是"入乡随俗"。这个"俗"就是针对文本的"形"而言的。所谓"随俗",就是要求字形在屏幕上呈现时,除了遵循屏幕文本呈现的三原则(即适配性、艺术性和易读性)外,还要遵循规范图、像(即静止画面、运动画面)的那些艺术规则。按照多媒体画面艺术理论,"随俗"了的屏幕文本,同样是会出"亮点"的。通过改进《脑认知原理》演示文稿的实践,验证了这个论断的正确性!

"屏幕文本怎样才能按照画面语言的格式呈现出来?"这是多年来在改进该演示文稿的过程中探讨的核心问题。从最近推出的该演示文稿 2010 年版本来看,应该认为对这个问题已有了一些比较明确的认识,分三个方面说明如下。

① 如何达到"易读性"的要求? 按照多媒体画面艺术理论的要求,规范屏幕文本的"易读性"不仅指能看得清,而且指久看不会感到视觉疲劳。后者其实是要求将呈现屏幕文本的画面设计得赏心悦目,因为久看赏心悦目的画面是不会视觉疲劳的。

从以上各图(图 10-9 至图 10-13、彩图 10-3)及下面将要示出的各图都可以看到,该演示文稿中的屏幕文本完全是按照实现易读性的三条措施(2.4)呈现的。具体实施中有这样一些要点:字体一律采用楷体;正文字号用 24 号(不同级别的标题用 28 号及以上);行距、字距由字数而定(以不感觉拥挤为底线);信息区均不超过屏幕的 70%,注意规范化排版;标题、重点、说明等用不同色彩区分,所有字色与黑底背景的明度差均超过 70 灰度级等。实践表明,这样设计屏幕文本的画面,能给人以朴实无华,但又悦目的印象。

② 如何使版面设计规范化?该演示文稿中的版面设计有两点值得一提。

一是规范化的标题设计。以"三段论"的子标题为例,参看彩图 10-5。

其中彩图 10-5(a)的三个子标题,分别与彩图 10-5(b)、彩图 10-5(c)、彩图 10-5(d)的标题对应。类似的例子还可以在一、二级菜单(图 10-9、彩图 10-3)和 4 种命题(图 10-10、图 10-11)中看到。

可以从不同的角度来看待这种标题设计:从画面均衡艺术的角度看,它体现一种前后画面标题的"呼应";从画面分割的角度看,应视为一种多画面时间分割的呈现方式。因此,这样的设计格式是规范的。

二是规范化的画面(幻灯片)设计。例如从三个方面论证思维规律不同于逻辑规律时,用了三个画面来分别呈现其论点,如图 10-14 所示。

由图可见,这三个论点的呈现格式是统一的:标题、论点、举例说明,从上至下安排。其中"论点"通过亮色(黄色)、加框和位置(视觉中心)三者突出,表明它是该知识点中的重点。又如在概略地介绍"逻辑学"时,分别用了以下三个画面来讲述三个要点:"逻辑学研究命题、推理、判断"、"逻辑学主要研究推理的一般规律"和"逻辑学研究的推理分演绎推理和归纳推理两类",如彩图 10-6 所示。

比较彩图 10-6 和图 10-14,二者都是用来呈现知识点的,因此采用的呈现格式相同:都是包括标题、论点、举例说明三部分,而且重点内容都用亮色(黄色)、加框和明显位置突显出来;但这是两个不同内容的知识点,在布局和标题形式上又有所区别。这就是所谓"大同小异"原则。总之,一种格式,只要是遵循艺术规则的,它就是规范的。

③ 如何发掘演示文稿的优势?随着演示文稿在教学中的运用日益普及,各学科对它提出的要求将会越来越高,面对这一客观形势,除有待开发商的版本升级外,用户也应尽量发掘其已有优势,使演示文稿能更好地适应教学需求。

在《脑认知原理》演示文稿中,根据教学内容的需要,除利用开发软件提供的一些功能进行上述手控操作外,还在应用上进行了一些有益的尝试,因而给教学内容的呈现加分不少。举例说明如下。

例 1 彩图 10-5 所示的"三段论"及其三个子标题(术语、规律、讨论),对其设计了一种带有立体感的新的呈现形式:在总标题"三段论"后,好像有一个遮挡的模块在移动,分别将当前的子标题显露出来。

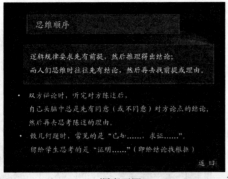
(a) 顺序不同

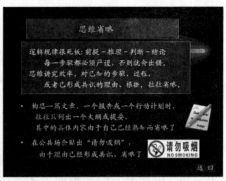
(b) 方式不同

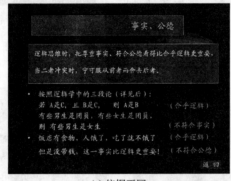
(c) 依据不同

图 10-14　论证思维规律不同于逻辑规律

　　例 2　讲日常推理时,举了一个到菜市场去买西红柿的例子。为了调节以文字为主的视觉氛围,适时地配上了电冰箱和西红柿的图片,这样的设计是符合认知规律的。类似的例子在演示文稿中还有多处,如在"界定商业活动"时,出示商业广告等,参看图 10-15。

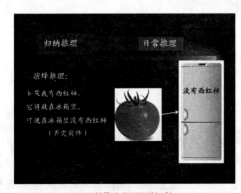
(a) 到菜市场买西红柿

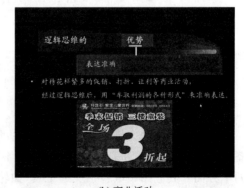
(b) 商业活动

图 10-15　在演示文稿中插入图片

例 3 为了总结 4 种命题与 5 种集合之间的对应关系,设计了一个表格,如图 10-16 所示。

该表将各命题下可能有哪几种集合类型,清晰地表示出来了。因此,表格在演示文稿中也是一种不可忽视的形式。

例 4 教学中经常出现这样一种情况:讲一个主题时,需要涉及另一门知识,但该主题的知识内容本来就比较多;为不影响该主题的讲授,可采用超链接另一门知识的方式。在该演示文稿中也遇到类似情况:讲形式推理时,引用了一个研究永动机失败却导致能量守恒

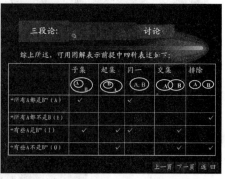

图 10-16　命题与集合的对应关系

定律被发现的例子。为不影响对形式推理的讨论,将有关能量守恒定律安排为超链接的内容,如图 10-17 所示。

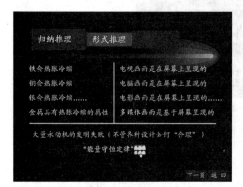

(a)"形式推理"画面中设置按钮

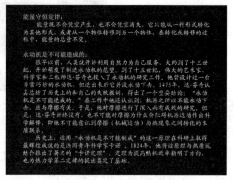

(b)超链接到"能量守恒定律"

图 10-17　设置超链接的实例

10.3.2　多媒体教学演示模型
　　——演示模型《减速器结构仿真》赏析(由东北石油大学梁宏宝、
　　　王鑫提供)

减速器是一种动力传递机构,利用齿轮的速度转换器,将电机(马达)的回转数减速到设备所需要的回转数,并且得到较大转矩。因此,减速器的应用主要是降低转速和增加转矩两个方面。其应用领域包括交通工具(如轮船、汽车等)、建筑(如吊车、传输机等)、机械(如车床、冲压机等)以及日常用品(如钟表、电动玩具等)。

多媒体演示模型《减速器结构仿真》，是用三维动画软件 3DMAX 和编程软件 VB 开发制作的，用作配合机械专业教师课堂讲授的辅助教学资料，可替代传统教学中的教学模型或教学挂图。由于内容全面、制作规范并且在课堂教学中的运用效果较好，曾在全国多媒体教学软件大奖赛中获一等奖，现已被北京航空航天大学、哈尔滨工业大学等多所大学采用。

本节从画面语言的角度分析这种类型多媒体教材的特色和亮点，并且力求在分析过程中形成一些规律性的认识，供大家今后设计这类多媒体教材时借鉴。

（1）如何按照画面语言的格式设计菜单。

多媒体教学演示模型属于一种新的多媒体教材类型，其特色是教学内容以图为主，与上节讨论的演示文稿类型形成了明显的反差。

顺便说明，虽然从技术角度看，多媒体教材《减速器结构仿真》和《脑认知原理》的开发软件差别甚远，但是在多媒体画面艺术理论看来，二者都是具有交互功能的教材，虽然以某一类媒体为主，但还是可以穿插采用一些其他媒体的，因此都可以叫做"多媒体课件"（和用其他编程软件或创作工具软件开发的多媒体课件一样）；但这二者又是各有特色的，即教学内容的呈现形式分别以图形或以文本为主，因此可以分别称其为"以图为主"或"以文稿为主"的多媒体课件。这就是将此二教材纳入同一节的依据。

严格地讲，这类多媒体教材更像一个由计算机管理的素材资料库，前三（或前二）级菜单可视为该库中分类存放的资料目录，通过单击目录可将相应的素材调到工作区来进行演示。因此，它的知识结构也和多媒体课件一样，是通过这几级菜单的形式呈现的；而且呈现的格式也具有画面语言的特征。具体地讲，库中教学资料的结构关系，是用分配位置（即安排在工作区的上方或右侧）和时间分割（或路径导航）方式来表现的，如图 10-18 所示。

图中安排在工作区上方和右侧的菜单是有分工的：上方的菜单主要用于分类，或"路径导航"；右侧的菜单是前者的下一级菜单，主要用于呈现，也就是将素材（或知识点）调到工作区中呈现。

在该课件中，将减速器的知识内容分为"用途"、"结构"、"设计错误分析"和"零件加工"四大类，它们组成了一级菜单，安排在工作区的上方；其中后三个菜单项还设置了二级菜单（仍安排在工作区的上方），表示还需进一步分类。安排在工作区右侧菜单，其菜单项实际是所属类的素材（或知识点）目录，通过单击可将对应的素材（或知识点）调到工作区去呈现。由于各类知识点是按照路径导航逐级调出呈现的，因此能够清楚知道工作区中呈现的教学内容在知识结构中的定位。

由此可以再一次看到，在第 5.2 节中从多媒体课件总结出的这种画面语言设计格式，对于这些有特色的多媒体课件（即演示文稿和演示模型）同样适用。

(d) 减速器零件加工

(c) 减速器设计错误分析

(b) 减速器结构

(a) 减速器用途

图 10-18 《减速器结构仿真》的菜单

（2）如何组织和呈现该课件中的主要教学内容。

由图 10-18 示出的菜单可知,该课件是配合"减速器结构设计"教学用的：教师在课堂上可用它替代教学模型或挂图进行讲授;学生也可在进行设计时用它作为参考。

在 4 个主菜单项中,"减速器结构"系统、详尽地介绍了各种类型减速器的结构、组装和运行,显然是该课件的主要教学内容。其他三个菜单项的定位分别是：

"减速器用途"明确学习该课件的实际意义,选用几个实例说明减速器的用途。因此这部分内容相当于该课件的前言。

"设计错误分析"针对减速器结构设计中常出现的几类错误,给出正确答案。类似答疑或练习。

"零件加工"对"减速器结构"中讨论过的零部件进行补充,介绍这些零部件（如箱体、齿轮和轴等）在生产车间是怎样加工出来的。

因此,可以将该课件中 4 个主菜单项视为"1＋3"的关系,即主要教学内容和配合主要教学内容的其他资料。

先分析"减速器结构"的设计。按照多媒体画面艺术理论,设计的原则应该是,组织教学内容时要遵循认知规律；而在呈现教学内容时要符合艺术规则(1.4)。

按结构划分，各种减速器中的传动机构可以大体分为一级齿轮式、二级齿轮式和蜗杆式三类，其中的二级齿轮式又分为"圆柱-圆锥式"、"展开式圆柱"、"同轴式圆柱"和"分流式圆柱"。传动机构的这些类型是以二级子菜单形式列出的，单击其任一菜单项，将会调出工作区右侧的相应三级菜单，其中列出的就是该类传动机构的教学内容，即一些知识点。

从教学角度讲，应该将每一类传动机构的教学内容(即一些知识点)，分为零部件和由零部件组装成整机两部分，而且零部件还进一步分为关键零部件和配套零部件两类。这样划分的目的，是为了将用于区别各类传动机构的"关键零部件"突出出来。

在 4 个主菜单项中突出"减速器结构"；在"减速器结构"的教学内容中突出"关键零部件"，这就是认知规律所强调的"抓住重点"。只要突破了重点，该课件中的教学内容就不难掌握了。

各类传动机构的关键零部件主要是齿轮组、齿轮轴或涡轮、蜗杆。通过单击"减速器结构"下的各二级菜单项，从调出的三级菜单(工作区右侧)中，可将各类传动机构的关键零件开列如下：

- 一级圆柱齿轮：大齿轮、齿轮轴、输出轴。
- 二级圆柱-圆锥齿轮：大椎齿轮、小椎齿轮。
- 二级展开式圆柱齿轮：齿轮、齿轮轴。
- 二级同轴式圆柱齿轮：齿轮、齿轮轴。
- 二级分流式圆柱齿轮：大齿轮、齿轮轴、阶梯轴。
- 蜗杆式：涡轮、蜗杆。

从调出的三级菜单以及进而调出的在工作区呈现的素材还可看出，该课件在突破这些重点内容上的设计是很周密的。分析如下。

首先，充分运用三维动画软件的各种功能(建模、渲染、动画等)精心制作出这些关键零件，使其在外形、色彩、质感、光感等方面，都达到了乱真的水平。这种通过精美的制作突出教学主体，使其在画面上显得格外赏心悦目，从而达到了刺激学习兴趣的目的(2.2)。此外，在工作区演示这些零件时，设置了连续播放键和步进播放键，还可以加语音解说配合，因而为学习者提供的是视、听和动、静的认知环境。彩图 10-7 选用了二级展开式圆柱齿轮减速器中的"齿轮"作为案例，示出其步进演示的情形。

其次，在三级菜单中安排了"高速轴"、"低速轴"菜单项(二级齿轮传动机构还需增加"中间轴"菜单项)，旨在演示齿轮、齿轮轴及其他零件如何组装成传动机构中的高速轴、低速轴等部件，并且示出该部件在传动机构中的位置。图 10-19 中仍以二级展开式圆柱齿轮减速器中的中间轴和低速轴为例，演示其组装的情形。

显然，减速器之所以能够减速，是通过"高速轴"、"低速轴"(和"中间轴")之间的运动

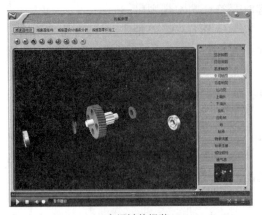
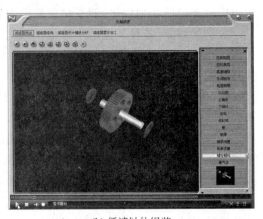

(a) 中间轴的组装   (b) 低速轴的组装

图 10-19 减速器的中间轴和低速轴组装

传递实现的,因而将这些部件视为减速器的关键部件是有依据的。

为了看清这些组装好的部件在减速器中是如何传动的,在三级菜单中还安排了一个"运动图"菜单项。例如在二级展开式圆柱齿轮减速器的三级菜单中,单击"运动图"菜单项,则在工作区中看到,该减速器已装配好的"高速轴"、"中间轴"和"低速轴"正在配合传动的过程,参看图 10-20。

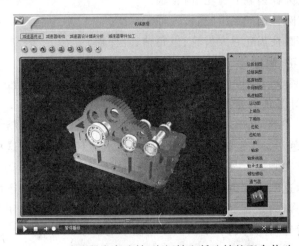

图 10-20 减速器内高速轴、中间轴和低速轴的配合传动

顺便指出,该课件在演示时,均可用连续播放键和步进播放键进行控制。

通过以上分析,我们对多媒体画面艺术理论的认识又深化了一步:教学内容的组织与呈现通常是配合进行的。例如该课件在突破重点的设计中,进行了突出教学主体和深入演示重点教学内容的一系列安排,这些安排都是通过画面语言(而不是文字表述)实现的。在这种情况下,需要将认知规律和艺术规则的运用结合起来考虑,此时二者不再分先后。

(3)如何设计配合教学的其他资料。

如上所述,在该课件的主菜单中,除"减速器结构"外还另外安排了三个菜单项,它们在教学是起配合作用的,旨在保持该课件教学内容的完整性。分别讨论如下。

①"减速器用途"实际是在回答这样一个问题,"为什么要学习减速器?"

本小节一开始便已介绍了减速器在生产、生活中的广泛应用。该菜单项中只选用了石油领域中的三个实例,即抽油机、带式传动机、斗式提升机,如图 10-21 所示。

(a) 抽油机

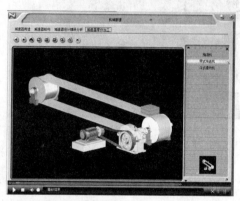

(b) 带式传动机

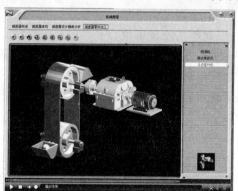

(c) 斗式提升机

图 10-21　减速器的应用实例

通过动画演示实例并配合简短的解说,使学习者对减速器在各种生产机械中的用途有了初步的认识。但是,由于此时还未开始学习教学内容,演示和解说都不宜过于具体,就像中小学创设情境一样,只要让学习者知道"什么是减速器?它在生产机械中能起减速作用"即可。这样做,便于引入教学内容和回答"减速器是怎样实现减速的"问题。

②"设计错误分析"实际是在从各个方面深化对"减速器结构"教学内容的理解,只不过采用的是(对、错)判断题形式。课件作者根据多年设计经验和教学经验,收集了大量的设计中可能出现的各类错误,并且将其归纳为箱体结构、轴系结构和其他方面的问题,以二级菜单的形式列出。图10-22示出的是其中的两个设计错误案例。

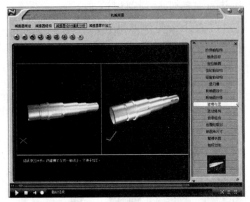

(a) 输出轴上二键槽不同线　　　　　　　　(b) 基座倾斜

图 10-22　设计错误案例

图10-22(a)中,输出轴上的两个键槽应该在同一条线上,而错误的设计却没有注意这一要点;图10-22(b)则是一种结构设计上的低级错误:安装轴承的基座竟然不是水平的!由此可见,这些设计上的错误,主要是由于初学者缺乏经验和粗心造成的,其实并不难纠正,只要提醒注意就行了,因此不需安排解说。

③ 设计减速器的零部件主要包括齿轮、轴和箱体等,在"减速器结构"中已经介绍了这些零部件的外形尺寸、如何组装以及在整机中运行的情况。但是对于初学者来说,不仅要学习设计,而且还应该了解设计的下一道工序:加工,因为设计出来的图是要送到车间去加工的。为此,安排了一个"零件加工"菜单项,显然也是配合教学用的。

从该菜单项下属的二级菜单看到,加工的零件选用了箱体、齿轮和轴,并且将箱体的铸造和箱体的加工分开,因为它们分属不同的工种。换句话说,该二级菜单设置了"箱体铸造"、"箱体加工"、"轴的加工"和"齿轮加工"4个菜单项,分别用来介绍这些零部件在车间是怎样加工出来的。

例如在"齿轮加工"下属的三级菜单中,有三个菜单项分别介绍滚齿、插齿和插键槽三种加工类型,并且它们所用的机床也是不同的。图10-23示出的是插齿加工的情形。

这些加工的画面,都有全景演示、特写和解说。全景演示用来展示被加工零件在机床上的位置及安装;特写用来看清零件加工的细节;解说配合画面说明加工的要点。

由此可见,设计这三个菜单项的指导思想,就像处理画面上的背景与主体关系一样,它们分别从不同的角度来烘托"减速器结构"菜单项,使减速器结构设计的教学内容更加

(a) 全景 　　　　　　　　　　　(b) 特写

图 10-23　齿轮的插齿加工

丰满和完整;但在内容安排上又不宜过多,以免喧宾夺主。

10.4　多媒体网络课程

—— 网络课程《多媒体画面艺术基础》和《多媒体教学软件设计与开发》赏析
（由天津师范大学教育技术系提供）

我国高校对网络课程的重视,是和"精品课程"建设有直接关系的。教育部明文规定,提交网络课程是参评"精品课程"的基本条件之一。因此,现在各高校的国家级、省市级和学校级的"精品课程",都是以网络课程的形式在校园网上展示的。

什么是网络课程,它和学科网站、网络版课件有何区别与联系?从多媒体画面艺术应用的角度看,设计网络课程,与设计上述几种类型多媒体教材相比,有哪些共性和特点?本节分别回答这两个方面的问题。

10.4.1　关于网络课程

(1) 什么是网络课程?狭义地讲,网络课程就是基于 Web 的课程,即在因特网上通过 WWW 浏览器进行学习的课程。这就是说,网络课程有三个要点:

- 要有一个网络支撑平台,即基于网络的虚拟教学环境;
- 要在这虚拟教学环境中进行教与学的活动;
- 要提供课程所需要的教学内容。

在第 4.3 节和第 9.1 节中曾经比较深入地讨论了一个专题网站,即《记金华的双龙洞》。它是按照语文学科教学安排营造了一个网站平台，利用图片、录像、动画和文字等资料，并且采用交互导航的形式，将课堂教学所需要的内容（包括学科教学内容、配合课堂教学活动进行所需要的素材等），在网站平台上展示出来。因此，学科网站实际是一个管理教学资源的系统平台，它的功能主要体现在收集、分类、管理、评价和使用资源上。

因此，多媒体画面艺术理论认为，网络课程与学科网站的区别主要体现在这样两个方面。

① 虽然学科网站提供的教学资源是在网站平台上呈现的，但是应用这些资源的教学环境仍是真实的课堂教学环境。用第 8.1 节中提出的"复合系统"来表述，仍可将学科网站，视为在真实课堂教学过程系统中的，一种多媒体教材形式的子系统；网络课程则是营造了一个课堂教学环境，即虚拟的网络教学环境，教师的"教"和学生的"学"，甚至教学管理都是在这个虚拟教学环境中进行的。这就是说，网络课程营造的是一个"复合系统"，除教学资源子系统外，连"课堂教学过程系统"也包括在内！

② 在课堂教学过程中，学科网站主要配合课堂教学活动提供教学资源。而网络课程提供的则不仅是教学资源，而且是一个组织教学内容、进行教学活动与指导学习者学习的平台。也就是说，开发网络课程的任务，除提供教学资源外，还应该把教学过程，甚至教学管理也包括进来了。

一方面要营造虚拟课堂教学环境；同时还要在这个虚拟环境中进行教与学（包括管理）的活动，如此繁重的任务对于目前网络技术来说是有点勉为其难的。因此在网络课程中，实用性和艺术性的要求是存在矛盾的，即网络课程中的画面设计，不可能像多媒体课件和学科网站等其他多媒体教材那样过分地追求美化。对于网络课程，应将能否实时完成各种教学功能的指标放在首位，美化则是第二位的指标。随着网络技术和计算机技术的进步，这类矛盾正在得到某种程度上的缓解，例如在网络课程中采用 Flash 动画、制作 Flax 文字效果、添加 MP3 音乐、MP4 视频等，能够使画面设计在不过多增加网络流量的情况下，得到较大程度的改善。

网络课件是多媒体课件中的一种形态，其特点是适合于在网络中传输和播放。10 多年前（大约在 2000 年前后），在教育部举办的全国多媒体教学软件大奖赛上，将参赛的多媒体课件划分为两种类型，即所谓单机（或光盘）版和网络版，因为它们在评审时需要不同的播放环境。后者指的便是网络课件。从应用的角度看，单机版和网络版的多媒体课件关注的都是某些知识点或教学单元的内容组织和呈现，旨在使学生易于学习课件中呈现的教学内容。但是网络课件是基于 HTML（超文本标记语言）设计制作的，这使得它在知识点或教学单元之间的超链接上具有优势。由于网络课件是以网页形式存在、能在网上运行的，因此可将其作为学科网站和网络课程中的一种教学资源来使用。

例如本章（10.2 和 10.3）讨论过的多媒体课件、演示文稿（即 ppt）或演示模型，只要它们能以网页形式在网上运行，就都可以视为网络课件，用于网络课程中。此外，网络课程中组织的教学内容还可以引自学科网站,或者由授课教师按照书本教材和课程需要改编、开发。

(2) 如何设计网络课程？一个网络课程中至少包含 4 个功能子系统,分别如下所示。

- 学习子系统：学生在网络课程中的学习活动,主要包括学习该课程提供的知识或相关资源、完成与课程有关的学习任务、与教师探讨学习中的问题、与学伴交流学习经验、参与课程测试或考核等。
- 教学子系统：教师在网络课程中的活动,主要包括为学生提供教学内容和教学资源、组织课程的教学活动、发布课程任务或作业、解答学生的疑难问题、评价学生的学习成果等。
- 管理子系统：主要用于实现对网络课程实施过程中的各相关要素和各环节进行管理。其中各相关要素是指,课程管理、学生管理、教师管理、知识管理、成绩管理等；各教学环节是指,教师的课程准备、课程实施、课程评价以及学生的课程申请、课程学习、学习评价等。
- 资源子系统：包括课程为学生自主学习提供的各种素材(如媒体素材、试题、试卷、文献资料、课件、案例、常见问题解答和资源目录索引等)。此外还包括配合学习活动开展的各种工具(如媒体播放的 Activex 控件：Flash Web Player 等)。

有时还可根据课程的特殊需要,添加一些其他子系统,如课程实验子系统、演示模型子系统等。这些功能子系统构成了网络课程中的一些功能模块。

设计网络课程一般包括三方面的工作：组织教学内容(文字、图片、视频等资源)；设计功能模块和设计界面(封面、首页、列表页、内容页等)。具体一点地讲,就是运用一些开发工具和编程语言(如 Dreamweaver、html 语言和 ASP 语言等),编写各功能模块的程序,并将设计的界面与功能模块整合,形成网络课程的基本框架,然后再将教学内容添加到该网络课程的框架中。其中编写程序属于技术层面的内容,已经超出本书讨论范围,故从略。

多媒体画面语言在设计网络课程中应用,一是编写教学内容；二是表现各种界面。这些都是网络课程中呈现在画面上的内容,形成了一个虚拟的网络教学环境。所以说,用画面语言编写网络课程,不仅指教学资源,而且包括教学环境。这是用多媒体画面语言设计网络课程的特点。

10.4.2 如何理解"网络课程是一种多媒体教材"

严格地讲,网络课程的内容已经远远超过了多媒体教材,将它划归到多媒体教材范畴,是为了突出其中教学资源的主体地位。现在选用两个网络课程作为案例说明。

天津师范大学校园网上发布的两门网络课程《多媒体画面艺术基础》和《多媒体教学

软件设计与开发》,(以下分别简称《多媒体艺术》和《多媒体技术》)是该校教育技术系设计开发的,已于 2004 年和 2008 年先后获得"国家精品课程"的称号。先看看这两门网络课程首页的主菜单。《多媒体艺术》中列出的是,课程大纲、课程内容、学习资源、学生作品、作业系统、自测系统、实验课程和论坛(图 10-24)。《多媒体技术》中列出的是,课程介绍、授课教案、学习指导、课程内容、视频教程、课件实例、在线习题、学习资源和学生实践(图 10-25)。

图 10-24　网络课程《多媒体画面艺术基础》的首页

由此可以看到,在网络课程名目繁多的菜单项中,教学内容无疑处于主体地位,其他栏目(如大纲、作业、实验、答疑、参考资料等)都是围绕教学内容安排的。在网络课程中,教学内容一般采用如下几种形式呈现。

· 以文本表述为主形式。由于网络课程常用于自主学习和协作学习模式,学生习惯

图 10-25 网络课程《多媒体教学软件设计与开发》的首页

从书本教材(即文本表述)获取知识,这种形式类似书本教材,因而通常是呈现教学内容的主要形式。

- 演示文稿(PPT)形式。在传统课堂教学中,该课程一般采用 PPT 配合授课形式。开发网络课程时,将该演示文稿安排在"学习资源"(《多媒体艺术》)或"授课教案"(《多媒体技术》)中,供学生自学时参考。

- (部分课堂授课)视频录像形式。在网络课程中安排少量课堂教学的视频录像,有利于学习者了解教师讲授该课程的情形,使其对虚拟课堂教学产生某种程度的真实感。但是由于视频占用的资源太多,不宜多用。

从运用多媒体画面语言的角度看,与其他类型多媒体教材(如多媒体课件、学科网站等)相比较,网络课程有两点是需要注意的。

一是教学内容方面。网络课程中的教学内容信息量比较大,而且呈现形式比较特殊。

网络课程中一般包括的是一门课程,而不只是一节课(或几节课)的内容。例如《多媒体艺术》中包含有 8 章,36 学时的教学内容;《多媒体技术》中包含有 16 章,68 学时的教学内容。

　　网络课程中一般采用文本表述形式。由于网络教材要遵循"实时第一,美化第二"原则,对书本教材的教学内容不能完全按照画面语言的要求"改编",但也不能搞"书本搬家",因此只好采用一种折中方案,本书中称其为"移植书本教材"的方案。这种方案比"改编"不足,比"搬家"有余,是指"基于书本格式,并且顺其自然地发挥多媒体优势"的一种方案。这是多媒体画面艺术网络课程应用中一个值得探讨的问题:如何在不触犯"实时性"底线的原则下美化教材。这个问题将在本节最后专题讨论(10.4.3)。

　　另一个需要注意的是,在网上进行教与学活动的问题。将"Web 平台上进行交流"的优势用于课堂教学,在网络课程中是一种因势利导之举。

　　在自主学习和协作学习模式中,网上的交流一般为"师生交流"和"生生交流"形式。"师生交流"的形式有网上答疑、布置练习等;"生生交流"多用于学生与学生之间在网上讨论。

　　例如在《多媒体技术》的"在线习题"菜单项中,教师和学生可以分别通过"师生互动"和"在线答疑"栏目进行交流,如图 10-26 和图 10-27 所示。

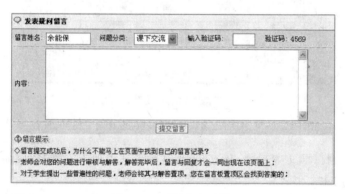

图 10-26　学生提问留言

　　学生在网上提交疑问留言后,教师可以通过在线答疑解答所提的问题。师生之间的这种书面交流形式,使人联想到早期的"函授",因此可以将网络课程理解为"信息平台上的函授"教育。

　　图 10-28 示出的是一个学生之间网上讨论的平台。

10.4.3　网络课程设计中发挥多媒体优势的探讨

　　如前所述,网络课程中呈现教学内容,是以文本表述形式为主的,而后者采用的是一种有别于"改编"和"搬家"的,"移植书本教材"的方案,即在书本格式的基础上,顺其自然

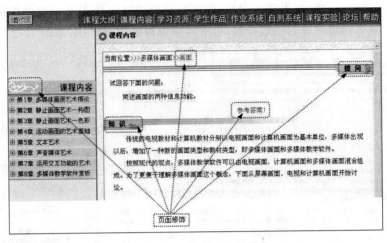

图 10-30　文本页面上的美化

　　(2) 利用网络技术的优势。基于网络的课件、网站和课程,都具有超链接的先天性优势。但是由于网络课程的任务过于繁重,需要遵循"实时第一,美化第二"的原则,因此在文本表述的页面上运用超链接的优势,就显示出了"移植书本教材"的优势。

　　例如在《多媒体艺术》的"课程内容"菜单项中,正文和参考资料中有大量的"热字",在阅读过程中随时都可调出相关内容来释疑。从而体现出多媒体教材相比于书本教材的优势性,参看图 10-31。

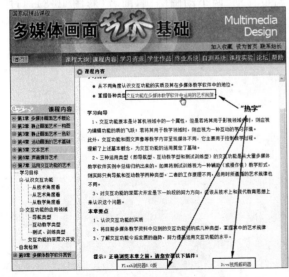

(a) 正文和参考资料中的"热字"

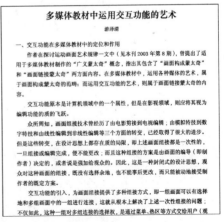

(b) 单击"热字"调出论文

图 10-31　网络教材的超链接功能

网络课程的导航功能是十分强大的,利用网页的超链接功能为学习者提供灵活方便的跳转能力,既有网络课程的功能导航,也有网络课程的内容导航,如图 10-32 所示。

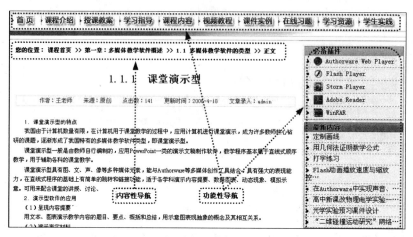

图 10-32　网络课程的导航功能

(3) 嵌入可以利用的软件技术。如前所述,在网络课程中嵌入 Flash 动画、添加 MP3 音乐、MP4 视频等,可以在不过多增加网络流量的情况下,能有利于表现教学内容,并使画面添彩。

例如在《多媒体艺术》"课程内容"的第 7 章中,为了说明交互功能的"智能度"和"融入度",嵌入了"波的形成与传播"和"控制瓢虫移动"两个动画图例,前者(彩图 10-8)通过超链接调出演示运动的波形;后者(彩图 10-9)则可直接用鼠标拉动手柄,控制瓢虫移动的方向和速度。

后　记
——不多余的话

　　这本书写了将近一年，好像到一个陌生领地里面转了一圈，总的感觉是，处处"摸着石头过河"，新鲜！

　　这个陌生领地，叫做"画面语言"。

　　虽然人们早已用过"画面语言"一词，10年前，我在《基础》一书中也曾提出过"多媒体画面语言"的概念；3年前，在《设计》一书中还为它建起了"理论"，并从中总结出一套语法规则，但是由于我们大家谁也没有到过这块领地，以前提出的"概念"、"理论"、"语法规则"，都是通过评审大量多媒体课件、借鉴相关理论研究出来的。至于这类"语言"到底是什么样子，怎么用？心里还是没有底：好像摸到了它的周边，里面怎么回事，还是不知道。

　　为什么会这样？要说还是语言学家高明。10年前有一位语言学家（也是当时国家语委的领导），曾建议我把"画面语言学"搞出来。从2002年到2006年，我带领了一个全国范围的课题组，就在这块领地的周边转了4～5年，硬是没能进到里面。这几年研究的成果虽然还不能形成"画面语言学"，但是画面语言的"理论"和"语法规则"已初见端倪，还亏得我因势利导地调整了研究方向，所以才有2009年的《设计》一书的问世。

　　现在回想起来，前言中所说的"打开画面语言大门的三把钥匙"，其实当时已经找到了"运动画面"和"以形表义"两把，那4～5年的研究虽然接触到了第3把"钥匙"，即"语法规则"，但它只是"画面语言学"中的语构学部分。问题出在另外两部分中，主要是语用学的研究方向错了。当时我在国外看了很多微软公司创建Windows界面的资料，被其中一句"画面语言学指导了人性化、自然化的界面设计"所误导，这句话用于设计信息家电产品的界面是很贴切的，但用于多媒体教材设计却有些牵强，致使这项研究工作不得不暂时停了下来。

　　话分两头，在《设计》书的最后，用了一章专题讨论"多媒体画面艺术理论"的应用，清华大学出版社觉得还不够，建议我专门写一本"应用"的书。因此2009年以后的研究工作就是围绕"应用"进行的。在这期间，我看了教育技术杂志上的很多文章（本书参考资料中仅引用了其中一部分），这些文章讲的全是教学设计，信息技术如何与课程整合，但是我看问题的角度和大家不同。终于有一天转念一想,"这个教学环境不就是运用多媒体教材的语境吗?"语用学有两个要点,即运用语言时,一是要考虑语境,二是强调运用语言的效果。对多媒体教材来说,强调的不就是课堂运用后的教学效果吗?原来,将画面语言学用于家电产品界面设计,和用于教育技术领域中的画面设计,是两回事!

思路理顺了,再将2006年停下来的研究工作继续下去,结果一顺百顺!原来对多媒体画面艺术应用的理解比较简单,以为就是"在多媒体教材中,用画面语言把教学内容表达出来"。经过研究后发现,这还不够,还应当"考虑教材在课堂中与教学策略(即语境)的配合,要用教学效果来检验"。前者属于画面语义学,后者便是我们研究了10年,至今才找到的画面语用学!

显然这是一次创新思维的过程,它起源于发散思维,即淡化了教学设计的思维定式;也有联想活动的基础,即2002年到2006年的研究成果,因此能在2009年以后的研究中,很快就出现了顿悟(或灵感)。但是正如爱因斯坦在谈到他创新的体验时讲的:"上述(创新思维)的这些元素就我来说是视觉的。通用的文字或其他的记号只有在第二个阶段才能很费劲地找出来,此时上述的联想活动已经充分建立,而且可以随意地再生出来"。这就是说,在形成创新思维之后,还有一个用文字表达思维的阶段,而且要想准确地表达还是很"费劲"的。我写这本书的过程,实际就是在表达自己思维的过程。

例如我在书中提出的"复合系统"概念,将多媒体教材视为课堂教学过程系统中的一个子系统。基于这一概念,对于同一个课堂教学环境,从课堂教学过程的角度考虑,就是教学设计;而站在设计多媒体教材的角度看,便是"画面语用学"。这个表述是经过了10多天的反复修改才变得如此明确、简练的。

此外,书中将所有能用时间分割表达的各学科教学内容合并为一类,形成了"时间分割"的设计格式;将科普(科学普及)类与艺普(艺术普及)类的教学资料视为同一类题材,采用统一的设计格式;将"寓教于乐"类型的概念延伸,从计算机游戏中划分出一类"寓乐于教"的教材,并且视此二者为同一类题材,也可采用相同的设计格式表达等。

总之,既然现在三把"钥匙"都找到了,便可以深入到"画面语言"领地的里面去看个究竟了。所谓"深入到里面",是指运用画面语言,不只是停留在会不会语法(语构)上,而是要把注意力放在语义和语用上。例如两人说话时,一般都已将语法熟练地融入语句中了,谁见过交流时还去想语法有没有错?可见,虽然语法(语构)是画面语言的基础,但在运用时,注意的却是按照不同的题材和不同的语境来表现教学内容。由此回想起10年前那位语言学家提出要研究"画面语言学"的建议,其深刻的含义是,认识一种语言,光会语法是不够的,还应该掌握和运用语义和语用方面的知识。

写这本书时,我便是赏试将语法(即"多媒体画面艺术规则")融入运用的画面语言中。深入到语义和语用领地(第二篇和第三篇)时,赏析的过程几乎就是在"摸着石头过河":开始接触一个课件时,脑子里一片空白,接着按照"画面语言"的三个要点(或三把"钥匙")试着分析,慢慢地,思路出来了,而且越来越清晰,最后形成了规律性的认识(即"格式")。这一过程大约需要花上一周的时间。赏析每一个新的课件,就像到了一个新的景点,需要思考、探索,结论都是最后才得知的。这也正是漫游这个领地的魅力所在。深入到里面转了一年,头一次对"画面语言"有了如此深刻的认识,一种满足的愉悦油然而生,这个"不多余的话"也不吐不快。

作　者
2011 年 7 月,于天津

参 考 资 料

[1] 王桂荣.文学多媒体课件的设计与制作原则.中国电化教育,2008,(8).
[2] 顾忠卫.把脉多媒体辅助教学,诊断几大病症.中国信息技术教育,2010,(6).
[3] 徐官福.数学课件制作应用的理性思考.中国信息技术教育,2010,(4).
[4] 赵礼全.浅谈多媒体应用于英语教学.中国信息技术教育,2010,(11).
[5] 陶希芳.课堂教学应恰当运用多媒体.中国信息技术教育,2010,(4).
[6] 仲伟权.计算机网络教学探究.中国信息技术教育,2010,(16).
[7] 钟桂良.课堂教学如何用好多媒体技术.中国信息技术教育,2010,(16).
[8] 黄伟祥.基于网络的信息技术主题探究学习策略研究.中国信息技术教育,2010,(16).
[9] 徐红明.开展信息技术与课程整合,培养学生创新能力.中国信息技术教育,2010,(16).
[10] 吴洁.浅谈多媒体技术在语文课堂教学中有效应用的几个策略.中国信息技术教育,2010,(12).
[11] 冯青青.新课改背景下信息技术与外语教学的整合研究.中国信息技术教育,2010,(8).
[12] 游泽清.多媒体画面艺术理论是如何创建出来的.中国电化教育,2010,(6).
[13] 游泽清.多媒体画面语言中的认知规律研究.中国电化教育,2004,(11).
[14] 沈德立.普通心理学.北京:教育科学出版社,1987.
[15] 何克抗.创造性思维理论.北京:北京师范大学出版社,2000.
[16] 游泽清.多媒体画面艺术设计.北京:清华大学出版社,2009.
[17] 游泽清.现代教育技术概论.北京:电子工业出版社,2000.
[18] 游泽清."多媒体画面语言"系列讲座(一)—(四).中国信息技术教育,2001,(19~22).